U0485997

大英图书馆

·侦探小说黄金时代经典作品集·

宠溺谋杀

THE SPOILT KILL
A STAFFORDSHIRE MYSTERY

———

［英］玛丽·凯利 著

林雪 译

中国青年出版社

序 言

1961年首版面世十四载后,《宠溺谋杀》以"迄今为止最负盛名的犯罪小说之一"的头衔再版。它只是玛丽·凯利[1]的第四部作品,却为她赢得当年英国推理作家协会[2]评选的"年度最佳犯罪小说"金匕首奖[3],并被认为是"英国私人侦探小说精品中的一颗璀璨明珠"。岂料,这部广受赞誉的小说竟成为玛丽·凯利侦探作家生涯之绝响,后来四十多年光阴里,她再未写出可与之比肩的作品。

---

[1] 玛丽·特蕾莎·凯利(Mary Theresa Kelly),1927年出生于伦敦,英国犯罪小说作家。——译者
[2] 英国推理作家协会(Crime Writers' Association),即英国犯罪作家协会,成立于1953年,总部设立于英国诺威奇。其成员主要来自犯罪小说作家,以加强作家之间的交流为目的,通过设立相关的年度奖项,包括著名的金匕首奖和钻石匕首奖等,来激励对于犯罪小说有贡献的作家。——译者
[3] 金匕首奖是世界上最著名的犯罪推理小说奖项之一。——译者

《宠溺谋杀》是凯利在犯罪小说领域的"绝笔"。此前,她曾完成过三部以布雷特·南丁格尔督察为主角的罪案故事[1],用她的话说,这些作品还略显"青涩",但实际上,该系列最后一作《圣诞彩蛋谜案》[2]已颇为不同凡响。《宠溺谋杀》以第一人称视角叙事,主角是一位名叫尼克尔森的私人侦探。有趣的是,作者在书中埋了一条暗线——尼克尔森驱车前往谢菲尔德时,路遇车祸现场,事故车辆型号与布雷特·南丁格尔督察的一致,不过后文未提及车主姓名,所以无法确知布雷特·南丁格尔督察是已经罹难,还是会再度登场。这种切换主角的手法很得凯利喜爱,它与夏洛克·福尔摩斯[3]坠入莱辛巴赫瀑布的情节有异曲同工之妙。

本作主人公尼克尔森,不是山姆·史培德[4]、刘亚契[5]等

---

[1] 玛丽·凯利职业生涯中出版过十部作品,前三部为布雷特·南丁格尔(Brett Nightingale)探案系列,分别是 A Cold Coming(1956),Dead Man's Riddle(1957),The Christmas Egg(1958)。其余作品没有这样的系列探案角色。——译者
[2] The Christmas Egg(1958),同是布雷特·南丁格尔督察系列作品,大英图书馆2019年再版了这部小说。——译者
[3] 夏洛克·福尔摩斯(Sherlock Holmes),虚构的侦探人物,英国伦敦人,世界文学史上最知名、最杰出的侦探。——译者
[4] 山姆·史培德,美国著名侦探小说作家达希尔·哈米特笔下智勇的硬汉派侦探,也是一个坚毅、严肃、冷酷无情的硬汉派侦探。——译者
[5] 刘亚契,美国推理作家协会终身大师奖、英国推理作家协会金匕首奖获得者,原美国推理作家协会主席,公认的硬汉派推理小说名家罗斯·麦克唐纳笔下角色。——译者

加利福尼亚硬汉派私人侦探[1],他受雇于斯托克老字号陶瓷厂申塔尔,在斯塔福德郡城区的陋巷里来回奔波,调查一桩商业间谍案:有美国生产商剽窃申塔尔的陶瓷器设计,并以低廉价格在市面上出售同款产品。公司的年轻当家卢克·申塔尔笃定设计资料是内部人泄露出去的,于是请尼克尔森来抓内鬼。名单上的嫌疑人不少,首当其冲的是申塔尔首席设计师科琳娜·韦克菲尔德。她不是本地人,对过去经历三缄其口,此外还有点酗酒的毛病,显得尤其可疑。但在调查过程中,尼克尔森却抑制不住地对科琳娜产生了别样的情愫,这份感情令他的调查有些束手束脚。

小说的第一章("命案发生")短小精悍,开场没多久便直入主题——科琳娜带游客参观陶瓷工厂时,与跟着她的尼克尔森一起,意外发现了一具尸体。死者仰面躺在储存液体黏土(业内称之为"黏土浆")的砖结构拱形黏土地窖中,"尽管浸了一层泥浆面具",尼克尔森却还是一眼认出了他的身份。不过,关于死者的描述到这里戛然而止,凯利紧接着通过第二章("前缘")中大量闪回片段,将事件经过和主要人物逐一呈现在读者面前。

---

[1] 硬汉派侦探在角色塑造中,主要突出主角的坚毅、严肃、冷酷无情的性格特征,如山姆·史培德——体型硕大、结实;无论发生任何情况都无动于衷,行动却迅速又有效;对女人很有一套;毫不在意别人的流言蜚语。——译者

换句话说，这是一部经典的双响谜题（whowasdunin）[1]作品，即故事中死者的身份也是谜题的一部分，从而为读者带来特别的神秘乐趣。这种写作手法最早出现在安东尼·伯克莱[2]的侦探小说《地下室谋杀案》（1932年出版）中，诸多才华横溢的犯罪小说家都是其拥趸，远至近代美国作家帕特里夏·麦格尔[3]、英国作家朱利安·西蒙斯[4]的作品，近到当代小说家、文化评论家马克·劳森[5]的《死亡》（2013年出版）、露西·福利[6]的《狩猎聚会》[7]（2019年

---

[1] 侦探小说的一个别称是 whodunit，是 who done it?（谁是凶手）的变形，而 whowasdunin 则可理解为是 who was done (dead)?（谁是受害者）的变形。在这部作品中，作者既没有交代凶手的线索，甚至在前两章中也没有透露死者的身份，而是把他隐藏在所有已出场的角色中，交给读者去猜测、判断，给推理增加了一种别样的乐趣。——译者

[2] 安东尼·伯克莱（Anthony Berkeley）在侦探文学的各个领域都是大师，领先于同时代的其他人物，他无疑是推理小说发展史上最重要的作家之一。当然，其最突出的成就则是——充分呈现了"多重解答"的艺术魅力。——译者

[3] 帕特里夏·麦格尔（Patricia McGerr），美国犯罪小说作家，主要以其谜案小说著称。她于1952年因其1951年的小说《如夜相随》而荣获法国警察文学大奖，并凭借1968年的小说《柏林赛点》获得《埃勒里·奎因悬疑杂志》及美国推理作家协会（MWA）颁发的奖项。——译者

[4] 朱利安·古斯塔夫·西蒙斯（Julian Gustave Symons），英国的犯罪小说作家和诗人。他还撰写社会和军事史、传记和文学研究。——译者

[5] 马克·杰拉德·劳森（Mark Gerard Lawson），英国记者、主持人、作家。——译者

[6] 露西·福利（Lucy Foley），英国犯罪小说作家，著有小说《狩猎聚会》。——译者

[7] 《狩猎聚会》（*The Hunting Party*）是露西·福利的第一本犯罪小说，结合了阿加莎·克里斯蒂（Agatha Christie）的《无人生还》（*And Then There Were None*）和唐娜·塔特（Donna Tartt）的《校园秘史》（*The Secret History*）。——译者

出版），都是这一被低估的犯罪小说流派中的杰作。本书的第三章（"后果"）讲述了侦探对两个核心谜题——商业间谍案和凶案抽丝剥茧的调查经过。玛丽·凯利的叙事风格正是她本人性格之写照：清晰的主线，点缀以错综复杂的细节。最令人称道的是，她笔下的案件都是罪犯自身性格和行为模式下自然而然的产物，没有人为设计的痕迹，更没有为迎合情节而瞎编的造作之感。在评价玛丽·凯利的写作功力时，公允地说，诡计的设定并非她的强项。温和派犯罪小说批评家亨利·雷蒙德·菲茨瓦尔特·基廷[①]是凯利作品的忠实粉丝，但他也曾这样评价过凯利的作品。不过，《宠溺谋杀》作为凯利的巅峰之作，其人物描写与情节叙事排布得恰到好处，丝毫没有暴露出她在设定上的不足。

这部小说的另一个过人之处，在于故事背景的选取。自英国推理小说大师多萝西·L.塞耶斯[②]的《杀人广告》[③]（1933年出版）面世后，工作场合发生的罪案总能收获不

---

① 亨利·雷蒙德·菲茨瓦尔特·基廷（Henry Reymond Fitzwalter Keating），英国犯罪小说作家，奥古斯特侦探俱乐部的总裁、皇家文学会社的成员、福尔摩斯学的研究专家、英国作家协会的主席以及杰出的推理小说作家。——译者
② 多萝西·L.塞耶斯，英国推理小说大师，与阿加莎·克里斯蒂、约瑟芬·铁伊并称"推理侦探三女王"。——译者
③《杀人广告》（Murder Must Advertise）讲述的是皮姆广告公司的一名职员维克多·迪安不小心从楼梯上失足跌落而亡，在身亡的前一天迪安刚给广告公司的董事皮姆写了一封信，透露了一个有待核实的惊人秘闻，于是皮姆私下聘请了名侦探温西勋爵暗查此事。足智多谋的温西勋爵经过多方打探与查证，步步为营，终于破解了这起非常蹊跷的"自杀事件"。——译者

错的读者评价。凯利在此基础上独辟蹊径，选了一家位于斯托克的老式工厂作为凶案现场，巧妙地结合申塔尔的内外环境完成故事展现，并在最后用一首抒情诗描绘陶瓷业粗犷的工业面貌，可谓是画龙点睛。毫无疑问，这一大胆选择收获了巨大成功。

《圣诞彩蛋谜案》与《宠溺谋杀》这两部小说相隔三年，其间，凯利写过一部《温柔地抱起她》[1]，却没有获得南丁格尔系列出版商塞克[2]的青睐。谁也没想到，短暂沉寂后，一部金匕首佳作横空出世。凯利被塞克拒绝后，便转而寻求与迈克尔·约瑟夫的合作，而《宠溺谋杀》不负其望，击败了约翰·勒卡雷[3]的《召唤死者》和艾伦·普赖尔[4]的《越狱》[5]，获得1961年的金匕首奖，康普顿·麦肯齐爵士[6]还亲自为凯利颁发奖杯。迈克尔激动不已，称赞凯利为"下一位多萝西·L.塞耶斯"。不过，尽管凯利十分敬仰塞耶斯的成就，但除了都立志产出高水准犯罪小说外，二人几乎毫无共同之处。

---

[1] 作者未出版的作品，原作名：*Take Her up Tenderly*。——译者
[2] 马丁·塞克（Martin Secker），英国出版商。——译者
[3] 约翰·勒卡雷（John le Carré），本名大卫·约翰·摩尔·康威尔，英国著名间谍小说作家。——译者
[4] 艾伦·普赖尔（Allan Prior），英国电视编剧和小说家。——译者
[5] 原作名：*One Away*。——译者
[6] 爱德华·蒙塔古·康普顿·麦肯齐爵士（Sir Edward Montague Compton Mackenzie），英国小说、传记、历史和回忆录作家，文化评论家。——译者

获奖后，凯利跻身"二战"后英国最具潜力女性犯罪小说作家之列。尽管阿加莎·克里斯蒂[1]、玛格丽·艾林翰[2]和格拉迪斯·米切尔[3]依旧人气不减，但犯罪小说的未来似乎已经握在凯利、玛戈特·本尼特[4]、雪莉·史密斯[5]、西莉亚·弗雷姆林[6]四人手中。遗憾的是，本尼特、史密斯及凯利都浅尝辄止，名噪一时却又很快销声匿迹。

后来，尼克尔森在《一桩谋杀案》[7]（1962年出版，又名《夏日之死》）中曾重新登场，然而相比于《宠溺谋杀》，这部新作品却有些乏善可陈。探案主人公并非尼克尔森，而是一名女性侦探，故事发生在以肯特郡格林海斯为原型的架空小镇冈福利特。凯利与丈夫丹尼斯都是狂热的业余植物学爱好者，夫妻前往格林海斯寻找预再生期的珍稀兰花时，凯利有了创作这部小说的灵感。丹尼斯描绘那里时说："那是A2公路附近的一片死水，一家船具店，一间客栈，小小码头，保留着狄更斯印象中19世纪泰晤

---

[1] 阿加莎·克里斯蒂（Agatha Christie），英国侦探小说家、剧作家，三大推理文学宗师之一。——译者
[2] 玛格丽·艾林翰（Margery Allingham），英国侦探小说黄金时期女作家。——译者
[3] 格拉迪斯·米切尔（Gladys Mitchell），英国侦探小说家，以创作66部侦探小说的女主角布拉德利夫人而闻名。——译者
[4] 玛戈特·本尼特（Margot Bennett），英国犯罪和惊悚小说作家。——译者
[5] 雪莉·史密斯（Shelley Smith），英国侦探小说家。——译者
[6] 西莉亚·玛格丽特·弗雷姆林（Celia Margaret Fremlin），英国神秘小说作家。——译者
[7] 原作名：*Due to a Death*，又名 *The Dead of Summer*。——译者

士河畔肯特郡的样子。"

凯利并不满足于现状,却也不在乎商业上的成功,她放弃了尼克尔森这个角色,转而投身于独立小说创作。1964年到1974年的十年间,她出版了五部作品,却都反响平平。后来,她的作家朋友基廷、埃里克·赖特[1]劝说她继续写作,她却宁愿把精力放在其他感兴趣的事物上。晚年之时,她决定以童谣《铃儿响叮当》为灵感,再写一本犯罪小说,剧情围绕萨里郡一起井中溺亡案件展开,试图在严肃的案件中掺杂一些喜剧元素。然而书未完成,她却被病魔夺去了生命。凯利于2017年去世,彼时她的出版作家生涯结束已逾四十年。写作只是她充实人生旅途中的浪花一朵,她故去时,所有作品都已绝版。或许这些书有点难懂,也不算迎合大众口味,但这位才华横溢、风趣幽默的罪案小说家,值得被后人铭记。能为她巅峰之作的再版撰序,乃是我人生一大乐事。

马丁·爱德华兹

---

[1] 埃里克·赖特(Eric Wright),英国和加拿大神秘小说作家。——译者

英国警衔说明

由于"侦探小说黄金时代"系列小说的故事发生地主要在英国,书中机警睿智的侦探也以英国警察为主,所以在读者阅读本书之前我们先对英国的旧时警衔和称呼做一些简略介绍,以便读者更好地理解小说背景。

英国的旧时警衔主要分为5等(从高到低):

警察总监(Chief Constable);

警司(Superintendent)/总警司(Chief Superintendent);

督察(Inspector)/总督察(Chief Inspector);

警长(Sergeant);

警员(Constable)。

伦敦以外地区的警署还有以下几种职级(从高到低):警察局长(Chief Constable)、警察局副局长(Deputy Chief Constable)、助理警察局长(Assistant Chief Constable)。

另外,对于担任刑事调查部门或其他某些特别部门职务的警务人员,一般会在他们的职级之前加有"侦探(Detectives)"前缀,本书中译为"警探"。此类警务人员由于职责性质特殊,一般不穿制服,而是着便衣执行任务。

在警务人员的升迁或训练等临时过程中,他们的职级还会加有"实习(Trainee)""临时(Temporary)""代理(Acting)"的前缀。

目 录

1 第一章 命案发生
12 第二章 前 缘
155 第三章 后 果

第一章　命案发生

我已经跟着科琳娜两周了——受人所托，忠人之事。下午两点半，她一出创作室，就立刻进入了我的视野。图书馆是我精心挑选的"监督"地点，只要门开着，她的一举一动便能尽收眼底。我没有犹豫，立即起身跟着她。经过早上的对峙，我也无意再隐瞒自己的身份。

她走向女职员专用的衣帽间，刚要进屋，却又转过身看着我。

"怎么，不进来？"她揶揄道，我佯装分辨不出她话里有话。

不过，只是衣帽间，有什么好避讳的？我这样想着走了进去。屋里陈设十分简单，只摆着一个脸盆和几个衣帽架。时值午后，还没到上班时间，不大可能有其他人来，就算有，该解释的也不是她，而是我。

透过衣帽间狭小的窗户，能瞥到斯托克的部分街景。烧制瓷器的烧窑错落分布在黑乎乎的砖楼之间，楼后是工厂的烟囱，地上堆满炉渣，虽然这些建筑与办公大楼相距不远，却仍旧影影绰绰，看不清楚。天空中飘着毛毛细雨，与烟囱中灰白色的烟雾混杂、升腾，一切都是那样模糊。

科琳娜在饮用龙头上接了一杯热水，当然，她用的是陶瓷杯。斯托克的人很少使用塑料制品，至少在公共场合是如此，甚至餐厅也不提供塑料调味瓶——总而言之，恨不得把所有器物都换成陶瓷的。

她从手提包中拿出一个小瓶，倒出几片药。

"你要吃什么？"我急忙问，听上去有些蠢。早上剑拔弩张的氛围令我心烦意乱，反应也不自觉夸张了些。尽管有些失态，我还是想确认一下。

她波澜不惊地递过小瓶，原来是止痛片（阿司匹林可待因片）。

"你头痛吗？"我问。

她望着我，脸色阴沉："只是身体的复仇而已，您无须挂心。"

我无话可说。"不关你事"大概算得上女人冷战的终极武器吧。"复仇？"我顿了顿，"怎么讲？"

"不孕症。不管是有心还是无心之过，人类都得承受糟蹋身体的报应。"

她把药片就着水服了下去。为她着想，希望它们能快速奏效。带游客参观工厂是件冗长、无趣的差事，她很不喜欢。但不论如何，今天该她带队，所以她没什么怨言，准备像往常那样强打精神应付过去。

她整了整衣领。"来都来了，帮我个忙，"她说，"我背后没什么吧？"

科琳娜那头又长又亮的淡褐色秀发披散在肩上，看不出原色是深是浅——付给理发师的不菲费用的确物有所值。柔顺的发梢滑过我的指尖。青春活力渐渐从她身体里流逝，镜中白皙的面庞也已泛起微微细纹——也许是早上争执的缘故，今天它们尤其显眼。她是个幸运的女人，已经35岁，脸上细纹却不多。不过，她没有孩子，还没体会过人生最甜蜜的痛苦。

我跟她的眼神在镜中交汇一瞬，又匆忙移开，她不安地用手理了理裙摆。

"我得喝一点，"她喃喃道，"只喝一小口，不会影响药效，不然下午可熬不过去，要接待那群游客！"她瞥了一眼窗外的烧窑和铅灰色天空，有些苦涩地说，"看他们兴高采烈的样子，不知道的人会以为是组团来温泉疗养吧。"

她把衣撑挂回衣帽架上，在绒面革夹克口袋里翻找小酒壶，没找到，又翻另一边，还是没有。

"落在家了吧？"我提醒道。

她背对着我，若有所思，接着沉默地走了出去。我继续跟着，一路上再也无话，她在穿过去往展厅的走廊时看了看表。

游客们都到了，有些怯生生地踩着光滑亮堂的木地板，兴奋之中又略有一丝紧张，胳膊也刻意收在身侧，连转身都小心翼翼，生怕撞到什么金贵的瓷器。乍一看，这批游客跟上周的似乎没什么不同，十分安静、打扮得体、女性多于男性，也没有带孩子——今天真是科琳娜的幸运日——照经验，孩子们好奇、好动的本性常常会给参观之旅增添一些紧张气氛。话说回来，参观工厂的游客都不甚了解斯托克，他们多半是为探望伴侣、亲人或朋友而来。于是，安顿好住处后，认识斯托克的第一站，也是最重要的消遣环节，就是参观当地历史悠久、名声在外的陶瓷工厂。我数了数，人齐了。为了避免拥挤，接待游客时，申塔尔规定单次不超过十人。

我跟着科琳娜走进展厅，穿过闪闪发亮的骨瓷陈列——搭配着彩色花束图案的奶白色瓷器，深得中产阶级婚礼偏爱；红色和金色的，是城市宴会的宠儿；粉棕和绿色的，瞄准了新兴北美市场。游客们脸上带着笑意，目不转睛地打量着它们。

展厅负责人阿西娅小姐也在。"韦克菲尔德夫人，您在这儿呢！"她跟科琳娜招呼一声，又转向我，"尼克尔森先生，介意我带客人们参观一下图书馆吗？既然您不在办公室，我想不会打扰您的工作，可否给我们几分钟——"

"当然可以，"我答道，"多久都行。"

她谢过我，便召集游客步入图书馆，科琳娜也跟了上去。我犹豫一下，决定还是不在阿西娅小姐在场的情况下让科琳娜难堪。图书馆雕像和历史照片的讲解，我不知听过多少次了。她们会先讲创始人——马修·申塔尔，著名的陶工大师，于1788年创办申塔尔陶瓷厂；接着是继承者——马修的儿子詹姆斯·申塔尔接过父亲衣钵；再接着，是詹姆斯的合伙人爱德华·霍普；之后是威廉姆·申塔尔、亨利·申塔尔、詹姆斯·约翰·申塔尔（已故）。现在，卢克·申塔尔开始掌管整个家族和公司。这些申塔尔名士的丰功伟绩我烂熟于心，甚至可以对其功过做一番点评。

我下楼等活动结束。不知这批游客是否会像我初次到访时那样，对陶瓷厂的名人堂赞誉有加外，还为其接待规格之高感到惊讶——漆得锃亮的橡木墙上，蓝白花纹的瓷盘点缀其间；闪亮的展柜中，摆放着各式名贵珠宝；还有茱蒂丝，甜美可人的女孩茱蒂丝！她是接待处总机接线员。

不过我今天没有看到她。我特意走到总台处，从问询窗口探进头去，她却不在座位上。总机旁的桌上扔着一条皱巴巴的白色花边手帕。茱蒂丝呀茱蒂丝！万一蒂芙尼珠宝打电话找卢克先生该怎么办？但转念一想，这也轮不到我操心。

几分钟后，游客们参观完毕，纷纷走下楼来。我站在楼梯后的角落里，等他们出门走远了，才跟着往院里走去。今天斯托克的空气温暾而闷热，绵绵细雨似乎粘连在一起，浮在空中，迟迟不肯滴落。地上的雨水与黏土混在一起，呈现出一种乳白色，顺着地势从鹅卵石地面上汩汩流过。游客们从停靠在墙边的一排汽车旁经过，车身微弱的金属光泽映在被熏得黑乎乎的砖墙上。

"那些烧窑还在用吗？"一位女游客小心地发问。

她指的是那两个半嵌在建筑里的黑色砖窑。

"不了，现阶段它们只作参观和储存之用，"科琳娜解释道，"目前工厂都改用燃气隧道窑，一会儿您就能看到。陶瓷业已经很少再用煤炭烧制的方法，为数不多的传统烧制作坊很快也会消失。"

游客中有名男子提到了《清洁空气法案》，科琳娜似乎很赞同他的观点，正要补充几句，转头间却瞥到了躲在人群边的我。一时间她又羞又恼，脸色通红，再也无心讨论什么法案，径直朝黏土存放场地走去。

"这里是存放原材料的地方，"她介绍道，"比如瓷土、球土、瓷石……"

游客们的惊呼打断了她的话。我最初看到这里也曾倍感惊讶——灰色、黄色的土块被随意地堆放在围栏里,远远看去仿佛羊群一般。

"放在这里不脏吗?"有人问。

科琳娜极力保持着客套的微笑。我记得她是这么给游客解释的:"这些是土,对吧?总之算是土的一种,腐化的岩石之类。土还会怕落土,或者变更脏吗?"

"如果下雨呢?"有人又问。

"简直求之不得。"科琳娜简短地回答。

我理解她为何惜字如金。我的在场使她像参加口语考试的学生一样局促、紧张。她甚至会觉得我像考官那样审视着她,轻松自如、好整以暇吧?我无法告诉她,其实我也忐忑不安、无所适从,却又苦于不能开口解释。

她又开了腔,机械地介绍着参观之旅后续的固定流程。

"这里是制浆车间,"她继续道,"陶瓷的生产流程也是从这里开始,我现在为大家介绍。今天带各位参观的是陶器制浆车间,但跟瓷器的差别不大。首先,将碾碎的黏土按固定比例加水后倒入搅拌机搅成黏土浆,然后黏土浆过筛,一是除去粗砂和杂质,二是进行磁性过滤,清除黏土中细小的铁屑——铁屑不清除干净,烧制的成品上会出现棕褐色的斑点;接着,黏土浆会被注入压滤机,挤干多余水分,然后通过练泥机将其切成薄片和碎块,继续挤压,尽量排出多余的空气——这是为了尽可能减少陶瓷烧制过程中的干燥收缩。等上述工序全部完成后,黏土会被切成大小适中的方块储存起来,方便后续的塑形和烧制。"

制浆车间潮湿、阴冷,十分安静,只有搅拌机发出的低沉轰鸣和工人推拉压滤机的滤板时发出的哨音。空气中弥漫着湿漉漉的泥土气息,众人仿佛置身在地牢里。

科琳娜上前一步,把她提到的各类机器指给游客们看:由于工序关系,搅拌机、磁性屏、压滤机放在远处,最后用到的练泥机离得很近,那粗壮的挤压管一如既往吸引了大多数人的注意。看来这批游客也是"分析家"类型。科琳娜留他们在原地自由探索,然后向我走来。

"你就非得上演整个参观过程都跟着我的这出闹剧吗?"她压低嗓音问。

"恐怕是,"我答,"不过闹剧这个词用得极不恰当。"

那双忧伤的灰色眸子定定地看着我。"你不相信我,是不是?"她问。

严格来说,事实并非如此。与其说是个人原因,不如说是这份工作让我天然地无法信任她。我没有回答,却突然意识到,怎么解释都比沉默能让她好受点。她紧咬嘴唇,眼眶发红,泫然欲泣。我有些惶惑,甚至在想是否该由自己出面引导游客完成后续的参观。

她默默地走开了,特意往旁边迈了几步,似乎是想与人群拉开距离,以获得一点喘息空间。看到有工人,她转过身去,努力地控制着情绪。紧接着——不知道她在想什么,科琳娜忽然弯下腰,鬼使神差地拉开了黏土浆地窖的活板门。

一般来说,参观过程很少会向游客展示黏土地窖的内部结构,倒不是有什么秘密,而是确实没什么好看的。地窖由砖石砌就,顶部呈圆柱拱顶状,约 2.4 米深,用于存放将要送入压滤机的黏土浆。为防止黏土浆沉淀,保持均匀液态,窖壁两侧还装了两个大搅拌桨,不时地搅动一番。

我赶忙瞥一眼游客,他们正全神贯注地研究练泥机,没有注意这边,于是我回过头,好奇地想看看科琳娜究竟要干什么。

突然,我心中升起一股不祥的预感:有事情发生了。只见科琳娜愣在原地,身体僵硬,双眼圆睁,表情惊恐地盯着地窖,似乎看到里面有什么可怕的东西。她身旁就是下窖的三级台阶。我赶忙走上前,抓住她的手,也朝窖里望去。窖里的黏土浆不多,还没到总容积的三分之一,而里面似乎漂着什么东西——

里面竟然有一具尸体,老天!有具尸体仰倒在搅拌桨上,衣服搅进了桨叶和转轴的连接处。灰白色的黏土浆浸透了它的衣裤,漫进它的嘴里、眼睛里,甚至将它的脸、头发和脑袋也染成惨白,像一尊被推倒的白色雕塑。毫无疑问,那人已经毫无生气,变成了一具尸体。虽然它还跟着桨叶的转动,在黏土浆中起伏,状若挣扎,但我没看花眼,确实是一具尸体。

愣怔半分钟后,我才感受到自己心脏怦怦地剧烈跳动着,似乎要撕裂胸腔蹦出来。科琳娜更是惊惧交加,全身筛糠似的抖个不停,仿佛手中握着电钻。我当机立断关上了地窖的活板门。紧接着,我不由自主地用左手环住她,用右手托着她的头,让她正视我。

"嘘!别出声。"我低声叮嘱道。没想到慌乱中做出了轻薄之举,我十分气恼,她可不是会大惊小怪的女人。科琳娜摇晃两下,似乎要晕倒。我低低地咒骂一句——不可知论者的旧习难改[①]——赶忙叫在压滤机旁干活的工人们来帮忙。

"亚瑟,带游客去隔壁的厂房,请他们稍候。韦克菲尔德夫人病了。让他们去看做坏的瑕疵品,然后去找阿西娅小姐,拜托她继续引导参观行程。哈里,过来一下。先把地窖里的搅拌桨停掉,然后去找卢克先生,不管他有多重要的事,都请他务必立刻赶来。你就说,出事了,事态

[①] 这里是指尼克尔森不信宗教,不会刻意规避咒骂时对神不敬的词汇。——译者

非常紧急。"

我换了右手抱她。"拜托，科琳娜，"我平静地说，"走到那面墙跟前再坐下休息吧。"

她整个人靠在我身上，勉强往前挪动，头始终低垂着，像是在研究地上的鞋印。墙边有个箱子，我扶她坐在上面，挽着她的肩。她把头靠在墙上，闭起眼睛。

一名工人从练泥机那边走过来。"您好，"他招呼道，"遇到什么事了？"

我只好真假参半地又勉强解释了一遍，推说科琳娜突然身体不适，以免引起更大的骚动。但是，那具尸体的出现会是意外吗？绝无可能。我只简单告诉工人们前因，然后便打发他们分头去帮忙。麻烦，麻烦从一开始就与科琳娜形影相随。上釉车间、图书馆、制浆车间、创作室、伊特鲁利亚、多夫戴尔、恩登、派对，最后到这里，所有偶然叠加成了最后必然的高潮——死亡事件。尽管它的整个脸都被黏土糊住，我却依旧认出了死者。

麻烦。数不清的麻烦向我袭来，似乎要把一切淹没。我仿佛溺水之人，意识清晰，感官却很模糊。电光石火间，我记起了一些细节。

第二章　前　缘

科琳娜第一次单独跟我说话，是我们一起走出卢克先生办公室的时候。她脸上的神色有些困惑，因为卢克先生特意要她而不是在场的另一名男子负责照顾我。她声音低沉，说的是泰恩或埃文河那一带的标准英语，没有斯托克本地及周边那有辨识度的特殊口音。

"请待我稍整仪容，你去走廊那等我吧。"

我并不介意。等她的空当，我正好打量一下接待处，更直白点，正好打量一下那个令人惊艳的接线员女孩。可人的茱蒂丝正坐在总机旁，认真地计算着什么。她伏在桌上，头歪到一侧，嘴里咬着笔杆——或许是遇到了什么难题——小隔间的灯光打在她梳理得一丝不苟的金色发髻和整洁的浅黄色羊毛衫上。多好的女孩！美丽文静，略显丰腴，皮肤细嫩，嘴角挂着浅浅的笑，带点斯塔福德郡口音，打招呼都显得十分温柔。这是个善良、朴实、温和、有教养的好女孩。

我听到科琳娜下楼的声音,赶忙把目光移到了墙上的瓷器陈列上,白瓷底配着蓝白相间的树林,似有废墟之意境。

"这是申塔尔产的吗?"

"我们不会挂其他家瓷器。差不多1850年前后烧制的,很有些年头了。当时他们想占据一部分斯波德陶瓷的市场。你觉得如何?"

"就画本身来说不算喜欢,但它跟墙壁倒是相映成趣,都是木头。"

"当然了,"她似笑非笑地往接待处看了一眼,"这样画面才完整。如果你没其他安排,我们赶人多之前去食堂吧。"

一点钟开饭的汽笛响起时,我们已在桌边坐定,半分钟内,窗外陆续传来其他陶瓷工厂的午饭鸣笛,这个时间差取决于各厂钟表的准确程度。这种木管和弦式的鸣笛,每天会在这座工业城市的上空响四遍。

然后,像科琳娜说的那样,工人们如潮水般涌入,食堂顿时人声鼎沸:同事们的聊天声、用餐瓷盘和金属托盘清脆的碰撞声交织着,打破了前一分钟的寂静,桌旁座无虚席。科琳娜根据她听到的说明,向工厂前首席设计师安瑟姆先生,创作室的其他同事米切尔、约翰斯、奥利弗介绍了我的身份——负责修订和更新公司历史及宣传册的作家——丝毫没有引起任何人的怀疑。出于礼貌，他们也会时不时跟我聊两句，但大部分时间几人都在兴致勃勃地聊工作上的事，还时常冒出我听不懂的专业术语。釉烧、熔块、还原、素烧坯、抗蚀剂之类的。他们不厌其烦地提到"窑"字，这个窑，那个窑，全都是窑（窑 kiln，被误听为谋杀 kill），折磨着我的神经。终于，有人打断了聊天："中午好，弗雷迪！"

来人把一碗番茄汤放在桌上。我抬起头，这个叫弗雷迪的青年正站在桌前。

弗雷迪！多年前，我十几岁的时候，曾如饥似渴地读过赖德·哈格德[①]写的一本探险小说，书中有个富饶国家的美丽女王会定期前往生命之泉沐浴[②]——当然，书中有描写她赤裸沐浴的场景——不然也不会令少年的我印象如此深刻。她站在池中央，沐浴生命精华，以永葆青春。弗雷迪给我的感觉，与那位美丽的女王如出一辙，只不过女王换成了衣冠整齐的男人。

---

① 亨利·赖德·哈格德，英国小说家。曾在南非英国殖民政府任职（1875—1879）。——译者 以写非洲的冒险故事闻名，尤以《所罗门王的宝藏》（1885）、《她》（1887）最为著名。——译者

② 故事情节来源于《她》，这是亨利精心创作的最令人心颤的小说。该书描述剑桥大学教授霍利和他的养子利奥去非洲埋没的克尔国探秘，内容涉及利奥的一名叫卡利克拉提斯的先祖，此人是两千年前埃及的一个祭司，不知为何，被当时克尔国的至高无上的白人女王艾莎所杀害。在朋友的陪同下，霍利和利奥穿过许多危险的区域，最终找到集权势、美丽、残暴于一身的女王——艾莎……——译者

他二十六七岁,身材修长结实。那健壮的肌肉、漂亮的蓝眼睛和浓密的黑发,展现出了他活力四射的神韵。也许只有生活的宠儿身上才有如此纯粹的热情与活力——他们不放荡,不肆意,不伤害别人,也不贪婪;正相反,他们慷慨大方、乐观积极,这种天真常令愤世嫉俗之人感到恼火。但不管怎样,他们没有经历过苦难和不幸,因而也更能享受生活的美好——总而言之,这类人与生活惺惺相惜。这个天真乐观的年轻人,边把面包撕成块扔进番茄汤里,边好奇地上下打量我。科琳娜给我们引荐后,他露出了愉快的表情。他,弗雷迪·兰伯丁,年轻有为的电气工程师,认识了个"文化人"。

他拿出《每日电讯报》,折了几折,翻出填字谜的版面,边喝汤,边皱起眉头思索起来。

"今早顺利吧,弗雷迪?"米切尔问。

"很不错,都检查了一遍,只有一个坏了。第十五列,线索是带翅膀的信使和一位写日记的夫人[①]?□O□E□□□E。"

他突然朝路过的一个女孩吹口哨。两人不认识,他也并非有什么想法,只是身体下意识的反应。接着他又被其

[①] 写日记的夫人指1948年开始在BBC播出的广播连续剧中的角色,该剧以玛丽·戴尔夫人和她的医生丈夫吉姆为中心,讲述中产阶级生活中各种好笑的事,戴尔夫人每集都有一段简短的介绍性叙述,就像在写日记一样。——译者

他事吸引,热切地加入了约翰斯和米切尔的讨论,把字谜扔在了一旁——弗雷迪语速很快,夹杂着英格兰中部偏北地区的口音。

我一直在思考这个字谜。只听他口述,没有看到字谜格式,联想也有些难度。等大家用餐完毕,用工厂特制的白釉陶壶喝茶时,我突然灵光一现。

"是多夫戴尔,"我对弗雷迪说,"第十五列。"

他惊讶地望着我,掏出铅笔把空填上。"果然是文化人,"他露齿一笑,"没错,正是多夫戴尔(Dovedale,dove 是指鸽子,dale 则是指戴尔夫人),答案就在眼前,我却没想到,被您这个陌生人破解了。去兜兜风吗?我正好要去汉利。"

我应该跟科琳娜待在一起吗?不必。我这样想着,接受了他的提议,并表示:才认识了一小时就要搭车兜风,感谢你的盛情邀请。

"要为明天的聚会采购吗,弗雷迪?"米切尔打趣道。

"不光是采购,我还要去寄填字谜参赛表。"

大家哄笑起来。

"这种比赛你可不能参加两次,弗雷迪。"米切尔叫道。

"试试有何不可,对吧?还有人去汉利吗?"

"请带上我吧,"科琳娜接话道,"我去为明天的派对做发型。"

"明天!"弗雷迪轻松地说,"那就走吧,快点,喝完你的茶。"

他开一辆最新的福特领事,颜色跟中午喝的番茄汤一样红,弗雷迪打开车门。

"坐前面吧,"他招呼我们,"位置够。"

他把车倒出停车场,驶过庭院。那漂亮的眼睛盯着我们,仿佛在说:我车技不错吧?接着他打开收音机,里面响起轻快柔和的音乐。似乎一切准备就绪,弗雷迪长舒一口气,伸个懒腰,舒适地靠在座位上。车子开出工厂大门,沿着拉什大街的鹅卵石坡向上开去。

"您写过很多东西?"他问,"我敢说大都是报告吧?"

报告?我惊得差点跳起来,还好反应快,想起他说的应该是公司的报告、演讲稿、小册子之类,他大概以为我是名家专栏的幕后写手。"算是吧,"我模棱两可地回答说,"大多都是报告。"

"这周末您在斯托克吗?"弗雷迪接着问,"明晚有安排吗?"

"没有,怎么?"

"不如来我家吧?我们明晚办派对,大都是同事参加,有些您今天见过的。科琳娜也去。"

我感激地接受了邀请。他的友善正中我下怀。"是庆祝什么事？生日派对？"我问。

"随便庆祝一下。"

"他赢了一场赌局，真是烧包。"科琳娜点评道。

"钱财乃身外之物，亲爱的。"他笑了。

"滚远点！"

他忽然咆哮起来——一辆装满了草色木桶的货车从我们面前疾驶而过，双方险些撞在一起。这些桶里装着什么呢？——这里可是斯托克！我早该想到。陶瓷，里面是陶瓷。

"天气不错，对吧？"弗雷迪说。

我看着这灰蒙蒙的天气，有些惊讶。

"对这地方来说算不错了，"科琳娜解释道，"没下雨。"

弗雷迪笑了。"我们的镇子！"他对我说。

我们的镇子！杂乱又肮脏的城区、高低起伏的丘陵、曲折的道路和窄小的街道，伯斯勒姆、坦斯特尔、朗顿、芬顿、汉利、斯托克，这六个镇各自向外扩散，又在最初本地工业发展的原点相交错。随着后来了解的深入，我逐渐发现了这六个镇各自的不同和特色之处。但当时，我只看到了19世纪工业扩张和投机发展给这里留下的一片混乱与狼藉。住房、工厂、教堂、洗衣店、商店和陶瓷厂零星分布在连接着六个镇子的商店街上，毫无城市规划可言，建筑风格也大相径庭，唯一共通的，只有长年累月被煤烟熏染、脏污不堪的暗红色墙砖，不过，修建时间不同，墙砖被熏黑的程度也不同。最老的建筑，把老旧水果小店里新鲜的柠檬、橙子、青苹果衬得格外耀眼，甚至像是假的；近年的建筑，墙砖仿佛被人做了一层黑色的轮廓拓印；刚修好的建筑，墙砖颜色鲜艳、窗明几净、闪闪发光，把原来社区还算统一的色调切成了一块又一块。不过，这个被煤烟包裹的镇子，虽然环境有碍观瞻，却不令人反感，既无排外的敌意，也无工业城镇特有的乏味、枯燥感。这个与众不同的城镇，与伦敦给人的迷茫、陌生感不同，反而带着厚重的历史感和使命感，还有一点天高皇帝远的洒脱和自给自足的惬意，不禁令我肃然起敬、心向往之。因此，当弗雷迪用期待的目光盯着我问"你觉得怎么样"时，我发自内心地回答说："我很喜欢这里。"

"别说笑了！这可是英国市容最差劲的地方。"他嘴上这样说，脸上却露出自豪的微笑。

"外表虽丑，内心慧美。"

这趟兜风很顺利，我跟弗雷迪相谈甚欢。

我们经过邮局，接着去了烟草店，弗雷迪在里面买了差不多300根香烟，最后去了理发店。

"你的头发看上去很好，亲爱的，"科琳娜回到车上时，弗雷迪问，"为什么还要保养？"

"就是为了保持'很好'的状态，谢谢夸赞。"

一辆红色的公共汽车缓缓从道牙上驶出，有惊无险地经过我们的车前，弗雷迪又咆哮起来："你往哪开呀？"他喊道，"从利克开往巴克斯顿，可不是开到我的车头上！"

"从这里去巴克斯顿远吗？"我问。

"差不多40公里。你没去过这几个地方吧？我们顺路载你兜一圈。"

"去查茨沃斯庄园吧。"科琳娜建议。

"免谈。"他咧嘴一笑，"去年夏天我们几个人到查茨沃斯庄园玩了一天。一整天都在下雨，时阴时晴，她不得不冒着暴雨从露台走，后来抱怨个不停。多夫戴尔——你去过那儿吗？我们得出发了。"

他的眼睛闪闪发光，已然开始计划明晚的派对了，同时也片刻不耽误他享受驾驶的乐趣，松弛地靠在座椅上，随着收音机里悠扬的音乐吹着口哨。

烧窑，也就是瓶形窑，在这里随处可见，或单独或成群地连成灰蒙蒙一片，像我在课本上看到的模糊老照片里那样。有的从街角商店后的石板瓦屋顶穿出，烟囱喷出七八米高的滚滚黑烟。

"有人正在烧制瓷器。"弗雷迪贴心地为我解答道。

"还用这种窑？"

"小公司、家庭作坊还用。不是申塔尔这样的大公司，而是一家人开的小作坊。父亲、叔叔、儿子几代传承。他们还用'小瓶子'。"

"这是弗雷迪对瓶形窑的戏称。"科琳娜解释说，"如果你是想问为什么还在冒烟，可能是没来得及改造，他们得抓紧了。"

"一定是还在烧煤那个时代建的。"弗雷迪愉快地说，"拿它乘以六百，想想吧！无与伦比的斯托克市，一直被黑黢黢的浓雾包围——不对，浸透——不对，笼罩，没错，笼罩着。或者说是暗沉沉的浓雾。"他迅速地看了我这个填字谜"大师"、文化人一眼，"那时候，想让头发保持美丽可很难，科琳娜！"

没错，弗雷迪就是这样有活力又乐观。他的赞美从来不是硬挤出来的，而是发自内心的真诚评价，是对底层人民由衷的同情和褒奖。

车子刚开进拉什大街，天空中就飘起了雨点，等弗雷迪略带炫技地把车停回申塔尔大院时，雨已经下大了。我跟科琳娜沿着鹅卵石的步道朝大楼跑去，进了旋转门，又在专门铺设以防止踩脏抛光木地板的门垫上擦干了鞋子。片刻后，弗雷迪跟了进来，他进门时冲力过大，以至于待他跑上一半楼梯了，旋转门才缓慢停下来。他一步三个台阶地冲上楼去，身后留下一连串灰白色的鞋印，踩过门垫的右脚鞋印比左脚的浅一点。

"有碍观瞻。"科琳娜说。

说到观瞻，接待处的桌旁，灯光仍旧照在那束整齐的金色发髻上。女孩探出身来，望着弗雷迪消失的背影。

"她不吃午饭吗？"我问。

"当然吃，不过她总是准时回来。我们回来晚了，不然弗雷迪也不必一路小跑。"

我们上楼往图书馆的方向走去，楼下的女孩从小隔间走出来，蹲下身，拿黄色的抹布擦拭弗雷迪留下的鞋印。

我看向科琳娜，她耸耸肩。

"总有人给弗雷迪收拾烂摊子。"她说。

"她叫什么名字？"

科琳娜扭开头："茱蒂丝。"

那天下午的后续安排是工厂之旅。于是我第一次了解到陶器与瓷器之间的重要区别。瓷器，如中国瓷器、独特的英国骨瓷——以瓷土、瓷石、骨灰（焙烧后的牛骨粉末）为原料；陶器——以陶土、瓷土、燧石、瓷石为原料。它们之间的区别，在于不同的坯（原材料）、可塑度、干燥次数和烧制温度——上述原材料及烧制工艺的不同引起了不同的物理化学反应，最终产出了不同产品。瓷器偏玻璃化、半透明，而陶器具备多孔性、不透光性。

不同的坯[1]！

也是在那天下午，我第一次听到黏土摔在餐盘模具上的声音——

这声音为何会萦绕在我脑中，以至于在那么多的画面和声音中，我单单记住了它？

陶瓷拉模铸造的过程与之前的流程相比，出奇安静。各色多孔石膏模具（盘子、水壶、盆罐）摆成一个长排，机器往里面灌入生面糊状的黏土浆。还未干燥和烧制的茶杯呈灰白色，直径有成品餐盘那么大，加工后体积会缩小至原来的八分之一。坯体半干半湿时会被送上电车床挨个修整，车床工人用极薄的刀片将其外表修得光滑平整，切割下来的黏土片像鞋匠做鞋时遗留的边角料一样，在工作台下堆成小堆，之后会被仔细打扫收起来再次利用。等瓷器完全干燥，发白发硬，外观呈粉质时，就可以入窑第一次烧制，成为素烧坯，其触感有点像滚铁环流行之前，最受孩子们欢迎的玩具——泡泡管[2]。

接下来是烧制过程。总共76米长的燃气隧道窑，烧成带温度可达1200℃，这个过程难以用语言形容。器皿入窑，工人可以沿着长隧道外向前走，透过门上的小孔向内窥看：无边的黑暗中，隐约能够看到窑中燃烧着橘色的火焰，

---

[1] 原文是body，陶瓷制造业中代表坯，有指代尸体的双关含义。——译者
[2] 吹肥皂泡的塑料儿童玩具。——译者

一跳一跳的，仿佛有人用炉子把太阳装了起来。不过，整个烧制过程又是非常安静的，甚至可以说是一片死寂。在参观这里之前，你可能以为工厂里肯定噪声轰鸣、震耳欲聋，却不料陶瓷的烧制过程竟如此安静。申塔尔的机械化程度并不低，但机器运作的声响却很小，既不猛烈也不嘈杂。在整个讲解过程中，科琳娜甚至都没有刻意提高过嗓音。然而那天，我未能见识到生产流程中最为吵闹的工序——四点差一刻到四点半之间工厂播放的工间音乐。。

那天的四点差一刻之前，我们已经走进了油漆工厂，鼻子里充斥着浓浓的松节油味。这里的工人都是中年妇女和年轻女孩，她们穿着工装裤，围圈而坐，边唱歌边干活，其中几个正拿着小刷子，小心翼翼地给瓷器的图案上色。大家身边堆满盆盆罐罐，这一行特有的各色颜料，什么廷斯洛橙、考迪莫蓝之类，以装半杯水的茶杯为原点，整齐地环绕排列着。女工们用还未上颜料的白釉茶壶来划分彼此的工作台范围，壶身前摆着很多从杂志上剪下的图片，有电影明星、婴儿、小猫、皇室成员等，看起来用了很久，边角处都卷起来了。每个人的工作台各有特色，整个上釉车间充斥着一种别样的艺术氛围。

一个瘦弱的小姑娘正低着头，全神贯注地往浅棕盘子上画金色图案，她把浓密的红发随意地盘在头顶，先用砂纸将盘子打磨光滑，再拿抹布擦拭干净，手脚十分麻利。

我们参观期间,她专注于工作,从未抬过头。我只顾着打量她,竟不知不觉落下科琳娜一段距离,于是连忙往前赶去。这一边的厂房里摆放的都是成品瓷器,有些摆在手推车上,有些随意地摆在地上,上面落满了灰尘。科琳娜本想加快脚步,却忽然在印有玫瑰图案的茶碟旁停了下来,默默地注视着什么,我不明所以,只得站在她身后,茫然地盯着柳条筐出神。

一个穿灰色工装裤的男孩走了过来,怀里抱着一摞茶盘。他看上去很年轻,一对招风耳惹人发笑。有个穿西装的高个男人悄无声息地走在他身后,眼看两人就要撞上,高个男人却突然抬起双手,在男孩耳后用力鼓掌。①

男孩吓了一跳,猛地转过身,腿却踩进了柳条筐,绊倒了。那摞茶盘在空中画出一道漂亮的抛物线,随即乒乒乓乓摔在了地上。

"质地上乘的骨瓷,碎的声音也很特别,"科琳娜平静地注视着眼前发生的一切,"你刚听到的这种声音就是。"

男孩窘迫地站起身,嘴唇快速地嚅动着,却没有声音,我能从他的口型看出他说了什么,应该是在抱怨。同样穿着工装裤的年长男人走过来,用手中的簸箕和刷子,沉默地将碎片清理干净。一个女人闻声从隔壁的上釉车间

---

① 重重拍几巴掌会错解为打人。——译者

跑了进来。

"打碎了几个?"她无奈地问。

"三个,不对,是四个。"男孩闷闷不乐地嘟哝道。

"什么种类?"

"伯内特玫瑰。"

"你可要挨训了!这是新产品。"

"我知道,我知道,"男孩用嫌恶而愤恨的腔调说,"但这不是我的错。"

"当然是你的错。"穿西装的男人走上前,"如果你稳稳地抱好茶盘,又怎么会摔出去?注意一下鞋子,你脚下总是磕磕绊绊的,不知道穿橡胶底鞋子更防滑吗?不说别的,你的鞋带也开了。"

男孩踩在柳条筐上系紧鞋带。他的脸和耳朵因怒气而变得通红。

男人转头跟我们打了招呼。"科琳娜,今天是你带游客参观吗?"他的声音冷酷而严肃,一字一顿,这种腔调我常在伦敦上流社会里听到。

科琳娜面无表情地给我们做了介绍。男人根本没正眼瞧我,眼神中射出一丝轻蔑,仿佛在说:穷酸的文人,勉强还算干净,但又不修边幅。的确,他观察得没错,我故意打扮成这样就是为了不惹人注目。客套间我也在打量他——看上去差不多30岁出头的年轻人;深色的西装,考究、昂贵，与他本人个性十分符合；身材高大、笔挺；脸庞轮廓分明、帅气，脸色苍白严肃；一头浓密却精干的黑色短发。他叫达德利·布利斯[①]，是公司的会计。

我停车时似乎看过这个名字，有人用粉笔在停车场墙上潦草地写着：布利斯专属车位。

他不打算跟我们多说，寒暄完便转身离开，男孩也气鼓鼓地扭头走远了。虽然我们只是目睹了刚才的突发情况，但与布利斯简短聊天足以让男孩把我们归为"一伙人"。

"可怜的艾伯特，"科琳娜叹口气，"他运气不好，他可能就是希腊神话里挨雷击的那号人物吧[②]。"

"布利斯为什么拍手吓他？他肯定知道那样会引发事故。"

"对布利斯来说，提升效率才是该摆在第一位的，他总想向别人展示做好一件事的标准，而且不幸的是他总能说对——因此人缘奇差。比如刚才，艾伯特漫不经心的，鞋带也没系好，确实容易发生危险。明明有更能让别人接受的方法，布利斯却总会选择最能激怒对方的一种，也许是他心太硬吧。"

[①] 布利斯是李子的品种名。——译者
[②] 希腊神话人物法厄同，他驾驶的太阳车失控，宙斯只好用一道闪电劈向法厄同，他一头扑倒，从豪华的太阳车里跌落下去，如同燃烧着的一团火球。太阳神的儿子就这样陨落在了埃利达努斯河之中。——译者

我把她的这番话记在了心里,既然如此,布利斯肯定给她提过不少改良陶瓷设计的"好建议"。

"他不是本地人吧?"

"不是,从伯斯勒姆来的。他的口音,怎么说呢,跟都铎式建筑一个样。[1] 他非常拼,觉得只要努力就能获得成功。"她顿了一下,"弗雷迪的表哥。"

"天啊,的确,他们发型也一样。"

"没错,"科琳娜有些吃惊,"你观察力很敏锐,是吧?"

敏锐的观察力让我意识到她已疲倦不堪。

"今天就到此为止吧。"我建议道。

"但是上色打底、釉窑、平版转印这些还没看——"

"明天吧!不对,明天是周六,那就改天再看。不然你会错过下午茶。"

她笑了:"你是怕自己错过下午茶吧。那好吧,今天就到这里。我待会派个女孩把茶送去图书馆,想要什么样的?"

"涂金色图案的那个红发女孩。"

"我指的是茶。"

---

[1] 原文为 That accent's laid on-vocal stockbroker's Tudor。Stockbroker's Tudor 是模仿都铎式建筑的一种现代建筑风格,曾流行于英国富裕的郊区。英国漫画家、建筑史学家、舞台设计师和作家奥斯伯特·兰开斯特 20 世纪 30 年代初次用这个词来调侃这类仿都铎风格的建筑。此处意为装腔作势。——译者

"不放糖,谢谢。"

科琳娜还是派了红发女孩来送下午茶,她叫珍妮丝。我端着骨瓷茶杯,她坐在桌上跟我聊天,为这忙里偷闲的片刻开心。

"你是作家吧?"她说话很温柔,带一点斯托克口音,"你写什么?小说?"

"不,我只写事实。"

"那你来这里做什么?"她有点困惑。

"编写公司的宣传册。"

"是那件事呀!"她的眼睛亮起来,"会放新照片吗?"

"我想会的。"

"你去问问布利斯先生吧,他有很棒的德国相机,照的瓷器照片可漂亮了,曝光度、拍摄角度都很好。真希望多放些新照片进去——现在册子上的太过时了,女工们还把头发绾成发髻状呢。"

"你自己不也梳发髻吗?"

"样式不一样!"她嗔怪道,"老妇人才会绾那种,早都过时了。"

"像头上戴着副耳机似的。"我调侃道。

她咯咯地笑起来。接下来的两周,每天两次喝茶时间，我都能听到她欢快爽朗的笑声。

她走后，我打算静下心开始工作，听上去很严肃，其实只是随性地在纸上写写画画，想罗列出能从剽窃案件中获利者的名单。一小时后，我画掉那些涂鸦，做出一副列提纲的架势，脑中却还在反复推演事件的真相。我的大脑飞速地运转着，眼神茫然地掠过图书馆里的各种照片，它们像被慢慢送入窑火烧制的瓷器那样，也在不知不觉间烙进了我的记忆。灰白色的墙面上装饰着黑色相框，里面放着申塔尔家族的照片；一排排书架上摆满了各种精装书籍；书桌上的黑色皮革略显破旧，因而又铺了一层绿色的长方形吸墨纸；桌上摆着洛可可式白瓷墨水瓶，瓶身镶嵌有金色的卷轴、花束。后来我听科琳娜说，这种墨水瓶是19世纪早期申塔尔仿照法国流行样式制作的产品。

放纸的抽屉装着铜制把手，没上锁，我从里面抽出几张，挥笔写了起来。说实在话，这份差事不难。图书馆里陈列着各种陶瓷领域的文献，往上甚至能回溯到1798年的旧产品目录，陶瓷发展史、陶瓷业发展史、斯塔福德郡陶瓷业发展史，还有公司发展史，也就是假设我要重写的那个。

只是假设。等调查结束，卢克要拿什么来充当我的工作成果？自己写的书？或者他根本不屑解释，等我走后，前因后果由大家高兴，随意猜测？

我想你最好扮成一个作家。第一次会面快结束时,他略显迟疑地建议道。虽然距初识只过去了几小时,我却已成功给他留下了"是个文人"的印象。

卢克·申塔尔,出人意料的年轻,比我小很多,却已经是申塔尔堂堂一家之主。他身形高大,像个疏于练习的运动员;方脸盘,有不少红褐色雀斑,额头有抬头纹;一头浅咖色头发,发际线靠后;没有斯塔福德郡口音,说一口公立学校、牛津精英和企业接班人特有的标准英音。

我们刚见面,他很客套,其实在暗暗观察,想知道他能不能将申塔尔的商业机密安心托付给我。判断我符合要求后,他便不再闲聊,毫不迟疑地切入了主题。

他从抽屉里拿出两个茶杯,放在我的面前。

"看看这两个茶杯,"他说,"然后告诉我它们有何区别。不,别拿起来,就放在桌上看。"

我面前摆着两只奶白色的茶杯,"腰间"绕着一条花带——如果茶杯也有腰——以长春花为主,叶片为辅。我端详半天,仍旧看不出二者有何区别,便实话实说了。

他把杯子递给我:"拿近点仔细看看。"

我不是瓷器评鉴的内行,于是先拿起杯子翻看底部。一个杯底上印着"申塔尔"的字样和商标(像是平行线中画了零),另一个杯底则什么都没有。粗略地看,有字样的杯底比较光滑,无字样的杯底上有三处凹痕;仔细观察,无字样杯上的图案颜色更深,且最后一朵长春花延伸至杯柄处的地方多了一片叶子,使得整体设计失去了平衡。

我说出了自己的观察,把杯子放回桌上:"这是防伪设计吧?"

"事实并非如此。印有名字的是我们的产品,这个系列叫'克拉兰敦长春花',长春花是指杯子的图案,克拉兰敦是指其形状设计。另一个是舶来的赝品,显然抄袭了我们的设计,想恶意欺骗消费者。但如果我们拿这两点不同与对方质证,他们会辩称赝品杯底有三处凹痕,因此不属于克拉兰敦,多出来一片叶子,也就不算照搬长春花,不能说是非法仿冒。从技术上说,这样的争辩无懈可击,我们也只能接受。"

"您肯定有其他途径获得法律保护或补偿吧?我猜这款产品设计应该申请了专利,何不从版权上入手?"

"我们目前生产的瓷器有上百款设计,并没有全部申请专利,毕竟专利也是一笔不小的开支,您应该理解;况且赝品的图案只是多了片叶子,说不定购买者毫不介意,甚至买了一套。您会为这种胜算难测的案子去打昂贵的长期官司吗?版权的案子很难赢,总体来说睁一只眼闭一只眼反而更省钱。我们能做的,就只有时常提醒大众购买印有正版商标的商品,或是鼓励他们去信誉良好的经销商那里选购。"

"那么,您是怕仿品砸了您的招牌?"

"也不算是。这款仿品虽说比不上原品,却并非一无是处。当然,任何了解申塔尔瓷器的行家看过这款仿品,都不会说:'这就是他们的样式,肯定是他们生产的,天哪,申塔尔怎么堕落成这个样子!'他们会说:'这可不是申塔尔的东西,样子很像,但质量差远了。'如果顾客认准了申塔尔,那他们会通过各种途径去买正品,我们并不担心。但是还有一类客人更看重外观而非质量,换句话说,他们分辨不出两个杯子在质量上的差别——也能理解,不做这一行,很难分辨其中的门道,尤其是遇上这么精明的仿冒者。有些顾客喜欢根据自己对图案样式的偏好买东西,是不是申塔尔这个牌子,对他们来说无关紧要,他们甚至不了解这个品牌,既是如此,又何来砸招牌一说呢?他们去商店购买陶瓷器具时,看到两款几乎一模一样的杯子,一个却比另一个便宜很多,如果他们舍廉求贵那才不正常呢。所以,申塔尔的瓷器会被留在货架上。这正是我们最担心的地方——销量。现在很多商家羞于提起销量,似乎它很肮脏,跟利欲熏心、奸商这种负面词汇挂钩,但他们忘记了很重要的一点,没有销量就没有就业。仿冒者就聪明在这里,他们并不仿造价格昂贵而销路极少的高级瓷器,而是选中了餐具——我们主要的陶器系列,换句话说,这类产品的需求量很大。不过,这也只是技术层面的细节,并不是真正的问题之所在。"

"问题是您追踪不到这个外国生产商?"

申塔尔没有说话,反而略带同情地望着我,像成年人跟孩子对话似的,一方面对我幼稚的想法感到好笑,另一方面却又为童真终会消逝感到悲哀。"经验,"他轻轻地说,"来自长期与痛苦抗争的实践。作为陶瓷业手工生产者,我们不得不与仿冒为伴,渐渐也就习惯了。令我忧心的是比仿冒更加严重的问题。您已经了解到,陶器最重要的两方面就是形状和图案。我们引入新形状的时候,需要配套新模具、新工具——这些都是不菲的开销,而新图案可以印制在已有的器具上,因此新图案设计要比新形状常见得多。我给您看的这款茶杯就属于这种情况,其形状已经使用多年,但长春花的图案是最新设计,甚至还未曾正式在市面上出售。"

"那他们是如何做出仿品的呢?"

"这正是我的疑惑。"

"我懂了,不如说我开始明白您的意思了。设计一款新图案需要多久?"

"至少十二个月。事实上,长春花的准备时间甚至超过了十二个月。就算只是往茶杯上印一种简单的花环,流程也很复杂。就这款设计来说,设计师先画出设计图,艺术总监卡达明看中了，然后拿给我，我也觉得不错。正巧当时北美市场的销售代表也在，他当即表态说这款设计绝对好卖。于是卡达明联系了米切尔，让他用水彩把新图案画在样杯上给大家看实际效果，确保设计可行。等其他总监也看过实物效果后，我们决定正式将这款设计投入生产。接下来呢？得把茶杯上的图案重新呈现在纸上，好让平版转印工雕刻出可以拓印的模板。具体做法是，先在杯壁上裹一层薄纸；然后上蜡，需保证薄纸与杯体间没有缝隙和褶皱；雕刻好后将纸剪开，就能得到杯上图案的平面样式；最后把薄纸上的图案轮廓拓在白纸上即可，批量生产茶杯上的图案都会是样杯上展示的效果。"

"这些是谁来做？设计师吗？"

"天啊，当然不是！这是专业性很强的活，有很高的技术含量。后续给其他同套器具提供相对应样板的步骤会简化一些。盘子和茶壶上的图案排布要比茶杯和茶碟复杂一些，不过连续图案还是比中心对称图案好做得多。"

"等等——难道不是设计师做全套设计，向您展示每一个器具上的图案效果？"

"不会。如果设计师愿意，他当然也可以这么做，但设计一款和多款其实没有区别，因为最后图案都会按通用方式进行缩放，茶具组做好茶杯和茶盘，晚餐餐具组做好盘子就行了。为什么这么问？"

"只是觉得从设计到成品走了很长的流程。"

"美学相关的问题，我们就不多做讨论了。"他略显尖刻地说，"接着由平版转印工人雕刻模具，我们会研究什么样的颜色能够展示出原设计的效果，样板做好后，先做几个试样，如有必要再对样板做一些修正。完成上述流程后，我们会将样品送给采购商和重要供应商，并做必要的营销准备——这些想必您能理解。我们产出的这个系列，75%的产品会销往国外，我也跟您说过，长春花系列主攻北美市场。但是上个月，我们的一位销售代表路过纽约某家陶瓷器店时——剩下的事情您都知道了，我不用多说。算了，还是说一下吧。"他顿了一下，"那边依靠低廉、大量、无工会的劳动力来压低成本，而且效率也高过我们——对方既不必遵循我们的高标准，也不必花时间去打磨设计。不过，就算如此，获取新设计、生产仿品、赶在我们之前将仿品推向市场也要花费不少时间，所以这一切只有一种可能——他们应该是在很早期，差不多与我们同时，获得了此款设计的样式，所以我断言，是申塔尔内部人把设计泄露给了他们。这里有内鬼。"

"您不是允许游客参观生产过程吗？"

"没错，下午经常会有参观团，但他们不会去创作室的。向导也会盯着他们，如果有人偷偷溜去别的地方，很快会被发现，而且创作室在下午的时段几乎不可能空无一人。"

"会不会是游客在工厂里看到了样板呢？"

"只是看到绝对做不出这么精确的模仿。如果样板已经送到了工厂，那这款产品很快就会面世，时间上说不通。如果到我们做出样板后，仿冒者才获得设计图纸，那我很怀疑他们能赶得上我们，更别提超过了。但现在对方确实比我们快。"

"好吧，那么可能是内部人提供了那个——叫什么来着？原型或设计图。第一个用来展示图案设计的杯子还在这里吗？它有被好好地收起来吗？"

"当然。"

"在哪里？"

"差不多都在那儿吧，放在创作室里，过段时间会被清理掉。"

"您是说随意地扔在创作室里？"

"的确，我们对这些东西的处置如此粗心，让人难以置信，但它被拿去展示后就没什么价值了，我们还是会以设计图为准。"

"可能有人把原型偷走——"

"并没有。事实上，我悄悄去创作室的杯架上看过，茶杯和茶碟都还好好地摆在那里。"

"那么被窃的就是设计图了，最早的设计稿在哪里？"

"在我刚给您讲述的流程中,设计稿会被传递很多次。最后样板设计完成,设计稿会回到设计师手里,由本人负责保管,丢不了的。"

"他们会复印设计稿作为备份吗?"

"当然,我们有样板册,最近五十年间的所有设计,以及再之前公司早期的绝大部分设计,也都存放在这本册子里。但是这里面只包含已经发售上市的成品,出于历史原因我们这里保留了多数原稿,但也都是跟艺术家协商后买过来的。"

"好吧,那么除了直接负责人以外,到底谁会知道新的设计即将投产呢?"

"很难说,这本就不是需要高度保密的事。况且,哪有不透风的墙呢?在新产品,尤其是新形状的草图、样板产出时,我们不会刻意封锁消息,只是比较低调,不大肆声张。如果是设计新款式,自然要尽量保密,可是新图案就没有这个待遇了。业内人士可以在食堂等场合讨论设计细节,不过有外人在他们一般都会很谨慎。这是我们这里的传统,从很久以前就有了,那时候,做陶瓷生意的靠几个从其他工厂跑出来的陶工提供的信息就能囤积居奇,大赚一笔呢。"

"那么也就是说基本上工厂的所有人都有可能知道。"

"理论上说是如此。不过我认为您的调查重心得放在高级职员身上，不用调查工人。在我看来，这不大可能是底层工人偷窃样品向其他工厂老板献媚之举，设计的窃取涉及专业知识和获取途径的问题。工人们要到样板已经做好、准备往陶瓷器上画的时候才能见到新的设计，如我之前所说，这个时间节点对于对手窃取设计并赶在我们之前上市的现状来说，有点太晚了。早期与新设计相关的设计图、原型等东西都存放在大楼最里面靠近办公区的创作室。尽管这里人流量也不小，但还是公司高级职员，尤其是设计团队的人嫌疑较重。我们的工厂都是按件计酬，工人们根本不会有闲暇从制浆车间溜到釉烧窑去聊天或消磨时间。"

"所以除了创作室的人外，办公区的职员最有可能了解到这些信息，近水楼台先得月。也是因为离得近，所以偷窃之举更为方便。"

他轻轻地往后靠了靠，没有说话。

"但是，如果有人在，别说是偷走设计稿，就算是从谁的口袋里偷张纸条，也得冒很大风险。"我继续道，"午饭时间相对好下手，或是晚上，贵司有晚班吗？"

"没有，只有几个工人会留在这里，把烧制好的器具用手推车拉出来，再装一车待烧制的器具，从窑的另一侧推送进去。还有从下午两点到晚上十点上中班的看门人以及守夜人。他和那几个推车的工人都没有见过有职员加班。"

"工厂里的工人会加班吗？"

"不会，我们的产量取决于可以烧制器皿的窑炉的数量，加班多做没有意义。"

"清洁工呢？"

"他们每晚来，打扫完就走，绝不逗留。我想这种事不像是清洁工所为。"

"您得把各种情况考虑到，他们可能被人利用。但目前看来，清洁工是犯人的可能性不大，他们反而碍着下班后要逗留的犯人的事。我们列一个嫌疑人清单吧。先是设计师，然后是把设计画到杯子上的人，最后是北美销售代表和董事会其他成员……"

"什么？"

"有何不妥？董事会一开始就知道公司要推出这款设计，对吧？他们比缩放师（或者您的专业叫法）、平版转印工或其他流水线工人的消息更灵通。一切皆有可能。任何人在任何时间都可以做出任何事。"

他冷冷地看着我："你真的这样想吗？"

"我的经验让我不得不多考虑几种可能。"

"抱歉，"他说，"多么决断的悲观主义，看来您的生活的确非常悲惨。"

"您没听过乐极生悲吗，"我回敬道，"对最坏情景做好打算，事情真的发生时才不会那么痛苦。"

他摇摇头，露出一抹微笑："如果您提不出其他合理的质疑理由，我恐怕不能把董事会成员和北美销售代表囊括在嫌疑人名单中。董事会知道我雇佣您调查之事，我不可能瞒着他们擅自做这种决定。"

我原本以为他会让我把所有猜测的可能性都验证一遍。他付我同样的报酬，却在一开始就替我减少一半嫌疑人，那我恭敬不如从命。

"还有个细节，"他又开口道，"外国厂商生产的盘子和茶壶图案做了简化，与我们的设计有出入。虽然他们的确很专业，但还是能识别出抄袭的痕迹。对方懂得缩放，长时间地模仿我们的配色，且克拉兰敦是非常成熟的陶器形状，能够通过很多正常途径获取制作方法。但是，盘子和茶壶上的图案不太一样，这证明他们只拿到了茶杯和茶盘的设计——我们也只出了这两款设计。换句话说，克拉兰敦长春花在做出缩放样板前，就已经被泄露出去了——甚至没到雕刻出模板的阶段。"

"所以您想让我把这两个流程的人也排除掉吗？"

"严格地说，并非如此。这些艺术设计流程联系都很紧密。但是涉及这几个流程的人里，缩放师约翰斯、临摹师米切尔、雕刻师威利，都已在申塔尔工作多年，甚至其祖父辈、父辈也都兢兢业业为公司奉献了一辈子——我知道，这不能说明他们是绝对忠诚的，如您所说，任何人在任何时间都可以做出任何事。但我想象不到他们突然背叛公司的动机,毕竟他们祖辈都为申塔尔尽心尽力。"

"陡增了什么压力也说不定。"

"没错,但也只是有可能。对我来说,做这件事难度最低的、比任何人都能更早泄露设计图的人……"

"是设计师。"

"没错,设计师,您也意识到了,她是外来人。"

"她只负责这一次设计吗?"

"不,我是说她并非出身于陶瓷业世家,六年前才加入公司,仅此而已。不是说从小生长在斯托克的人就绝不会做错事,只是……"他略显尴尬地解释道,"只是,如果不了解一个人的背景和性格,不信任度就会……"

"您不必解释,"我打断道,"我理解您的意思,况且从目前来看,大概率是茶杯的设计稿或是缩放图被人拿去复印、上色后泄露出去了。罪魁祸首可能是个技巧熟练的艺术家。又或者……"

他没有说话,带着期待的神情望着我。

"有一样东西,有了它,对艺术一窍不通的人也能够犯案。"我补充道,"操作简单,复制速度奇快,也不甚显眼的东西——照相机。"

他点点头。"我知道您肯定不费力就能考虑到这一点。很抱歉,刚刚没有提起,厂里的确有个非常活跃的摄影俱乐部，是米切尔五年前组建的，他非常热衷于此。"

"给茶杯画图案的那个米切尔？"

"我不该多心，可是，"他顿了一下，"他们每年会在办公楼大厅举办两次会员作品展，每月在食堂聚会一次，有人甚至带电影摄影机去食堂里放电影。米切尔一直邀请我参加，但出于某些理由我没去。我希望大家能在轻松自在的氛围中分享自己的兴趣爱好。"

"毕竟您不用加入俱乐部也可以买照相机，对吧？"我说，"您有成员名单吗？"

"我没有，米切尔有，但是……"

"您不想打草惊蛇，让犯人趁夜带着一胶卷设计稿逃跑。"

卢克先生垂下眼睛，他似乎很受良心折磨。"算是吧，但还有一点，我现在的位置其实很尴尬。申塔尔一直以来的工作氛围是友好、团结、民主的，这并不是王婆卖瓜或者自欺欺人，您在调查时会有所感受。我如果突然开始盘查私人问题，一定会引起职员们的注意。对我，对董事会的其他成员都是如此。"他沉吟片刻，"所以我们想找您来调查。"

"的确。但恕我唐突，您为何不向警方报案呢？"

"这个很难说完全属于他们的职权范围。对我们来说是件坏事，但这真的算犯罪吗？"

"盗窃、违约、欺诈，警方有科学的衡量方法，处理这些更是得心应手，什么粉末、生物试剂、监控、反应激光之类的。他们在自己的领域，反应迅速、头脑灵活，什么新犯罪形式都逃不过他们的眼睛。"

"这我并无异议，但假如您公司的人有熟人关系，比如制浆车间某工人的表哥是警司，您请他打打台球、看场斯托克城队的比赛，拜托警官私下帮忙调查一番不就好了？"

我才不相信他的这番托词，他只是不想让公司的人在警方那里留下任何记录——虽然不够理性，但也是人之常情，可以理解。"还有不错的私人调查机构，"我建议道，"比如说，考腾斯。"

他突然抬起头盯着我。

"您为什么离开考腾斯？"

他竟然知道，不过我也没什么可隐瞒的。我大可告诉他，我厌倦了调查离婚、出轨、珠宝失窃、遗嘱分配的琐事，厌倦了调查骗保风险，厌倦了挖掘位高权重之人过去欠债、酗酒、参与党派、同性恋的灰色经历。在那里工作，最让人厌倦的，是被迫争分夺秒拼命工作的不自由感。他们说：你的速度太慢了。我们这一行是靠结果赚钱。真相，事件的真相？别管什么真相了。不要有那么多假设、但是或赞同、反对。客户（妻子）的残忍、吝啬、贪婪、粗鄙，连被封为圣徒的太监都受不了，又何况她那个只是普通男人的丈夫呢？但你只需要弄明白：她丈夫周三下午五点到六点半，有没有跟秘书在半月街的公寓里偷情？我们要结果，要事实，要速度。

不过，话到嘴边，我还是忍住了。我说自己想有所改变——这次，轮到他不买账了。他拿起一个长柄瓷印章，在手里转着。

"您看，"他又开口道，"申塔尔总是有领头人，父传子、子传孙，我希望这个家族企业能代代相传下去。对我来说，企业和家族是一回事，所以我并不希望记有企业不光荣事件的文件存放在私人侦探的文件柜里，成为档案员解闷、瞎聊的谈资。"

"如果我跟别人说呢？"

"这个风险我不得不承担，但我打听过，乔治·兰宁的事您守口如瓶。"

原来是兰宁推荐了我。我有些好奇他们是如何认识的。"那件案子相对容易得多，"我诚实地说，"只是单纯的偷窃。您这件案子，要花点时间了。"

"的确，我知道这一行也有行规。我会遵守规则，不期待奇迹发生，您尽力帮我调查就好了。您可以去工厂的任何车间跟任何人聊天，问任何问题。您会发现大家都十分配合……"

"您要怎么解释我的出现和我四处打听的事呢？"

"您可以装作是要重写公司宣传册的作家，您能扮演这个角色吗？"

作家，应该不会太难。我年轻的时候不也偷偷写过很多东西吗？杂志投稿、香艳诗词、给报社和杂志又臭又长的抱怨信，甚至还试写过几章玄学小说。想起这些，我不由得会心一笑。卢克先生继续说了下去。

"当然，这只是您的假身份，"他说，"别让它影响到您，请把注意力集中在有关问题的调查上。"

"每一件事都可能有关联，每句话、每次沉默都很关键。最开始怎么能知道什么重要什么不重要呢？在得出结论前，我必须收集大量的信息。"

"调查的话，您按照规矩办吧，不过，我打算先让您和设计师熟悉一下。失去一名好职员我会很难办，但是……"

他按下桌上的按钮，吩咐道："查普曼小姐，请叫韦克菲尔德夫人过来，好吗？"

"是个女人？"我有点惊讶。

"准确地说是寡妇。她从曼彻斯特的一家纺织品公司来的，在这里工作了六年。我会找个理由把她的资料送过去给您，或许您能从她的履历中找到些线索。"

"纺织品设计师如此轻松就能跨行设计陶瓷器具？"

"设计师最重要的是设计感和艺术感,其他的技能我们会逐步培训。再说,我们要的是她的创意,而不是技术——这个我们有。她主要负责设计,如果董事会喜欢,我们会请技术员把图画转化成可以印制在陶器上的图案。说实话,韦克菲尔德夫人非常努力,工作负责、认真勤勉,她来以后自学了很多行业知识,专业素养不比任何人差。"

有人轻轻地敲门。门开了。卢克微笑地看向门外。

来人正是韦克菲尔德夫人,也就是如今已经与我有些熟络的科琳娜。她就如接下来的几个月里我时常看到的样子——一头淡褐色披肩长发,高挺的鼻梁,紧抿的嘴唇,清澈而漂亮的眼睛,英气的灰色眉毛,似在时刻忍受痛苦的忧郁表情。当然,这只是我毫无根据的猜想,可能是她低垂的眼帘,给人一种心碎不已、楚楚可怜的观感;也可能是我知道,她即将卷入一场捕猎,我跟卢克·申塔尔先生是猎手,她这个可怜的猎物却对危险浑然不觉。

兜完风那天下午,我思忖良久后还是打算去碰碰运气,赌周五下午五点半卢克还在公司。他果然没走。秘书带我进去,我讲述了这一天的见闻。

"去见更多职员之前,"我说,"我想先看看他们的工资情况。"

他看上去有点犹豫,这我料到了。这些人总抱着同样的心理，觉得自己既然请私人侦探调查，可以不提供公司的任何材料，凭侦探的访谈和直觉去发现端倪就够了。

"好吧。"他叹口气，同意了，"您需要的时候告诉我，我让您在这里独自待一小时。"

他不打算让我把这些材料带出去，当然，我不能多说什么。

接着他从桌上拿起一份文件递给我。"这是韦克菲尔德夫人的履历，除了证件类的，其他内容都在里面了。她的资料很负面。"

很负面。有那样一双眼睛的人，怎么会！

"她在创作室没有任何引人怀疑的举动，一直醉心于工作。"他看出了我的疑惑，急忙解释道，"她从未请过一天病假，从来不抱怨，哪怕安瑟姆先生把她的设计批得一无是处，也绝不还嘴。她的理念非常前卫。作为理想主义者，她从不考虑什么畅销设计，只会思考什么样的设计是美的——她对美的体认，我能欣赏，我知道那是真正的艺术。或许她的设计理念，卖二十年也不会过时，其他设计师可没有这种本事。但令我困扰的，也是我觉得她的不自然之处，是她竟然不会恃才傲物，你叫她做什么，她就做什么，绝不争辩、绝不反抗，设计被挑刺了，她会再拿新锐与传统设计相融合的图案来给你看。她比大多数人都有天赋。"

"这样的人，您还边赞美她的工作，边说她很负面。"我略带讽刺道。

"这……但我们的确对她本人的事一无所知。她不合群。虽然并不冷漠，但她从来不出去参加活动，也没有邀请过任何人去她家拜访。人与人之间都应该互相了解，但她却对过去守口如瓶，这样说您明白吗？"

我明白了，卢克不是说科琳娜负面，而是想说她沉默寡言。我把那些资料放进了皮夹里："我会小心保管的。"

"这一份是复印件，不过也是机密文件。"他问，"周末您待在斯托克吗？"

"我受邀去参加一个派对。"

"是弗雷迪吧，"他想了想，又补充说，"姓兰伯丁。"想起弗雷迪，他脸上禁不住浮出一丝苦笑。"对了，"他突然岔开话题说，"这里有她的作品。"

他拿出一只白瓷茶盘，黄色的带刺野玫瑰与绿叶相映成趣，十分雅致。

"第一批全碎了，"他说，"就剩这一个。"

"伯内特玫瑰。"

他惊讶地看着我："你听说过？"

"那一摞茶盘被砸碎的时候，我在现场。"

"艾伯特！"他叹口气，"我对安静一周的定义，就是工厂里没人咒骂他。他要么砸坏各种瓷器，要么往阿西娅小姐的茶里多加糖,还总跟负责釉烧的经理吵架。"

我本可以告诉他,这次的错不在艾伯特,但我何必让别人知道自己是个告密者呢。

"再过一阵他就会好了,"卢克自顾自道,"他父亲在那个年纪也跟他一样顽劣,我们是一起开始在工厂工作的,我当时二十一岁,他才十六岁。没错,我也必须按照老规矩来,三个月在这里帮忙,三个月在那里学习,所有工序都要研究和掌握,不然父亲不许我进办公室。那个时候,不管去哪个部门,我都是副经理,约翰·罗奇——艾伯特他父亲,只是帮工和跑腿。但他现在也是部门经理了。"他微笑道,"好了,希望您在兰伯丁的派对上玩得愉快,如果我还算了解弗雷迪的为人,您应该会很喜欢他的派对。"

没错,一箭双雕的事,我都很享受。我谢过他,祝他晚安,便离开了。

听闻卢克·申塔尔的大名,你很难不尊称他一声卢克先生。他令我迷惑,或者说,他对自己的定位令我迷惑。如果真要让我掌管家业,我希望能有更多自主权和决断权,而不是在董事会的指导下亦步亦趋、随时更正。既然成为继承人的先决条件,是了解陶瓷业的所有技术和规矩,何不去别的公司做学徒呢?就像中世纪贵族的儿子们那样,青年时期就被送到邻国做侍从,学习各种宫廷礼仪。当时，一想起卢克先生，这个疑问就盘旋在我心头。不过，等我逐渐了解到卢克先生保守的个性、近乎自我陶醉的家族自豪感和认为其他陶瓷公司都是靠抄袭申塔尔发家的"被害妄想"后，再想起这个问题，心中就有了答案——化学学士学位赋予他对黏土和硅石晶体结构的正确认识；不同部门的工作经历让他能够记得工厂工人与其祖辈的受洗教名。从小被这样教育的卢克，把献身公司作为自己的人生信条，天经地义地把自己看作工厂里每个人的家人、血亲手足，这样培育出来的接班人，对公司的热爱、忠诚也是其他途径无法比拟的。

正是如此，遭遇亲人的背叛才让他无比痛苦，甚至都装不出云淡风轻的样子。对他来说，一定是有人因为他无法理解的原因而怨恨他、怨恨公司或申塔尔家族。在我看来，分析招致毁灭和破坏的恨意之来源，实在大可不必——人类小心翼翼、偷偷摸摸，不惜付出痛苦代价，冒着生命危险，想要获取的唯一东西，就是金钱。卢克收集的那些信息，包括职员的情况、能接近创作室的嫌疑人名单、摄影爱好俱乐部，我都不在意，我只需要去寻找：谁最近缺钱或有不菲开支；谁长期在贫穷中绝望挣扎或是突遭变故急需用钱；谁生性贪得无厌或生活奢靡、挥霍无度——所以我才需要查看职员们详细的工资清单。至于工资去向，等我一一询问他们时再综合考虑也不迟。最重要的是，要记住那个颠扑不破的真理：一切皆有可能，不论任何事，任何人。

我穿过走廊，朝创作室走去，门是开着的。已经到了周五，工作台空空如也，纸张、颜料、模型、斜角灯都被推到里面，方便清洁工打扫，因而分辨不出哪个是科琳娜的位置。等下周上班再来找吧，我心想。

我从口袋里掏出科琳娜的履历资料表，又仔细看了一遍。上面的信息我基本掌握了，包括她的娘家姓、小时候的住处及成年后每年的大致境况。"二战"后期被征召入伍服三年兵役；而后在艺术学院学习三年；二十三岁去某工业设计公司的伦敦分公司工作；二十五岁结婚，去曼彻斯特纺织品公司工作；四年后来斯托克做陶瓷图案设计师，直到现在。表里没提到她丈夫去世的时间及是否有孩子。虽说这些跟我的案子没什么关系，保险起见还是要调查一番，她的一切我都要摸清楚。

韦克菲尔德夫人，卢克是这么称呼她的。对其他人，约翰、艾伯特、弗雷迪，他都亲昵地直呼名字，对科琳娜却格外生疏。虽说也算公司核心"有价资产"，她却始终特立独行，甘当沉默寡言的局外人。科琳娜不是陶瓷世家出身。如果她出生在汉普郡的奥尔顿，而非斯塔福德郡的伯斯勒姆，局面会有所不同吧？不过，我不得不承认，她成为头号嫌疑人，并非只是因为卢克对她抱有地域上的偏见。任何人都会觉得她最有嫌疑。

我很难过，因为我喜欢她。

汉利博物馆干净、明亮，新装的巨大落地窗闪亮耀眼，亮黄色墙砖还维持着漂亮的原色。庭院一侧有大型停车场，里面停放着不少崭新的小汽车。通往博物馆大门的人行道平整光滑，路两侧是草地和花圃。灰蒙蒙的天空下，报春花、水仙花、风信子倔强而旺盛地生长着。

我跟科琳娜约了一点钟在这里见面——昨天下午从窑炉去上釉车间的路上我们就说好了。可怜的科琳娜，她无法拒绝同样形单影只来陌生城市寻生计之人的请求。其实，两小时前我们偶遇过，她拎着装有很多包裹的网兜购物袋，抄近路从停车场走过来。

"你正要去理发师那里，还是回来了？"我问。

"再过十五分钟就到我的预约时间。在那之前，我得跟达特夫妻喝杯咖啡——昨天午饭达特不在，他也是会计。"

"布利斯的同事？"

"没错，布利斯的同事。"她叹口气。

"你不想去吗？"

"我不好拒绝，路上碰到他们，热情邀请我去。"

"丈夫还是妻子邀你？"

"妻子，她丈夫晚点来。"

"你一个人去？需要我陪你吗？"

她笑了："如果你能受得了。"

"他这么让人难以忍受吗？"

"可怜的科林！不，可怕的是吉莉安。"

吉莉安！一个身材消瘦、神态冰冷的女人，简直像根细长的冰柱。身穿红色束腰雨衣，涂着精心搭配的口红，把乌黑的头发和蓝汪汪的眼睛衬托得更加突出。她二十多岁，容貌秀丽，却如沙滩贝壳般常见，美得中规中矩，让人提不起再看一眼的兴致。

"科林来吗？"科琳娜边问，边把我这个作家介绍给她。

"他早该到了。我都等好久了。真不知他在磨蹭什么。"

她操着伦敦市郊的口音，连珠炮似的吐出三句抱怨。我们入座时，她好奇地打量了我几秒，神色很快恢复平静，似乎是把我们看作这场无聊聚会中的无足轻重的角色。

"你去参加弗雷迪的派对吗？"刚点完咖啡，吉莉安就问科琳娜——没了菜单作掩饰，她不能装作没听到。"你去吗？打算穿什么？我是说……"根本没等科琳娜回答，她又自顾自道，"不知道穿什么比较合适。"

"你想我穿什么，我就穿什么。"科琳娜回答，"弗雷迪应该不会在乎这些礼节吧。"

"跟他没关系，得看其他人怎么穿。"吉莉安不耐烦道。我以为保守的人很少会直言不讳地表达不满。"老天，终于来了，"她突然说，"我以为你不来了呢。"

她的丈夫来了，怀中抱着大大小小的包裹。科琳娜又老生常谈地给我们做着介绍，他为了不显得失礼，着急要跟我握手，慌乱中包裹掉到了地上。

"干吗不把东西都放在车里？"吉莉安不满地抱怨道，"我真不明白，既然不需要，何必拿过来。"

"为了赶时间，"他抱歉地说，"我不想再去停车场了，药店那边有点耽搁。"

我顺便跟达特聊起在斯托克难停车的问题，话题越扯越远。吉莉安一言不发地看着我们，脸上的表情有些不悦，似乎是在讽刺我们的泛泛而谈，又似乎是在责怪我们不邀请她参与讨论。终于，她冷冰冰的态度破坏了气氛，我们失去了继续下去的兴致。

"您也在陶瓷公司工作吗？"我有点绝望地问。死一般的寂静。

"不是，"她终于开了口，"我在蒂勒公司当秘书。"

"是朗顿的机床公司。"达特给我解释。

"我们不是本地人，"吉莉安强调道，"从南方来的。"

我知道她所谓的南方是指什么：那边流行山形墙屋顶①、岩石庭院里种金链花和淡紫色的南庭芥。不过她丈夫倒不明显，他口音重一些，像伊斯灵顿、坎伯威尔或弓区人。他很想掩盖口音，但带方言的伦敦话反而更容易识别——这大概很令他苦恼。

他拿出香烟让给我们，科琳娜看看表，谢绝了他的好意，我也一样。其实我并非有意拒绝，他掏烟前，从口袋里拿出一卷黄色胶卷放在桌上，我的注意力全被胶卷吸引了，根本没意识到自己说了什么。

"您是摄影俱乐部的吗？"我满怀希望地问。

他突然开朗起来。"没错，我是会员！"他激动地说，"您有兴趣？"

"您可别瞎鼓励他，"吉莉安有些阴沉地说，"浪费了多少时间和金钱在上面！"

达特顿时蔫了，我想打听消息的一丝期待也被扼杀在摇篮里。我能感受到他的满腔屈辱、愤懑，失望之情不比我少。我又看看吉莉安。她喝着咖啡，嫌恶地皱皱眉，接着往咖啡里加了两块方糖。

"可怜的吉莉安，"达特竭力想振作起来，"你喜欢瓶装的糖粉，对吧。真的，真的……"

---

① 顾名思义，山形墙是形成三角形屋面结构的墙体，有两个斜面的屋顶在两端各成一个三角形，称为山形墙屋顶。——译者

他古怪的发音！恐怕只有语言学家才能讲出门道，让我粗略形容的话，他刚说的是："尊的，尊的。"这个有些神经质、操着伦敦土腔的"南方佬"急切地想纠正发音，但还是说不对。桌上的气氛顿时尴尬地沉默了。

万幸，科琳娜预约去理发店的时间到了，我借口说载她去，如释重负地离开了咖啡馆。

"午饭前如果你不用包，我帮你把它放在车里。"出来后，我对她说。

"谢谢，不知道你是开车来的。"

"我应该刻意地提一下，就像吉莉安那样。"我打趣道。但她抿紧嘴唇，没有吱声，我便不说了。我转移话题："达特家开的是什么车，你知道吗？"

"白色的林肯西风经典款。"她又看了一眼表，"我得走了，一点钟在博物馆见？"

"好的。"

我无事可做。又或者说，我肩负的调查任务过于庞大和宽泛，一时间不知该从哪里入手。所以，我像往常一样，跟着第一个出现在脑海中的念头行动——去停车场找那辆白色的林肯西风。

停车场里有两辆林肯西风。其中一辆，后座上有儿童座椅，里面放着一只蓝色的毛绒兔玩具。据我观察，吉莉安打扮入时，不像是生过孩子，但也不好说，他们或许已为人父母。我再往前走,发现这辆车的副驾驶座上放着两个装满东西的购物筐——达特刚把买到的东西都带去了咖啡馆,因而这辆车被排除。另一辆林肯西风很脏,车上落满灰尘,一开始我还以为车身是灰色或黄褐色的。孩子们把后备厢盖当成了画板,用手指画上笑脸、花朵、圈圈叉叉,还有孩子写了纸卷夹在车上,揶揄道:"先生,帮忙擦擦干净吧。"我拿出手帕把这些涂鸦都拭去。达特的日子够难过了。

"请问您是达特先生吗?"旁边有人问我。

我转过身,一个肤色黝黑,头发黑亮,衣着整洁的男人正盯着我。

"我不是达特。"我回答道。

他有些惊讶:"我看您在擦车,还以为——他是您的朋友吗?"

"只是见过面。"

他一时不知该说什么。

"我刚才去他家拜访,"他接着道,"发现达特先生不在。您不会碰巧见到他了吧?"

有时候,我也讨厌自己这种本能似的警觉和疑心病,这会迷惑那些平凡坦率的人,也会让生活变得更加疲惫。但这个人,他知道达特的名字、住所和车型,却不知道他人在哪里?当然,这种事,合理的解释多到数不清,我却仍旧无法释怀。"没有，"我回答，"我没见到他，抱歉。"

他皱起眉头，看了一眼手表："糟糕，希望能正好遇见他。"他朝我点头致谢，有些犹豫地走开了，似乎还想碰碰运气。

我也转身，佯装轻快地朝博物馆走去。走到门廊时，我回头望了一眼。

他回到了达特的车跟前，像开罚单似的，在雨刷上夹了一张纸条，整个过程持续了几秒钟。接着他头也不回地离开了，这次没有折返，而是径直朝一辆蓝色奔驰A40走去，片刻后开走了。我目送这辆车消失在街角，又走回那辆脏兮兮的西风车旁。

当然，夹在雨刷上的不可能是什么罚单，而是一张倒扣在车窗上的纸片，路过的人看到，只会以为是张废纸。我把它拿下来，原来是名片。J. D. 劳伦斯，北方证券综合信贷公司，一个曼彻斯特的地址，最下面用铅笔加了一行字：上午拜访，碰巧您不在，请联系 J. D. L.（地区业务代表）。

我把卡片塞回雨刷上，仔细打量起这辆车。先生，帮忙擦擦干净吧。虽然外边很脏，车里倒是比较干净，没有吃了一半的面包、破洞的手套、孩子的尿壶之类——因而缺乏一点亲切、温馨的感觉。车门靠近仪表板的小口袋里放着一份地图和一个糖盒，盒子里有花花绿绿的软糖和奶糖。仪表盘上原本贴着经销商商标的镀金贴纸，被抠掉了一些，残留的标签上依稀能辨认出几个字：维克多，Mot□□，□□ue 大街，□□菲尔德。

我抬头望向汉利镇中心，正巧看到马路对面有个怀抱货物和包裹的瘦高个男子，他站在一辆棕色斯托克专线巴士后，似乎要朝这边来。我返回门廊，静静地等达特出来。"□□ue 大街"，以 ue 结尾，可能是蒙塔古（Montague），也可能是贝尔维尤（Bellevue）。但"□□菲尔德"呢？可能是最容易联想到的谢菲尔德，也可能是德里菲尔德、纳菲尔德或者斯沃菲尔德。除了这几个，此类相同后缀的地名还有很多。

即便那些文字并不是什么重要的线索，但除了本能的疑心病以外，我的好奇心也驱使我弄明白标签上缺失的文字。

我没料错，达特一走到车旁边就看到了那张名片。他没来得及放下包裹就急忙想把纸片抽出来，手忙脚乱中，有两个包裹从怀里滚到了地上。他背对着我，静静地盯着那张名片，我看不到他的表情。微风掀起他雨衣的一角，吹乱了他棕色的头发。他终于动了动，把那张名片揉成一团扔了出去。接着他艰难地从口袋里掏出钥匙，打开车门，把包裹一股脑扔在后座。突然，他迟疑了一下。紧接着他走到旁边那辆车的后边，弯腰捡起刚才扔掉的纸团，走到人行道上,把它扔进了街边垃圾箱。

他在车里静静地坐了片刻才发动引擎,车子有些歪斜地倒了出去。如果我的车恰巧停在他的车旁边,我应该会很紧张。

我不打算去博物馆了,在路上向行人问了市立图书馆的位置。

*

科琳娜知道我在图书馆消磨时光后,显得很惊讶,不过那是赞许式的惊讶。

"不是所有作家都待在阁楼里。"我边说边把车停在了乔赛亚·韦奇伍德黑色的雕像背后。

"很抱歉,我不是那个意思。"她顿了一下,"不过,有些作家的确不喜欢出门,比如刚入行的新人,还有某些古怪的艺术家。"

"我懂,我写的商业化文字很难称得上是艺术。"

"我可没有这么说。"她惊慌地否认道,"毫无疑问,深居阁楼也会创造出失败的艺术。"

"那些受骗的可怜人!如果你的灵魂不能通过赚钱来抚慰,唯一能做的就是出卖它。"

她那双楚楚动人的灰色眸子盯着我:"你真相信是这样的吗?"

"有时候会,"我答道,"这取决于我在银行有多少存款。至于其他的,那是卢克先生该操心的事。"

她若有所思地看着我:"他肯定很着急吧,想尽快看到公司的历史宣传册——估计是要配合秋季的营销活动。无论如何,他都是个慷慨的人。"

我打开车门,想转移她的注意。有句老话说得好,真相是把双刃剑。一个不小心,它可能割破我的手指。我不敢让她多在宣传册的事上思考,这太危险了,也许她会注意到什么不合理的地方。但是,我引起的这个话题、我愚蠢的疏忽,已经伤害了这个哪怕对真相做出一点妥协都会痛苦的人。

不过,与她一同进酒店也算弥补了一点过错。她是个保守的人,已经守寡,结婚戒指居然没有从左手换到右手。如果服务生把她认作我妻子,我绝不会有一丁点不愉快。

她打量着餐厅,我感到她有些不安。

"我在担心会不会遇到布利斯。"看到我探究的目光,她赶忙解释,"他每天中午都在这里吃午餐,不过今天是周六,应该不会遇到吧?"

他每个月在用餐方面的花销一定不少吧,我估计是的。"为什么不去食堂呢?"

"食堂不够好。"

"昨天的午餐很不错。"

"我不是说餐食。"她说,"卢克先生也是叫人在食堂打饭给他送去董事专用餐厅吃。只是布利斯觉得在食堂吃饭是对他个人社会声誉的损坏——因为有很多工人也在食堂里。我跟你说过,他很有野心。今年九月他要去大都会(伦敦),这可是乡巴佬的终极梦想。"

"离开工厂吗?"

"对,去钢铁公司做初级会计师。这是巨大的进步,但就他付出的心血来说,他的确值得这样的升迁。布利斯能力出众,甚至是鹤立鸡群——问题也在这里,他眼里容不下普通人。你待久了就知道,他经常监视工厂工人,确保其工作到位、不会偷懒,所以人缘奇差。另外,他非常了解空缺高位需要何种素质的人才——知识面广,了解产品、销售和管理方法。

"他要去投奔谁?"

"布雷斯·兰宁。"她回答。

我静静地坐了一会儿,脑子却在飞速运转。没关系,不会产生任何影响。他还没去,又怎会知道之前发生过的事呢。那家公司面试他的时候,肯定不会跟他说,要被替换掉的初级会计师,是因为几笔假账和三张伪造支票而遭到解雇的。兰宁公司没有将此事公之于众,也没有起诉对方,因为金额很小,不值得大肆声张。但是,人言可畏,猜疑和流言蜚语估计是少不了的。等布利斯去了,也许会有同事把这些捕风捉影的秘密告诉他，但等到九月份，我在申塔尔的调查工作早已完成，他也离开这里了。再说，兰宁公司的人真的能将会计师被解雇的事件与我的调查联系在一起吗？可能会。早知道我该用假名，不管是当时或者现在，又或者每调查一个案件的时候都用一个。不过，对我来说，用假名意味着完全否认自己的身份，那是真正的堕落，我并不愿意。不管了，他的离开应该不会引起任何麻烦。

所幸，吃饭期间我们并没有遇到布利斯。我仔细询问了科琳娜的工作日常，她被我的热忱所打动。说实话，我确实对她的事很感兴趣，不仅仅是因为这份工作。她诚恳地回答了我的问题，又兴奋地聊起她刚刚完成的设计，那是一幅正式图样，白底，以深蓝为主色，带着浓郁的波斯风格。

"他们会看中这一款吗？"我问。

"当然，"她很平静，但语气肯定，"'上帝'本人都已经说过他很喜欢了。"

"卢克先生吗？你不喜欢他？"

"他挺好的。"

我看着她。卢克先生不信任她，这或许是个正确的决定。她太平静了。就算在公开场合发生争吵，也比把怨愤憋在心里强。但我不觉得科琳娜是笑里藏刀的人。她的这番话在我听来，反而显得疲倦和冷漠，像是在质问我：你凭什么指望我会喜欢别人呢？

"我想给它起名叫伊斯法罕，"她突然说，"那个新设计。但董事会肯定不喜欢。"

"从商业的角度说，我没法说他们做得不对。"

她突然笑了，很温婉地笑，气氛不错。

"你今天下午做什么？"我问。

"没什么安排。"她微微有些惊讶。

"想一起去谢菲尔德兜兜风吗？今天天气很好。说不定会是一趟愉快的旅行。"

"你忘记弗雷迪的派对了吗？"

"去兜一圈，不会花很长时间。很快就会回来。"

她的眼睛亮了起来。"我很愿意。"忽然她愣了一下，有点难为情地看着我，"我好多年没坐过车了——除了跟弗雷迪一起出去，被挤得像虾米一样的那次。"

有辆车，可以随时开车出去兜风，这的确很重要。能让她开心的，都算是重要的事。

今天阳光充足，透过一层灰色的薄云，洒在地面上，把公路两旁黑乎乎的铁路围栏染成了棕色。

"还有件事，"她说，"我们可以顺路去一趟恩登吗？我住在那里，大概六公里远。我买了牛排，它们可不会像我一样享受去谢菲尔德的兜风之行。我们从利克到巴克斯顿，再到查普尔。这几个地方都在奔宁山脉那边，但对于一辆阿尔卑斯①来说，奔宁山脉是小意思吧？"

"你还懂车，"我调侃她，"是因为你很喜欢相关的设计吧？"

"没错，"她回答，"设计。"

那就去恩登吧，她的住处。可怜的科琳娜，我早就知道了。

有两个小男孩正沿着车站路往前走，个子不高却很敦实，棕色的小腿，穿黑乎乎又破烂的衣服，一看就是穷人家的孩子。走在外侧的孩子比里面那个个子小一些，他突然冲过来，跳到我的车前。

没发生什么事，我的车速不快，又踩了急刹车，但他显然被吓得不轻，里侧的高个子男孩年纪大点，他也吃了一惊，小脸因为焦虑和恐惧皱成了一团。他揪住小个子的领口，把他拎到靠墙一侧，重重地在他肩上打了两下，以示警告。等完全放松下来，他又朝小个子背上拍了两把，用我听不懂的方言狠狠地训斥这个顽皮的家伙。

我跟科琳娜相视一笑，加速开了过去。街角处等转弯的车排成一条长龙，我们等了很久，那两个孩子赶上并超过了我们。他们的手挽到了一起，大一点的孩子脸更圆，

---

① 雷诺旗下跑车品牌。——译者

他边把一个皱巴巴的纸袋递给小个子,边伸手在袋子里摸索着什么。这一定是兄弟俩。手挽手是一种血缘至亲的亲昵动作,也是深入骨髓的保护本能……

"走吗?"科琳娜提醒我。

路上已经没有车了,我发动车,转过了街角。

我身处汉利图书馆,正抬头端详着墙上那幅谢菲尔德的地图。看来我之前猜得不对,不是蒙塔古(Montague)或贝尔维尤(Bellevue)街,而是布拉格(Prague)街。这个地方很特别,各类中小型商店一字排开:杂货店、药店、无线电商品店、洗衣店、花店、烟草店、报刊店,等等。还有一家维克多二手车店(Victor Mot□□)。我本以为这类店只会跟加油站开在一起,没想到并非如此。店里似乎只出售高档二手车——至少从外面看是如此。

科琳娜自己去闲逛打发时间。我在报刊店停了一下,买了一份本地报纸,在上面找到了自己想要的信息——这家店也提供买车信贷服务,条款非常简单,门槛很低。待售车辆保存状况良好,主要是中小型汽车,颜色都很低调,车龄不长不短,基本没有面世超过八年的。我在店外打量一番,摸清里面没有莫里斯敞篷汽车后,便推开门走了进去。

一位年轻人迎了上来。

"下午好,"我先开口道,"我在报纸上看到贵店在出售一辆'1957年款绿色莫里斯敞篷车'——不知道是不是来晚了。"

他一脸茫然,可怜人。

"您确定没看错吗?先生,"他问,"现在店里没有莫里斯敞篷车。"

我吃了一惊,希望他信以为真了。

"请稍等,"他又说,"我很确定我们没有,但我还是去问问……"

真是个尽责的年轻人。我看得出来,他有些心不在焉。他的灵魂可能在家看曼联比赛;可能去喝五点半的下午茶;可能跟自己的女友晚上出去约会了。尽管如此,销售员的专业素养还是能让他毫不费力地以和气、妥帖的态度接待顾客。他打开店铺后门,我凑过去看了一眼,那是个满是油渍的后院,里面堆着不少汽车轮胎。

"艾德!"他喊道,"维克多先生说过咱们进了一辆'1957年款绿色莫里斯敞篷车'吗?"

"没跟我说过。你可以打给其他店问问。"

年轻人关上门,朝我走过来。"很抱歉,看来的确有点误会。"他说,"我们可以帮您物色一辆——或者您愿意看看其他的车吗?"

我摇了摇头:"可能不小心看串行了,我刚听到好像还有其他店？"

"那边不卖车，先生，"他笑着回答，"是卖女装的，但都是维克多先生开的。但就算打过去也问不到，周末他去度假了。抱歉。"

我看都没看就把手搭在了最近一辆汽车的翼子板上。"这辆其实也不错，"我说，"但我还是想买辆敞篷的。"我犹豫一下，装出对其他车辆有些动心的样子，"买车的信贷条款是怎样的？"

"这当然主要取决于政府提供的标准文件。不过，客户能缴纳的保证金（首付）越多，自己的还款压力也越小。我们要求首付不低于总款项的五分之一，两年之内还清。如果您能接受跟维克多先生订立特殊协议，首付金额可以适当调整。"

"明白了，你们跟北方证券综合信贷公司有业务往来吗？我的朋友劳伦斯在那边工作。"

"是的，"他回答，"不过我没听说过这个名字。"

我同他又礼节性地聊了几句，就道别离开了。这段插曲似乎没什么意义，我总会干点这种自己也觉得可做可不做的事。我可以再多问些问题，但又不想因为急功近利而踩错调查节奏。考腾斯觉得我慢，也有这方面的原因。

"你要卖车吗？"我回来以后，科琳娜问。

"天啊,才不是!就像《迪河磨坊主》①里唱的那样:'我爱我的小汽车,她是我的情人,是孩子,是结发妻。'但我也许真该买辆速度更快的。"我打趣道。

她却没有露出笑容。"你想像捷豹车里死的那个人一样吧。"她冷嘲道。

到谢菲尔德之前,我们在路上看到一辆深绿色捷豹XK出了交通事故,它撞了墙,车头已经撞碎,引擎盖也弹了起来,颤巍巍地上下晃动着。最可怕的事故现场组合"齐聚一堂":血迹、警察、救护车、担架。

"我想他应该没死,不然医护人员会盖住他的脸。"我反驳道,"也许不是他的错,那里的确可以高速行驶,可能有其他车迫使他突然转向。"

她一言不发。我们经过事故现场时,科琳娜几乎不敢抬头。不管谁看到血泊和受重伤的人员都会觉得难受,况且他伤势很重,整个人被包成一尊古老的"大理石半身像"。

"你冷吗?"我问,"喝点茶吧?"

"不了,谢谢。"她回答,"真的,不必客气。"

我没有再劝,她很坚决。我边开边看路边哪里有加油站。

---

① 原名为 the Miller of Dee,是一首英国民谣。——译者

热闹的周六，镇子里人很多，交通拥堵严重，连加油站都人手紧缺，门口排起长队。我关掉引擎，耐心地等待，街上行色匆匆的人群吸引了我的视线。

一位身着黑衣的老妇，正艰难地顶风前行。她佝偻着，沉甸甸的靴子让步履显得格外沉重，穿一件脏得发亮的长棉衣，几乎盖住脚踝。这样寒冷的天气，她却只戴了一顶黑色草帽，由于瘦得皮包骨头，脸上反而看不出多少皱纹。她嘴角似乎带着笑意，却不知这究竟是抽搐还是微笑——大概是微笑吧，因为她浅色的眼睛也在微笑，流露出孩童般天真烂漫的快乐和自得。老人小心翼翼地捧着一束用白纸包裹的花束，几乎是护在胸前，从那深色的轮廓判断，应该是紫罗兰，只有一束。我目送着她蹒跚地走到巴士站，这时服务员示意该我加油了。

差不多18升就足够了。我付了钱，拿回找零，开出了加油站。那位老妇人还在继续走，这条商业街长着呢，至少还有800米，她却没在车站上车。我知道是怎么回事：她的钱不够买花加坐公交。我心中泛起一阵愧疚，在经过她身边时，特意放慢了车速。多么愚蠢的善心、多么无用的愧疚！我忘了自己开的是一辆双座小车，没办法载她一程。硬要让她上车，恐怕只会吓到老人。

我瞥了一眼科琳娜，差点撞上路中央的交通岛。她正举着酒壶，痛饮一大口。

"你觉得冷吧?"我有些自责。

"不是,不是,"她反驳道,"我一点也不冷。"

她把酒壶递给我,我并没有接。她的脸色比平常更苍白。

"你真的没问题吗?"我又问,不由得想起那辆被撞毁的捷豹XK。

"没事,"她回答,"真的没事。"

我没再追问,她不是那种喜欢逞强的人。两人默默地开了一段路。

"你在申塔尔多久了?"最后,我开了口。

"六年。"

我当然知道,我还看过她的年龄、工资和堪称完美的健康档案。"你为什么来北边?"我问。

"工作在哪,我就去哪。"

"只是好奇你是不是在这边有亲朋好友。"

"没有。"连她自己也意识到回答得过于简短生硬。片刻后,为缓和气氛,她补充道,"我没什么亲戚,几个表亲也只是知道名字,不常来往。"

"父母呢?"

"他们都去世了。"

"姻亲呢?"问出这一句,我内心竟然颤抖起来。

"没见过,也从不联系。"她顿住了,"他也是。"

足够了，已经足够了。我们又一次陷入沉默。

派对时间就要到了。科琳娜说她自己想办法过去，于是我把她留在恩登，独自吃了晚饭。差不多八点半，我开车去弗雷迪家。

他住在斯托克市郊，这片区域的房子多为半独立式建筑，沿用20世纪20至30年代流行的山墙和飘窗设计——不过，房屋正门的路并不像南方流行的那样，铺着粉色和奶白色鹅卵石，而是采用了当地常见的红砖。房子很新，颜色亮丽，不像老房子，墙砖都会变成黑色。

他家外面停满了小汽车，音乐声、欢笑声从半拉着窗帘的落地窗里飘出来。我按响门铃，是弗雷迪开的门，他眉开眼笑、兴高采烈，手中举着半杯啤酒。"快进来！"他招呼道，"我还以为你迷路了呢！"

他穿一身时髦的银色西装，低头瞧了瞧我的脚，见我没穿那双一月只刷一次的脏仿麂皮鞋，长舒一口气。他的皮鞋总是黝黑闪亮，一定觉得擦鞋油可以给皮鞋防腐吧，我能理解。

他带我走进一个宽敞通透的房间，里面基本没什么家具，只有一个长餐柜靠在墙边，上面摆满了各式各样的杯瓶。地板打扫得很干净，舞池里挤满了翩翩起舞的年轻男女。多半女孩是从工厂来的，她们的短裙随着舞步上下翻飞,整个人打扮得像粉嫩的圣诞礼物。

"我想想,"弗雷迪自言自语道,"你认识谁——有了!吉莉安,听说你们见过面。"

我真是太"走运"了。不过,夜晚的吉莉安·达特,似乎比白天更增几分活力。不知道她因为选不出中意的派对礼服,发了多少脾气、受了多少折磨——最终,她挑了一件轻薄丝绸连衣裙,深深浅浅的红色波点,配上蓝绿相间的随性墨痕,相辅相成,自为一体;乌黑的秀发,金色的眼影,眼神带着几分疏离和彷徨。这意想不到的搭配却给人留下了深刻的印象,或许是她迄今为止最成功的一次派对着装。跟所有普通人一样,她需要不间断的陪伴和娱乐来提供刺激。那天早上,她身边只有我们和她丈夫,自然就感到索然无味。我不动声色给她下这些轻率判断的时候,表面却装出一副被迷住的样子,乐不可支地请她跳舞。不得不说,她跳得很好。不过,她的优雅、热情都浮于表面,眼神始终没有活力,甚至有些无精打采。我脸上挂着礼貌的微笑,假意与她攀谈,倾听她说话,眼神却不自觉地在人群中寻找科琳娜的身影。吉莉安身上的香水味很浓。

不费什么功夫,我就看到了科琳娜,她靠墙站着,没有跳舞。跟吉莉安相比,跟那群如花般绽放的少女相比,她是如此苍白、严肃——发色很浅,脸色苍白,穿一身黑色无袖连衣裙，只涂了一点口红。不过，这件衣服选得很好，衬出了她纤细柔美的脖颈和胳膊。我不动声色地往墙边靠，想看得更清楚些。为什么，她为什么喜欢穿松松垮垮的夹克？可惜了这曼妙的身材——至少我感到有些遗憾。我烦躁起来，有一搭没一搭地应付着吉莉安，连假笑都快维持不住了，心中想与科琳娜共舞一曲的愿望越发强烈。

然而，等我真邀请到她跳舞，心里却不免有些失望。她宛如校园舞会上初试舞技的女孩，紧张兮兮、身躯僵硬、步伐单调，完全没享受其中，只是被我机械地拉来推去，全副精力都放在脚步上。她跳得不好，所以很紧张，但一紧张身体就更加僵硬，简直是恶性循环。我想，她以前一定很少或从没跳过舞，因为她甚至没意识到我连小段单舞都没放开她的手。

派对继续进行，跟其他热闹的派对一样，大家一边跳舞、一边喝酒，人群中不时发出阵阵欢笑，十分喧闹。弗雷迪在会场里四处穿行寒暄，尽地主之谊，但手里的半杯啤酒一点没少。他向我介绍了他的母亲，一个个子不高却开朗、豪爽的女人；还有他的几个姐姐——都已经结婚，跟他一样有黑亮的头发和明媚的蓝眼睛。布利斯也在，他只是为了让自己看上去合群才参加派对——这是作为管理层，为维持良好的"劳资关系"而不得不承受的痛苦。我在上釉车间认识的青春女神珍妮丝也来了,她涂着亮闪闪的口红,衬裙下露出少女纤细的小腿。在科琳娜之后,我邀请她共舞,她的舞步轻盈如羽。创作室的职员来了不少,有约翰斯,胖胖的雀斑脸米切尔,甚至倒霉的艾伯特也来了——他穿着浅蓝色西装,配红色领带。在我之后,达特也邀请了科琳娜跳舞,两人的动作都显得有些笨拙。派对期间,我数次看到达特在餐柜周围晃悠。

大家在各个房间流连,我也趁机像布利斯那样四处窥探,把其他屋子打量了个遍。

这幢房子内部保养得很好,干净整洁,只是色调有些鲜艳和轻佻,不太协调。这种所谓的"现代艺术风格",正应和了当下历史与文化的变更——传统、严肃、深沉、厚重的元素被轻飘飘的民主稀释,然而拥趸们连民主的精髓也未能领会,就争相效仿。

我上了二楼,在阳台上驻足片刻,嘈杂的声音终于消失了。接着,我踱步到弗雷迪的卧室门口——灰色的墙围、冷色的墙纸,屋里整体色调很暗——他一定觉得这样能凸显男人气概吧。墙边是一张窄床,铺着白色的床单和棉被,床头挂着十字架。床头柜上有本破烂的黑皮书,没拿起来我就猜到了,是《罗马弥撒经书》,扉页上歪歪扭扭地写着"弗雷迪·兰伯丁,1945年9月12日"。我翻看了他用红丝带和图片作书签标记的页数,都是一些重要的圣节：复活节、复活节后的第一个星期天、耶稣升天日、基督圣体节、圣母升天节、万圣节、圣母无染原罪日、圣女依搦斯殉道日，还有一个不太熟悉的节日。我叹口气，将经书放下。柜子上零散地摆着几张照片——兰伯丁夫人带穿着白色短袖短裤的小弗雷迪第一次吃圣餐，他看上去很严肃；弗雷迪带着虔诚的天主教徒才有的平静表情，在黑池金沙海滩上骑驴。这是张相当动人的照片——他的身体摇摇欲坠，表情却十分平静，有个年纪大点的男孩一直努力地托着他，两人的头几乎要碰到一起。我原本还想翻翻书架上的东西，楼下却突然传来脚步声，慌乱中我连灯都没关，便装作若无其事地走了出去。

晚餐被安排在舞厅后一间狭长的房间里，里面人满为患，大家都在尽情吃喝。不消说，食物饮料一应俱全，咖啡口感不错，挑剔的吉莉安·达特喝了，也只是稍微皱皱眉头。一片祥和热闹的氛围中，不知是谁笑着打趣道："弗雷迪，你想把公司搞破产吗？"

弗雷迪嘴里嚼着火腿三明治，有些疑惑地嘟囔着。"啊哈，你是说杯子，"他咽下三明治，开口说，"是我租用的，我们一家人怎么会买这么多同款杯子！"

"奇怪，我们家里确实没有申塔尔的餐具，对吧？"兰伯丁夫人问，"除了父辈传下来的旧餐盘之类的。"

布利斯举起面前的杯子端详着。"这可能是申塔尔的。"他说。

人群中立刻有人发出抗议。

"这种质地，怎么可能是申塔尔的？"米切尔愤愤道，"睁开眼好好看看，行吗？如果卢克看到过这种样式，他一定会气炸——要是他看过的话！"

"也许吧，"布利斯冷冷地说，"可能是我们做过的某款不温不火的设计。"

弗雷迪立刻打圆场："来吧，"他从窗台上拿起一瓶蓝带啤酒，"喝一瓶啤酒，就算上面印的是狗尾巴和旧锡罐，你们也不在乎。"

布利斯露齿一笑，脸上的表情柔和了许多。女孩们看他的眼神变了，空气中的些许敌意也渐渐消散。一场小风波就要平息，吉莉安却突然开口了。

"我知道他想表达什么，"她说，"就算质量不错，设计理念也是落后的，谁不知道现在最时兴的设计都是从欧洲大陆来的。"

"是吗？"米切尔气道，"我们没落后到驿站马车那么夸张的年代吧？上周还有德国的代表团来参观工厂，他们都很满意，对我们的产品赞不绝口！公司做过市场调研……"

"也许吧，"吉莉安打断他的话，"我还是觉得，一直待在这里的井底之蛙,设计不出真正大气新潮的东西。"

"没你说得那么糟糕,"约翰斯没好气地说,"能卖出去就好了。"他没看吉莉安,而是盯着布利斯,"真的卖不出去,也没钱养会计,你就会失业。再说,大众的品位都是保守的,只能慢慢地改变。"

"不管怎么说,"弗雷迪接话道,"什么才叫时尚?这东西变化无常的。"他知道我喜欢玩填字游戏,又是作家,所以冲我露出会心一笑,"如果追逐每个新潮的时尚,那要不了几年,你家里就会攒一大堆过时的东西。但是传统的……"

布利斯不耐烦地摆摆手:"但从美学上说……"

弗雷迪连忙拽拽布利斯西装的翻领:"你一个会计,就别讨论什么美学不美学的了。"

"长期来说……"

"长期来说,"达特突然插话道,"我们都将变为尘埃,时尚不时尚又有什么关系呢?你说不定还会把玫瑰……"

"天哪,玫瑰!"布利斯嫌弃道,"我受够往瓷器上印玫瑰的老套设计了!"

"这可没办法,老兄,"弗雷迪说,"花朵就该跟器具联系在一起,非常自然。哪怕是精工巧琢、设计百变的中国瓷器也不过是在器具上画蓝色竹子罢了。其他的瓷器——布里斯托尔、塞夫尔、切尔西……"他把斯塔福德郡以外的瓷器都归为二等。

"没错,"布利斯赞同道,"工业陶瓷设计没有原创可言,都是衍生、模仿、变形而已。只有雇佣陶瓷艺工来设计,才可能获得真正的所谓原创。"

"原创个鬼,"弗雷迪终于有些不耐烦了,"一个盘子,或者杯子、水壶的图案,要什么原创?非要嘲笑人家没有原创设计,只能是自取不快——不对,怎么说来着?"

"自取其辱,"我提醒道,"或是自讨没趣。"

"谢谢提醒,"他接着说,"我告诉你,陶瓷器天花板不高,本身也不能再升级进化。那些手工匠人,不过是把不广为人知的设计照搬上去,没什么神奇的——借鉴的是中世纪,中国、埃及、迦勒底吾珥的灵感。你去博物馆看看,就会明白我的意思。没有人会把这样的创作称为抄袭,那只是他们的灵感来源,受到了传统文化的影响。行了,我不是说他们完全照搬,我也不怀疑他们的诚实,他们的……"

他求助似的转向我。

"正直?"

"没错。我觉得,一个想法被传播后,它就会变成大家共有的财产。我生气是因为你把他们由此获得的灵感,称为工业设计的衍生品。"

"说得好!"米切尔喊道,"没想到弗雷迪·兰伯丁先生也帮我们说话。谢谢您,总有一天,这份恩情得还给您。"

"得了,"布利斯很固执,"抄袭与否暂且不论,为什么现在的设计缺乏活力,颜色也寡淡?如今,斯堪的纳维亚式的设计①……"

"那根本是涂了颜料的绝缘子②吧?"弗雷迪讽刺道。

布利斯词穷了。

"陶瓷!陶瓷!"达特又插嘴道,"能不能别讨论陶瓷了?"

大家有些讶异地看着他。斯托克的人永远不会厌倦谈论跟陶瓷有关的事,就像他们不会厌倦这灰蒙蒙的天空一样。人如何摆脱一件已经渗透进自己现代生活方方面面的事情呢?砖石、杯子、盘子、瓷砖、洗脸池、水槽、排污管、导管、绝缘子、实验室器皿、耐火砖、炼焦炉,乃至火箭燃烧室的超耐火材料都是由陶瓷制成的,它们已经成

---

① 斯堪的纳维亚风格是一种现代风格,它将现代主义设计思想与传统的设计文化相结合,既注意产品的实用功能,又强调设计中的人文因素,避免过于刻板和严酷的几何形式,从而产生了一种富于"人情味"的现代美学,因而受到人们的普遍欢迎。——译者
② 一种特殊的绝缘控件,能够在架空输电线路中起到重要作用,通常由玻璃或陶瓷制成。——译者

为人类文明生活中不可或缺的部分——火箭更是成为保卫自身文明,抹杀其他文明的关键武器。

弗雷迪又说了什么,大家忽然哄笑起来,我没有听清。不过,众人都很识趣,不再剑拔弩张地讨论陶瓷设计之事,餐厅里重新响起了七嘴八舌闲聊的嘈杂声音。

刚才,都有谁参与了那场对我的调查来说很重要的讨论?弗雷迪,话题主导者;布利斯,积极参与;吉莉安,愚蠢的评论;米切尔,恼怒的抱怨;约翰斯,短短一句话;达特,没头没脑、不足挂齿。谁的缺席引人注目呢?是科琳娜。

我环视四周寻找她的身影,她却不见了。讨论开始前,她站在我身旁靠后的位置,吉莉安发表那通关于乡巴佬的"高见"时,我还拿了咖啡和三明治给她。后来,讨论越来越激烈,我的注意力被吸引过去,竟没注意到她是何时离开的。不过,作为伯内特玫瑰的设计师,在布利斯抱怨受够玫瑰时悄悄溜走,真的让人难以理解吗?也许她仅仅是不愿意跟布利斯站得太近而已。毕竟,说难听点,他简直是头猪,一头粗鲁、没脑子的猪。

这头猪正一个人站在我身旁不远处。我刚想跟他攀谈几句,弗雷迪却突然走了过去。

"给你,伙计,"他轻声说,淡淡一笑,"吃点东西,消消气吧。"

他用叉子扎了一个黑乎乎的自制腌洋葱球递到布利斯嘴边。

布利斯却没有笑。"弗雷迪,"他冷冷道,"把这种平民食物从我面前拿开,听到没有?"

"得了吧!"弗雷迪不屑道,"你十四岁的时候,咱俩一顿饭就能吃一大罐。"

"那已经是很久以前的事了。"布利斯说。

弗雷迪沉默了。接着,他把洋葱放进自己嘴里,咔嚓咔嚓嚼完,咽了下去。两人一动不动,略带挑衅地看着对方。然而,不知是不是吃洋葱的关系,弗雷迪漂亮的蓝眼睛湿润起来,他目不转睛的凝视似乎更像是种请求。

笨拙的大块头米切尔突然挡住了我的视线。

"我说,"他跟我打招呼,"你挺懂的,是不是!'自取其辱''正直''自讨没趣',你就是弗雷迪行走的词典。"他友善地一笑,走开了。

布利斯终于动了动。弗雷迪已经去跟珍妮丝聊天,还作势要揪掉她一边的耳坠,把女孩逗得咯咯笑。他的母亲托着一盘蛋糕走到我身旁。

"你吃一块吧?"她问,"一定要请你尝尝我大女儿的烘焙。她叫玛丽,站在门口那个——现在住在伯斯勒姆的海伊巷。我们一家是伯斯勒姆人,战后才来到这里,本打算搬回去,结果女儿们都在这里结了婚。这么大的房子,平时我跟弗雷迪两个人住,但他还是很喜欢这里。他总是把房子收拾得干干净净,还花了不少钱装修,应该是想结婚后住在这里。"

"他会很快结婚吗?"

她笑了。"就我所知他还没有这个计划,也还没到年龄,对吧?他时间多着呢。"母亲眼神中流露出自豪的神色,"而且,选择也很多。"

我有些好奇地想,她为何要向我吐露这些秘密呢?等我目送她从房间的这一侧走向另外一侧时才意识到,整间屋子只有我们两人的头发是灰白色。

晚饭过后,又是一轮舞会时间。科琳娜还是不知去向,吉莉安·达特站在我身边,不知为何,一脸愠怒。离得这么近,除了邀请她再次共舞,我没有别的选择。她本就不多的活力已消耗殆尽——要么是已经失去对乡巴佬派对的兴趣,要么是刚才关于陶瓷的争论令她不快。我俩沉默地跳完一曲,曲终,我很绅士地把她送回达特身旁,总算是松了口气,然而达特根本没看吉莉安,他正忙着给自己调酒。

弗雷迪来找我聊天,他拉着我的手,举起半杯啤酒,我怀疑那还是我进门时看到的半杯。

"敬您,勇敢的先生。"他压低声音说。

"为什么？怎么说？"

"邀请科琳娜跳舞，还邀请达特夫人跳了两次。"

"跟科琳娜跳舞需要什么勇气？"

他犹豫了，笑一笑，把我拽进走廊。"你认识米奇（米切尔的昵称）吧，大块头米奇？两年前，在工厂的派对上，他喝得开心，想跟科琳娜亲近一下——没有逾越的粗鲁之举，米奇不是那种人。他只是想跟科琳娜表达一下自己对她的喜欢，您应该明白，没承想遭到冰冷的拒绝，我们简直要给他治疗'冻疮'呢。之后，再也没人敢向科琳娜示好。我倒不是说您在向她示好，"他赶忙补充道，"只是科琳娜在厂里早有'冰山美人'的称号。但达特夫人——"他的眼睛亮了起来，"她真迷人！"

盲目，我心中暗想，在男女关系方面，他的鉴赏力几乎为零，轻易就被漂亮裙子和鲜艳口红蒙住了眼。本来，这种分歧可以解释为我们对女性的审美差异，但他这样形容科琳娜，我无法接受——怎能只凭看到的和听到的就武断地下结论呢？后来，我转念一想，与我的大胆不同，这个床头摆着祈祷书的虔诚教徒十分克制，他从不允许自己放肆地打量科琳娜，自然也看不到她漂亮的脖颈和曼妙的身段。既然如此，用盲目形容他不太合适，蒙蔽可能更加贴切。但在当时，我来不及向他解释，也没工夫分析弗雷迪的性格。

"今晚有这么多位可爱的女士在你府上，"我打趣道，"你却没问起最甜美的那一个。"

"谁？"

"茱蒂丝。"

他立刻把目光移开了。"的确，她不在这里。哎呀，杰克，玛格丽特！"他如蒙大赦，向我点头示意后，迎向走进大厅的一对夫妇。

我回到了舞厅。布利斯站在门后。

"你好，"他招呼道，"喜欢谢菲尔德吗？"

该死，竟然被他看到了！"没待多久。"我赶忙回答，努力不让自己露出惊讶的神色，"我怎么没看到您？"

"我在加油站旁等红绿灯。"他说，"想买辆车。"

"您想买什么款式，主管们都开的劳斯莱斯？"

我想转移话题，他却没让我得逞——我们之间似乎开始了一场校园男生的掰手腕比赛。以我的感觉来说，他有些孩子气，蛮横却又软弱，会因为一时犯蠢而惊慌失措。就算他碰巧去过谢菲尔德，也不可能知道我在维克多二手车店的小插曲。但是，当我把那家小店和布利斯联系在一起时，脑海中突然浮现出一种最不可能的可能性。

"不，其实我想买一辆跟你们层次差不多的车。"他理所当然的语气让我甚至觉得自己不该揶揄他，"但我去晚了，便宜货已经被人买走。啊，科琳娜来了。"

他走开了，留我们两个在原地。

也好，让他见鬼去吧。音乐声响起，一首优美舒缓的华尔兹。我伸出手。

"为什么邀请我？"她问。

"真是个好问题！"

"你回答不了吗？你愿意忍受我僵硬的舞姿，一定有特别的原因吧。"

她的坦率令我不安，那清澈眼眸中直率的目光，竟让我的心为欺骗她而感到痛苦。

"我就是喜欢被踩几下。"我回答。那之后，我们一起跳了很久。

大概午夜十二点，弗雷迪又来了，他碰碰我的胳膊。

"抱歉，打扰雅兴，"他有点尴尬，"能借一步说话吗？科琳娜，亲爱的，你也来一下。"

我们跟着他来到门厅。

"能请您帮个忙吗？"他问，"您可否送达特夫妇回家？吉莉安不会开车，达特先生开不了了。我想送他，但又不能留下一屋子宾客。肯定有人准备走，我得留下来送客——"

"当然，没问题。"我一口答应，"现在还有巴士吗，还是说我得步行送他们回去？"

"不必,您送达特夫妇回家后,可以把他们的车开回来,他酒醒了改天再开回去。所以,你也不介意同去吧,科琳娜?我知道这样的要求很过分,但这样既能送你回家,也不至于让吉莉安太难堪。好吗?"

她点点头:"他在哪里?"

"我已经把他安顿在车里了,吉莉安在等你们。他没有酩酊大醉,还能走,我想你们可以处理好。"

没错,我们能处理好,也必须处理好。年长者就应该负起责任。

"科琳娜,穿上这个,"他拿起一件厚厚的男士羊毛开衫给她披上,"你可不能感冒了。"

我们出了门,沿着花园小径,走向那辆白色的林肯西风。吉莉安在车旁等我们。

"抱歉。"她从喉咙里挤出一句话,好像被呛到了似的。

"没关系,"我说,"科琳娜帮我带路。"

她点点头,进了后座,坐到瘫在角落的达特身边。他这一整晚肯定喝了不少——但这不关我的事,我只要开车送他们回去就行。然而,将他们送达似乎都已经成了奢望——我发动引擎,车子发出一丝微弱的嗡鸣,像半死不活之人的喘息,令人揪心。车缓缓驶过斯托克大大小小的矮坡,汽缸每次漏气,我都捏一把汗,发动机微弱的抗议声在寂静的夜里显得尤其刺耳。一路上，两个女人都没有说话，达特也十分安静。

最大的考验是如何把达特从车里弄出来送回去，我架着他走到半路，吉莉安却拉住我。

"不行，"她厉声说，"让他自己走，他可以，在弗雷迪家他是自己走到车跟前的。"

天啊，已经午夜时分，考虑考虑邻居的感受吧！我环顾四周，街区一片寂静，窗户都黑漆漆的。

"给我钥匙，"科琳娜说，"我来开门。"

吉莉安走到达特另外一侧，推了他一把，他差点一个跟跄摔倒。我已没精力照顾她的面子问题了，把达特一条胳膊架在我肩膀上，扶着他，摇摇晃晃、跌跌撞撞地沿着石子路往前走去，最后半搀半拖地将他弄回了家。

我装作没注意到吉莉安的不满，又把达特扶上楼，安顿在卧室里两张单人床中的一张上。我倒是很想听听弗雷迪如何评论这对夫妇的单人床。

"行了，之后的交给我吧，"吉莉安说完，又很不情愿地加了一句，"谢谢。"

她脸色通红，紧咬着嘴唇。我突然有点可怜她，这样的羞辱的确令人难受。

"我现在开车回弗雷迪家，你们晚点去取车吧，"我告别道，"晚安。"

"等等！"她突然叫住我，"请保密——也请跟科琳娜说一声——别跟别人说这件事。"

我摇摇头。别人！别人！她这辈子最在乎的恐怕就是别人的看法。

因为是晚上，我只能看到达特家门廊的布置：白色墙壁，蓝色地毯，一张红木小桌上放着一碗海葵。科琳娜在门口等我，我们走出去，轻轻关上门。之后，我们心照不宣，再未提起这件事。

"别按原路返回了，"她提议道，"我想给你看点东西，往前开吧，不着急。"

我们的车悄无声息地在黑暗的街区中穿梭，这里的房屋是维多利亚时代晚期的风格，跟达特家的类似，院落相当大，花园里都有树篱和茂密的树木。

"我们现在是在纽卡斯尔，"她见我四处打量，贴心地解释道，"莱姆市下面的纽卡斯尔，跟斯托克完全不一样，是历史悠久的自治市，根据皇家特许状建立的，虽说相邻，但完全不同。停车吧，介意下去走走吗？"

我们从陡峭的山坡上往下走，坡底有一道铁栏杆。顺着栏杆远眺，能看到冒着黑烟的矿坑，在夜晚仍旧一片通红，其间点缀着星点灯光。

"伊特鲁里亚。"科琳娜自言自语。

"什么？"

"就是你脚下这片地方的名字,伊特鲁里亚谷。乔赛亚·韦奇伍德在这里建造了他的陶瓷王国。大概是为了纪念伊特鲁里亚陶瓷厂才以此命名吧。仿造古董在当时可是风靡一时。不过,韦奇伍德陶瓷厂很早就搬走了,现在在巴拉斯顿的郊区,全线电子化生产,清洁、干净,而这里已经变成了钢铁厂。"

我向矿坑里望去,映入眼帘的是红色的天空和黑漆漆的楼群,星点灯光宛如一条金色的河流,在坑底蜿蜒。蒸腾着的水蒸气和烟雾,在幽暗的山谷中飘浮,在火光映衬下,染上了一层浅浅的玫瑰色。机器轰鸣声不绝于耳,其间还夹杂着铁路调车作业的当啷巨响,黑红相间的火车头在河岸另一边缓慢地升起、降落,车轴前后摆动。钢铁厂工作的时候,整个矿坑仿佛都有呼吸。因为是周六午夜时分,纽卡斯尔周围人家的窗户都还没有亮起灯,起重机架上的无罩灯和信号灯,在伊特鲁里亚上空闪烁着。

突然,一抹浓重的橙色光芒覆盖了天空,吞没了之前的红色。虽然看不到实体,但我知道发出这样耀眼光芒的东西是什么:一块被捆得结结实实,足足有十二米高的煤炭,被从炼焦炉推了出来,遍体通红、火星四溅。

"真美。"我不禁把心中感想说了出来。

她转身看着我:"你真的这样觉得?"

"是的。"

"我也是。"她说,"不过我们该回去了,还没跟弗雷迪道别呢。"

"他有没有在赌什么?"转身离开矿坑时,我张口问道。

"什么意思?你是问他有没有参与赌马之类的吗?"

"不是,我是问他有没有跟人打赌赢了钱?你看过他炫耀过赌条吗?"

"当然没有,你觉得他要做什么,把打赌赢的东西裱起来?"

"我是在想,他是不是找个借口开派对,其实另有所图。"

"弗雷迪不是那种人。"她说。

"不知道布利斯有没有赌赢过。"

"你觉得他不屑放下身段参与赌球?但他或许不介意用赌赢的钱买酒喝。这不一样。"

"看到他今晚也在,我的确很惊讶。"

"我告诉过你,他们是表兄弟。弗雷迪办什么也不会落下他的,他不是那种冷淡的人。"

"好吧——布利斯也没有拒绝弗雷迪。"

"为什么拒绝?你没看到过他们共事的样子。"她顿了顿,"他们是一起长大的,布利斯的父母很早就离婚了——母亲跟邻居私奔去了别处,兰伯丁夫人接纳了达德利。她可能是为妹妹这样的行为感到愧疚，而且以兰伯丁家的财力，多一个孩子也没什么负担。不过，我记得布利斯的父亲给他寄过钱。"

"而且，弗雷迪周围那么多莺莺燕燕，也需要布利斯的指点，"我补充道，"我猜他已经不跟弗雷迪住一起了。"

"对，"她说，"大学毕业后布利斯就搬出去了。你也知道，他聪明极了，能得到各种各样的奖学金，擅长考试、训练，只是现在'过河拆桥'了。"科琳娜干笑一声，"达德利在竭尽所能地往上爬，去北斯塔福德吃午餐，住纽卡斯尔的豪华酒店。他的政治立场偏红（英国工党），喜欢看《卫报》[①]和《新政治家》[②]。跟他相反，弗雷迪只看《每日电讯报》[③]，爱国家爱人民，每天吃食堂，政治立场偏蓝（英国保守党）。人哪，要么笑，要么哭，没办法边哭边笑。我可听够他们俩争论陶瓷的问题了！都固执得很，观点也都有一点偏激。"

"不知道兰伯丁夫人怎么看，"我接道，"怎么看布

---

① 英国的全国性综合内容日报。与《泰晤士报》《每日电讯报》被称为英国三大报。由约翰·爱德华·泰勒创办于1821年5月5日。一般公众视《卫报》的政治观点为中间偏左。该报主要读者为政界人士、白领和知识分子。——译者
② 英国伦敦出版的政治和文化杂志。1913年4月12日成为政治和文学周刊，具有自由的、怀疑的政治立场。——译者
③ 英国具有影响力的全国性报纸。1855年6月29日创刊，初创人是亚瑟·巴勒斯·斯莱上校。读者主要是中产阶级。——译者

利斯。"

"她已经有弗雷迪了,其他的还在乎什么呢?"

没错,她还有何所求呢?

我们回去时,派对已经结束了。弗雷迪激动得几乎要拥抱我,毕竟他人生中又一个棘手的难题被我解决了,他难抑自己的感激之情。

我把达特的车钥匙交给他,就去找科琳娜。她站在门厅,穿着那件松松垮垮的夹克,把我喜欢欣赏的漂亮裙子和曼妙身材藏了起来。

"好了吗?"我问。

她有些不知所措:"我准备跟约翰斯一起走,你介意吗?我跟他们来的,一直是这样。他们正好要回利克,顺路带我一程。"她突然抬头看着我,显得很紧张。我们在酒店外讨论阁楼里的艺术家时,我见过同样的眼神和表情,"你别生气。"

"别说傻话。"我吃了一惊,赶忙道。

她奇怪的反应令我忍俊不禁,安慰的话刚到嘴边,她却突然转身走了,连再见也没说。

伊特鲁里亚。我又去了那里,还是停在山坡上,不过这次开的是我自己的车,汽缸很新。叼着烟,我无言地驻足在栏杆前,望着漆黑坑底中泛出的红光。每天、每周都有这么多工人在这里生活工作！还有其他厂里的工人！钢铁厂、煤气厂、陶瓷厂，等等。斯托克有不少陶瓷厂，仅申塔尔一家，就有数百名工人。我忽然感慨万分，看看派对上的那些人：布利斯，不惜掏空钱包，也要把自己包装为成功人士，想跻身上层；弗雷迪，不管有没有赚钱，钟爱大房子，不惜花重金保养、装饰，只为自己结婚时有面子，还大言不惭地说创意是人类的共同财产；米切尔，一个看上去总是乐呵呵的胖子，是摄影俱乐部的促成者和业余专家，工作就是把图案描到器皿上，几年前被科琳娜狠狠地拒绝过；达特，这个可怜虫，我对他了解不多，但也已足够——拥有装饰豪华的宅邸，怀抱娇妻，然而她只爱名贵香水、丝绸，瞧不起斯托克乡巴佬，被邻居和周围人的目光牵着鼻子走。这些人都还好好地活着，我怎敢把那些勤劳的底层工人列入嫌疑名单呢？

我掐灭烟，发动汽车，开下了山坡。

但是，派对上，也有正直善良的科琳娜。

我开始了在工厂里的查访。没有人对我在工厂四处晃荡、打听消息的举动感到疑惑。我很喜欢艾伯特的祖父老罗奇，他负责往送入中国釉烧窑的手推车上摆放陶瓷器。这是陶瓷器上釉后的第二次烧制工序。罗奇为申塔尔工作了四十六年，他最喜欢的事，就是"添油加醋"地描述过去用煤炭烧制瓷器的逸事，比如：为了防止沾染污渍和烟气，陶瓷器都必须装在叫匣钵的烧制盒中；工人必须扛着匣钵爬上梯子，把它们扔进窑炉，完成烧制后再原样取出——为了节省经费，让窑炉保持高温，这些动作都必须极快地完成；如果算不准温度，整炉的瓷器会变形、变色，这样的损失可能让小工厂关张、工人全部失业；烧制过程中，有缺陷的瓶身会扭曲、萎缩或者坍塌，就像核事故会导致人的基因扭曲一样。我在汉利博物馆看到过这种标记为"废品"的样本——从造型看，它们确实该被扔进废料堆。

废料！这大概是垃圾的方言叫法。烧制之前，黏土可以重新塑形，只需加水再次搅拌成黏土浆即可，因而工人们会小心地把工作台上遗留的黏土碎片回收；烧制之后，任你是什么样的陶艺大师，也回天乏力。所以，如果烧制中的瓷器出现瑕疵，不管是多贵的用料，也只能摔碎扔掉——这意味着时间、功夫、金钱，全都打了水漂儿。申塔尔的生产成本高，一是因为其产品标准严苛，即使出现最微小的瑕疵，整个瓷器也会被销毁。二是作为老字号，他们有着强烈的自尊心，不愿意低价出售次品——讽刺的是，正是因为他们爱面子，不愿受人指摘，反而暴露了自己的软肋。毕竟就算是申塔尔，也或多或少会生产出瑕疵产品——虽然在引入科学方法控制次品率后，大规模"废窑"①事故已经少之又少。

窑（kiln），用本地话发音是夭（kill）。夭指代窑，就像用坯体（body）指代成型未烧制的陶瓷器一样，听多了就不再觉得不吉利。瓷器胎、陶器胎、长石胎，都是如此。我偶尔经过制浆车间，看到搅拌机里挤出的灰白色湿乎乎的黏土，就会联想到人体——活着的叫人体，死了的就是尸体了。有一次，米切尔跑腿路过这里，我提起这个想法，我俩还说笑一番。只当玩笑！②

"没事，现在很安全。"老罗奇那双充满活力的眼睛，偶尔会流露出遗憾的神色。他还会加一句："有时遇到隧道里的烧制车脱轨，生产不得不暂停——要等窑里温度降下来，工人清理完废渣、摆正车子后，才能重新开始。在这期间，烧窑无法工作，大家只能无所事事，而窑外待烧制的匣钵堆积如山。各种人都会来问我原因，但除了耐心等待，别无他法——陶瓷业就是如此。"跟我说话的时候，他也会有条不紊地往转盘上放瓷器，即便不抬头看，也不会放偏。

固定销、窑柱、套管、垫饼被统称为窑具，是用耐火

---

① 废窑，原文是 spoilt kill。本意指陶瓷工艺中整窑被烧废的陶瓷产品，作者用此作书名取双关之意。body、spoilt、kill 在陶瓷业内意为"瓷坯""烧废的""窑"，在书中影射"尸体""被宠溺的""谋杀"。——译者
② 这个时态描述的是侦探发现尸体前的经历，不应该想起那具尸体。即便是指那具尸体，也不会和同事谈到尸体时会心一笑。——译者

黏土做成的支撑件，用途是固定待烧制的器皿，或分隔叠摞的器皿以防粘连。烧制过程中，它们会与釉料融合；等烧制工序完成，工人从另一端拉出手推车时，盘子和碟子上的支撑件会自动脱落；进行后续加工时，女工会用锋利的凿子清理底座上的残留，有时会把釉料蹭掉，因此碟子和盘子的底部常常会留下三个等距离的粗糙印记。处理残留支撑件的过程比较嘈杂，流水线上噼里啪啦之声不绝于耳，仿佛一群聒噪的画眉在叫。艾伯特的姑妈就在这里工作。罗奇家族祖孙三代中间这一代人中，罗奇的父亲是混得最好的，当了印刷厂的部门经理，那里的工作台上总是铺满很多排长而窄的转印纸，让人仿佛身处洗衣店。

　　黏土！医院会把黏土分给神经紊乱的病人，揉搓黏土似乎能让他们更加轻松和舒适。难道是因为其可塑性强，才会让病患有平静的感觉吗？不过在这里，不管黏土有没有镇静的作用，大家都必须保持冷静，因为随时随地会有人端着摞一米高的杯子从你身边经过。就像老罗奇说的那样，对待黏土、对待人，都要有耐心。

　　陶瓷器的整个制作过程，工人们都很耐心。器皿的破损率很低，如果没有艾伯特，还会更低。当然，小摩擦和矛盾也是不可避免的，釉烧经理会抱怨陶坯经理送坯不及时；陶坯经理会怪制浆车间速度慢，本来黏土已经达到最易塑形的状态，机器却还在不紧不慢地搅拌——听到这些，我由衷地认为黏土的性质和人类的本性非常相似。正因如此，我也更加赞同卢克先生的观点：不管新增多少机械设备，想做最好的陶器，一定要在必要阶段、必要程度上，用人手去搅拌、触摸黏土。

我曾问过科琳娜，这里的劳资关系如何。

"很不错。"她说，"做所有事情都会讨论和协商，比如办工厂舞会、板球比赛、郊游之类，申塔尔是个大家庭。"

"大家庭式的理念已经过时了吧？"

她耸耸肩："人都会愚蠢地认为，家庭一定是幸福快乐的，觉得没有激情和亲吻，家庭就不够完整。其实，最强大的家庭，绝不会给自己套上一家人的枷锁，他们互相争斗、吵闹，却能在危急时刻本能地一起行动。"

科琳娜几乎每天晚上都要加班，设计各种她认为优美的图案。我也会借口说宣传册要查资料，留到很晚，等其他人都走了，就带着笔记本去创作室陪她，还托词说自己一个人在图书馆无聊。

一开始，她脸上总挂着看破不说破的微笑，挪到靠近门边的地方工作，似乎做好了随时开溜的准备；时间一天天过去，她见我没什么企图，也就懒得再挪位置，会坐在屋子中央自己的位置上工作。

她收拾东西打算回家时，我也跟着起身，然后送她回恩登的家，每次只送到路边，她自己走上去。她还是有点害怕——或者说，矜持，对我有戒心，抗拒我的接近。但她并不知道或者不理解，我想跟她在一起的真正原因。但话又说回来，在当时，她认为的动机，到底是什么呢？

如她所说，布利斯常常在工厂里晃悠、发号施令，像是在炫耀手中的《卫报》和笔挺的西装。他的穿着，比汉塞尔、布拉斯科、汤比、卡德明等董事会成员还更精致——到了卢克先生这儿，才算是"棋逢对手"。我在这里待的第二周的周三，他居然悄悄跑到图书馆翻看我的笔记，被发现后也没有道歉，只是轻描淡写地说了句"写得挺有意思"便点点头离开了。我不想引人注目，即便心中大惊，也没有声张，毕竟他没看到什么会造成实质损害的内容。不过第二天，他做出了一件更令人大跌眼镜的事：没来上班。我急忙四处打听，才知道他去城里了。

在那之后又过了两周，调查没起什么波澜。卢克先生还是用他吉尔伯特式[①]——将专制与绝对平等严格结合的仁慈手段管理工厂；艾伯特还是会打碎瓷器；珍妮丝继续给陶器上色，给我送茶；茱蒂丝则忙着接听电话，回答来访者问询。很遗憾，我没法像弗雷迪那样找借口给她打电

[①] 是指威廉·施文克·吉尔伯特爵士（Sir William Schwenck Gilbert，1836年11月18日—1911年5月29日），英国剧作家、文学家、诗人。他与作曲家阿瑟·萨利文合作的14部喜剧闻名于世，他们在《船夫》(the Gondoliers)这部作品中以乌托邦形式描述了一种统治形式。——译者

话，也听不到她轻柔的、宛如歌声般的细语。我常在工厂各处遇到弗雷迪，他穿着干净的白衬衫，袖子整齐地卷到胳膊肘以上，在跟厂里甚至厂外的密友闲聊，漂亮的蓝色眼睛眨呀眨地向我打着招呼；米切尔也喜欢闲逛，他身材高大，衣服上总沾着釉彩渍，脸上挂着随和的笑容，颇有些神出鬼没；达特还是面色苍白，尽管他努力地想表达善意，但似乎没人买账。有一次，"体贴"的布利斯把车停在我车的外侧，害我无法倒车，达特还自告奋勇地提议送我去汉利。坐了一程，我才明白那辆林肯西风的引擎为何已病入膏肓——达特喜欢猛踩刹车——每隔几分钟，他都要为自己换挡时的颠簸和急刹车道歉。他跟弗雷迪一样，也喜欢开车听收音机，但调频的动作却十分僵硬。可怜的达特，可怜的科林。路上，他还没头没脑地突然说："我很喜欢兰伯丁。"着实令我吃了一惊。

当然！弗雷迪是那样充满活力：一头乌黑的短发，栗色皮鞋永远擦得锃亮，会看着填字游戏蹙眉，爱把面包泡在番茄汤里，会朝不长眼的巴士或卡车发火——达特怎么可能不喜欢他呢？没人不喜欢弗雷迪。

我也花了很多工夫调查，在考腾斯的那些年可不是白待的。笔记本上写满了速记暗码式的线索，都是我在工厂里跑前跑后调查到的各种资料：白领们的薪资——甚至包括工人的工钱；厂里的人员关系；是否有人沾染不良癖好；员工花销；个人习惯；生活标准；等等。这些琐事太需要耐心了，老天！我事无巨细地发问，就为了得到自己想要的答案。没人会像我这样，花一整个下午，挖空心思搜罗辞藻，以便能在晚饭前后巧妙地引导谈论某些话题。但是，这些苦心都只会变成笔记本上短短几行暗码。

我也曾向中班看门人隐晦地表达过歉意，说自己总是待得太晚，一定让他有些困扰。

"没有那回事，先生。我喜欢工作到很晚才走的人，开门放行的时候还可以跟他们聊两句。是的，我一般六点差十分关门，那时工人已经走得差不多了。比尔负责关闭拉什大街上送货的小门，他六点钟下班。没有其他门，除非把装货区也算上，只有卡车会从那里经过，去往米莱河岸。调度工头五点半关装货区，然后下班。对了，如果有人工作晚，又没开车，比如清洁工，他们会从这里的侧门走。我经常在门房待到十点钟，谁走都能看到，所以侧门通常是开着的。帕特，也就是守夜人，他来以后会把门锁上。办公室的人经常待到很晚，卢克先生也是。您肯定见到过韦克菲尔德夫人，毕竟您常跟她一道离开。她是个工作狂！您也体会到了吧，艺术家这类人时常会投入得忘我。奥利弗偶尔也走得晚。米切尔先生是摄影俱乐部的负责人，每两个月举办一次活动，办活动就会加点班。约翰斯先生很顾家，不常加班。布利斯先生！只要手头的事还有一丁点没完成,他绝对不会离开。总有人说闲话,但他头脑聪明又如此刻苦用功,成功也是理所当然的。私生活如何,与别人又有何相干呢?我们都生活在彼此的眼光里,不是吗?如果你不喜欢工作,那加班一定很痛苦。年轻的达特先生,在布利斯埋头苦读的时候,放弃了学业。布利斯一定要那样折磨自己吗?不是,我想,读书对他来说大概是件很容易的事,起码比其他人来说容易。这只是我的粗浅看法。"

如果他们都像这位看门人一样爱说话就好了!我能轻松不少——我甚至还去找茱蒂丝打探,但她的答复谨慎、简短,也就没问出什么实质性的内容。

"在这里待一天不觉得寂寞吗,茱蒂丝?"

"当然不会,我能听到大家的声音。"

没错,你这个小滑头,你一定知道些什么。

"我见过你在算什么数字,一定能打发些时间吧?"

"没错。有时候查普曼小姐太忙,卢克先生会送一些好核对的东西让我来算。"

"那她不忙的时候,你都做什么呢?"

"读书。卢克先生不会说什么,他见过我读书。"

"只读书吗?"

"有时候也打打毛衣,或者做点针线活。"

"你会成为优秀的家庭主妇的,等你结婚以后。"

她的脸唰地红了。还是那令人熟悉的温柔的斯塔福德郡口音。

"也许不会有人想娶我。"

天啊！怎么会！多么天真可爱的女孩，仿佛刚烤好的苹果布丁，温热、柔软，香气扑鼻，马上就要融化，简直太过美好。苏丽雯·茱蒂丝·艾格尼丝，二十岁，每月工资七英镑十三先令六便士，父母在世，有两个哥哥、两个妹妹。她的父亲是焊工，母亲是家庭主妇，信仰罗马天主教。我仔细地把关于她的事工工整整地写在本子上。

接下来这段是约翰斯说的：

"科琳娜非常安静。不知为何一直没有再婚，她长得很漂亮。"

约翰斯在我心中的位置上升了，因为他很有眼光。

"她丈夫？我们从来没听过他的事，谁都不知道发生了什么。她来的时候已经是个寡妇。一定是悲剧吧，这么年轻就守寡。倒不是说她老了不能再嫁人，您明白我的意思。"

约翰斯停顿了一下。我明白他话里的意思。

"不管怎么说，私生活是她自己的事。但俗话说，静水流深。的确没有人真正地了解她，甚至奥利弗也不知道。奥利弗是我们另一位女同事，但跟科琳娜也走得不近。您知道奥利弗吗？她的设计很不错，申塔尔的艺术家们都很厉害，您应该知道吧？但是，她跟科琳娜不一样，科琳娜有自己的风格。"

靠着搜集这类的琐事，我在工厂待了好几周。每晚送科琳娜回家后，我会出去散步，从水汽氤氲、湿漉漉的铁路拱桥下，沿着特伦特河，穿过荒草丛生的河道，向污水处理厂的方向走。一路上会经过黏土浆池、储气器、铁丝网、采石场围栏的缺口。如果有思路，我就理理头绪，没有想法，我会彻底放空自己，开车去镇上兜风，了解这里的一切——被灰黑色街道隔开的起起伏伏的山区住宅；漂亮的购物中心，为了好看，用灰泥、油漆、玻璃釉把外墙黑乎乎的墙砖盖起来；市政厅；气派的公园；有些阴森的教堂，孤零零地耸立在一片开阔之处；废弃的矿渣堆；云母石砌的学校、工厂和公司大楼，随着时光流逝，本就低矮的石板屋顶已经有些下沉。历史的进步在一步步、无可阻挡地消解着过去。当然，这是时代的进步，但人们偶尔还是会触景生情、多愁善感，在内心深处，悲伤地向旧时代的瓶窑和黑乎乎的煤烟道别。

第二周的周五，布利斯回到工厂，继续折磨大家；弗雷迪一边要操心自己的多夫戴尔游览计划，一边还忙着张罗周日下午的聚会活动；科琳娜的"波斯"风格设计获得了董事会的认可——这是五点钟我应邀去见卢克先生时，他告诉我的。

"我们无法对设计保密，这你明白，"他说，"它一定会出现在制作的各个环节。"

"的确，"我回答，"大肆宣传此事，或许对调查有利。别单纯等待它在制作时被传阅。"

他很不情愿地看着我："你觉得它会……"

"我只是说有可能。值得一试。"

"但我们如何能关注到韦克菲尔德夫人的一举一动呢？"

"我会尽量跟她在一起，"我冷静地说，"如果你加强了工厂安保，新的设计却还是被抄袭，那几乎可以肯定，科琳娜就是罪魁祸首——她从家里寄出了设计图。不过，这样的试验需要时间，而且这款设计就保不住了。这不是她在长春花后唯一一款设计吧？"

"不是，她还设计过伯内特玫瑰，也帮助其他人做过一些设计工作。会发生何种状况，现在谁都无法预料。再说，如何防止她抄袭其他人的作品呢？"

我转身要走，突然想起一件事："新设计——你们要命名为伊斯法罕吗？"

"不会。"他干巴巴地说，脸上的笑容消失了，"你怎么知道？"

"她告诉我的。"

他看着我。这熟悉的眼神，我在每个雇主眼中都曾看到过——他们不知道该佩服我，还是该对我的所作所为嗤之以鼻。

晚上送科琳娜回家的时候，她告诉我，波斯风格的设计通过了。我装作刚刚知道，赞叹不已。

"我带你出去庆祝吧。"我建议道。

"今晚不行。七点到九点我要去艺术学校教课。"

"那就明天？"

"谢谢。"她同意了，"什么时候，午饭吗？"

"既然你喜欢坐车，不如午饭后我们去兜风，晚上再吃顿饭，然后我教你跳舞。"

"不必，"她严肃地回绝道，"太麻烦了，你不必如此。"

事实正相反，是我必须紧跟着她。"为什么不行？"我问。

她转过头，定定地望着我："我不希望给你增加任何经济上的负担。"

"别担心，我不只有卢克先生这一份收入。"

她这才同意。

那晚，我先送她回家，一小时后又在巴士站接她，载她去艺术学校，九点半下课后，送她回恩登，把车停在她家街角的路灯旁。她低声道了晚安，默默地离开了。我不敢正视她的眼睛。我已经不知道自己在做什么了，也不知道自己是不是该停下来。

离这个路口四五十米的地方，还有另一条小路，我刚开始跟踪她时就发现了。我把车开到那里，返回来，躲在街角花园围墙的暗处，注视着她窗中透出的亮光。灯熄灭了，我没有动。

早上她会去购物，这段时间有盯漏的风险；然后她在理发店待到十一点；那以后直到下午五点，她都在我的监控范围内；再之后，她去换晚餐的衣服；整个晚上我都跟她在一起，最后送她回家，等她关灯。周日上午我无法盯着她，下午已经跟弗雷迪约好，一同去多夫戴尔游玩。所以，周六和周日早上、周日晚上，这三个危险时间段，我应该——不，是必须——找到借口待在她身边。如果顺利，她只有周六或周日清晨才有机会溜出去打电话或邮寄设计稿。这两个时间点，除了枕边人，别人都无法监视她的一举一动。

科琳娜呀，科琳娜。只是寄封信，就得被打上嫌疑标记吗？没错，她是个寡妇，没有家庭，没有朋友，寄信给谁看呢？

我等了半个小时，她的灯没再亮起，人也没有出来。看来已经就寝，甚至已经睡着了。我在寒风中瑟瑟发抖，跑到车子跟前，开走了。

周日早上，我失败了，没找到合适的理由把她留在我身旁。

为了尽量弥补时间上的空白，我打电话给她，但聊了半个小时也没能说服她跟我共进午餐，这样的失误让我紧张不已、坐立不安，于是我一点半左右就动身去了恩登。

天气十分晴朗。斯托克城外，阳光透过被风吹散的云朵，洒落在地面上。我赶到的时候，她正坐在门口坏掉的门柱上，穿着一件旧骑马便服，用红色围巾扎起了长卷发。

"十分钟前，我看到达特家的车从路那边开过去。"她坐进车子后，对我说。

"让你久等了吧？抱歉。"

"不，我挺愿意在阳光下坐一会儿，真暖和。你今天怎么慢悠悠的？我知道你能开很快。"

"我本想正好赶上达特一家呢。"

"然后一起慢悠悠地并排开，权当打发时间吗？不过，你肯定能轻松超过他们，科林开车很小心。"

"他也没得选，那辆车几乎发动不着。他开那辆车多久了?"

"差不多十八个月。来根香烟吗?"

她点了根烟,放进我嘴里,然后又给自己点了一根。那白皙的脸上是掩饰不住的倦意,细纹也更明显了。前一晚我带她在外面待了很久,一直跳舞。这也是无奈之举。

多夫戴尔入口处的景观令人印象深刻:狭窄的道路两旁,光秃秃的石灰岩堆和丛生的荒草互相遮掩,一片萧瑟。转个弯,开进停车场,达特家的车已经到了。那辆白色的林肯西风停在最里面,达特正在给服务生小费,吉莉安背过身去,不耐烦地等他付完钱。看到我们开进来,她随意地挥挥手,勉强挤出一丝微笑。她的性格、穿着都与科琳娜截然相反。因为今天是周日,科琳娜穿一件上班时不会穿的旧雨衣,而吉莉安却穿着优雅的深绿色小西装,脚上是细跟的高跟鞋。

达特像平常一样,脸上带着歉意,跌跌撞撞地朝我们走来,还踢起一块石子。

"你们好,"他打招呼道,"还要等人吗?"

"不要等了,"吉莉安冷冷道,"冷死了。"

今天斯托克的风很大,但空气也异常清新。我们踩着石块和杂草嘎吱嘎吱地穿过停车场,吉莉安冻得发抖。

"我快冷死了。"她抱怨道。

"你应该穿一件外套。"达特说。

"我怎么知道下车后还要再走一段路。"她很不耐烦。

达特的脸上突然焕发出光彩。"是弗雷迪来了。"他叫道。

一辆底盘看起来很低的红色福特领事从外面驶进来,司机还用喇叭按出行进曲一般的节奏,来人正是弗雷迪。他手握方向盘,笑得很开心,嘴里嘟哝着不真切的问候。等他把车停好,我们才发现车子底盘低的原因:车前座下来一对年轻男女,后座又下来五个女孩,一共八个人。女孩们都穿着短裙和颜色鲜艳的蓬松毛衣,嬉笑个不停。这一身打扮像是什么高级贵族学校毕业生的制服。

弗雷迪像牧羊犬一样,拍手、跺脚、驱赶,把这群吵吵闹闹的孩子引到我们面前,她们假装发出害怕的尖叫声。

"你们好,"他满面笑容地走过来,"这是我的朋友迈克,他妹妹,还有其他几个朋友。"他朝女孩们挥一挥手,算是介绍,"好了,可以走了吧?"

吉莉安可巴不得赶紧走。她在最前面,我们在中间,弗雷迪跟他的朋友们走在最后。路上,女孩们叽叽喳喳的吵闹声、沙沙的脚步声和小路旁溪流的水流声交织在一起。偶尔我们需要排成一字纵队,给路过的汽车让行。一大片乌云遮住了太阳,给周围山坡上的碎石和杂草都覆上一层阴影,有只孤独的老鹰在众人头顶盘旋着。

达特拿出了照相机。

"老天爷,有什么可拍的呀?"吉莉安挖苦道,"真不知道大老远来这里看什么好东西。不管怎么样,总得等太阳出来再拍吧?如果还出太阳的话。"

达特默默收起了相机。

离山谷不远的地方,有一片空地,尽管插着"禁止停车"的告示牌,还是有几辆车停在那里。从这里开始,众人需要踩着大石头穿过溪流才能到对岸。虽然水流速很快,但并不深,也不算危险。达特率先迈了过去,接着是吉莉安,她朝着对岸的茶歇处走了过去。

"要喝茶吗,科琳娜?"我们过去时,我问。

"谢谢,我自己带了喝的。"她拍拍口袋。

突然,我们背后传来一阵尖叫。有两个女孩正摇摇晃晃地从河中间往岸上走,她们停在一块石头上,弗雷迪在她们身后做鬼脸,扮成扑棱翅膀的妖怪,作势要把她们推下水。

达特微笑地看着他们。"弗雷迪真是个小丑。"他半是羡慕,半是欣赏地说。吉莉安厌恶地转过身去。

我看着科琳娜,她望向弗雷迪的眼神,更多的是悲伤。

"继续走吧。"我说。

我们沿着陡峭的山谷,逆溪流而上。左侧山坡上黑黢毯的丛林，一直蔓延生长到了河边。河水很清澈，低头就能看到水面下像头发一样丝滑的绿色水草。

"可以冒昧地问个问题吗？"科琳娜突然开口。

"当然，但我不一定回答。"

"你多大了？"

"四十四岁。怎么？"

她惊讶地看着我的头发。这双澄澈的眼睛不会撒谎。

"你说头发吧，"我自问自答道，"很多人都觉得是白色，其实只是灰色。"

"银色。"她纠正道。

说起颜色，我可没法跟艺术家争。

"为什么呢？"她继续问，"生病，战争，还是什么其他原因？"

"没什么浪漫的说辞，只是时间流逝带来的。"

她轻轻点点头，我们转身继续沿着石台往上走，背后仍旧时不时传来喊叫和嬉笑声，看来弗雷迪还在逗姑娘们开心。

"弗雷迪今天兴奋过头了。"我说。

她有些宠溺地笑了："弗雷迪这个家伙！"

"你注意到了吗，虽然他总是吓唬她们，却从来没做过什么越轨的动作？"我问，"就跟上次他手里的半杯啤酒一样——派对上，众人都在畅饮，他的半杯啤酒却几乎没喝。"

她会心地同我对视一下,我知道,她也注意到了。

"没错,"她回答,"弗雷迪总是吵吵闹闹的,但他其实非常清醒,也很保守。因为他信奉天主教。"

"所以他必须也恪守贞洁吗?"

"我只是这么一说。"她有些焦躁地皱起眉头,让我很是心疼。焦躁、皱眉是以往常被卷入争吵中的人容易出现的表情,因而稍有分歧,她便精疲力竭,试图避免争吵,绝望地期待自己的解释被接纳和认可。

无论如何,她的评价其实不像我所暗示的那样极端、不合逻辑。还记得我在弗雷迪床头看到过十字架和弥撒经书,他是圣母忠诚的子嗣,会把这些清规戒律贯彻到他再也忍受不了生理召唤的时候。我甚至能想到之后的场景:他悄悄溜出去与妓女或不正经的女人私会,再溜进忏悔室,为自己无法抑制的男性本能接受炼狱般的惩罚。不过,在正常社交场合遇到他的女孩是安全的。这样浪荡的嬉闹只是他的伪装,保护他不受别人背后的指指点点,不会得到"假正经"之类的评价。

"那么我们再找一个可以谴责的罪行吧,"我打趣道,"愤怒。弗雷迪生气的样子一定很帅气吧。"

"我不知道,没见过他发脾气。只有布利斯敢说他表弟是'蠢货'。可怜的弗雷迪。"她叹口气。

我瞥了她一眼,她居然注意到了。

"我没有爱上他。"她简短地说。

"为什么不呢?"

她笑了:"如果嫁给弗雷迪,我可能会发疯。他人很好,善良、慷慨,但每一天,他的尖刻、偏执、不容置喙以及认为自己从不出错的傲慢,都会伤害我一百次、一千次。我知道,他很孤傲,自以为是,甚至自鸣得意。我从来没跟这样的男人打过交道,连调情也不曾有过。"

我望着她那严肃的脸庞。情人,激情,悲剧的婚姻,这些在她身上似乎都不突兀。但调情不行,我想象不出这样的场面。

"我十几二十岁的时候,平凡而肥胖。"她继续道。"战时的寄宿学校,伙食不用我说你也知道。即便是现在,我还是——"

"你的身材很好。"我没让她说下去。语气温柔得出乎自己的意料。

她假装没听到。"到了战争末期,我被送去参军,穿着卡其布军装,丑陋不堪。后来,我抱着'除了工作,其他一切都不重要'的决心去艺术学校学习,但当时的我甚至不知道自己土包子的穿着打扮绝对不像艺术生。现在回忆起来,那时的自己很可爱,脆弱又不合群。我是个错过了一切的无用之人。之后我结婚了,不过为时已晚。"

"什么为时已晚?"

"跟别人调情呀。"她有些惊讶。

多么纯洁的人!以我的经验来看,很少有女人认为结婚后就不能调情的,她们只是不想再对丈夫那么做而已。

"不过,弗雷迪总要长大的。"我说。

"他需要时间。"她如母亲般替他争辩道。这个世界上,有很多像弗雷迪这样被女人宠坏的男人,"他会有几段风流韵事,之后踏实下来,跟一个纯洁的女子结婚。挑选的过程漫长而仔细。他得学会尊敬自己的妻子,然后,弗雷迪走进神圣的婚姻,选择一个能调教他,令他崇拜的女人。"

"然后他就会发现自己的幻想破灭了。"

"这么说,你结过婚?"

我们的目光交汇在一起。她已经说了许多,我们没必要再继续分享令人不幸的婚姻故事。

"你问出这个问题,真是酝酿了很久。"我说,"没错,我结过婚。"

"你妻子去世了吗?"

"不,是离婚了。"

"你们有孩子吗?"

"一个女儿,小儿麻痹症,已经去了天堂。那还是十年前,没有对症的疫苗。"

一阵沉默。她打量着我有些灰白的头发，什么也没说。

"你呢？"我问，"没有孩子吗？"

她摇摇头。"或许这样也好。"她犹豫地说，"你为什么跟你妻子离婚？"

"她爱上了别人，当时那样的情形，我没办法怪她。准确点说，不是我跟她离，是她跟我离。"

她好奇地看着我，简直有些出神。"怎么做？"她急切地问，"你怎么做的，用什么理由离婚？"

如果能不经历那令人心痛的过程，我愿意付出一切！

"出轨。"我说。

"我知道——但你怎么能证明？"

她那过分急迫的好奇令我惊讶。"如果对方不愿意承认，你可以雇佣侦探。"

"但要怎么……"

"他们会想办法贿赂家里的女佣，让她们开门、给信号，或者用照相机……"

"别说了！"

她向后一仰，跌坐在一块石头上，用手捂住脸。"别说了，"她肩膀抖动着，"我听不下去。"

她的确不需要经历这些，因为是老天爷夺走了她的丈夫——后来，我才真正意识到，这些细节的确令她感到恶心。

"听我说,"我安慰道,"这种事没有发生在我身上,是你问起我才说的。"

"我知道。"她站了起来,"很抱歉,没事,不是你想的那样。"

一路我们再也无话,很快赶上了其他人。

温暖的阳光又一次洒在地面,达特鼓起勇气掏出了相机。女孩们聚在水边,弗雷迪在达特背后晃悠,还伸出手扮怪相,本想逗女孩们嫣然一笑,没想到她们却哄然大笑起来。拍完女孩们,达特又给弗雷迪的朋友兼僚机[①]——那个叫迈克的安静男孩拍了一张。

"好了,弗雷迪,给你也拍一张吧。"达特喊道,那令吉莉安难堪的霍克斯顿口音越发浓重。

"等等,"弗雷迪突然说,"我要摆个姿势。"

他跑到一丛离我们不远的款冬花旁边,摘了两朵。

"弗雷迪!"科琳娜语含责备道。

"没什么——蒲公英而已。"他回答。

"那不是蒲公英。"

"不是蒲公英?"弗雷迪诧异地看着花丛,"那是什么?麝香豌豆花?"

---

① 在现实生活中,此词经常被用来形容帮助自己在恋爱约会中加分的朋友。——译者

"你根本没见过蒲公英，弗雷迪。"科琳娜说。

"我见过！根茎透明的植物——大概有16号钢丝那么粗……"

"什么？"

"工程师看世界的方式，就是通过大小、直径之类的。"

"所有的事都可以？"

"没错！"弗雷迪眨眨眼，"一切，包括女人，都用标准量规来衡量。"

说完，他捧着款冬花跑了回去。

"胡说！"我轻声道。

科琳娜笑了。

"你很会识人，对不对？我是说你能看出别人的性格特点。"她若有所思地顿了一下，"你听过弗雷迪关于女性着裤装的观点吗？他居然问：'她们是为自己的女性特质感到羞耻吗？'他难道看不出来，裤装是在强调这一特质？"

他当然看不出来，因为他没有真正地在看女人本身。他看的是她们的短裙，是"所谓"的女性代名词，是刻板的女性象征，而不是女性的生物特征——她们圆润的臀部，比男性的大得多、强壮得多的骨盆。如果他看过，早就会迷失其中。教堂的那些神父可不是傻子，他们早早就给男孩们戴上了眼罩——神父，请宽恕我的罪过，因为我有不纯洁的思想，因为我贪恋女色。

弗雷迪啊，弗雷迪。他简直是标准的模范学生，知道每个问题的正确答案。难怪他的生活总是充满快乐。如果你认为现状令人满意，那么生活就是快乐的。我真想抓住他，使劲摇晃他，对他大喊：醒醒吧，弗雷迪！睁开眼睛看看，用一用你的聪明才智，你怎么能相信那些鬼话呢？

但我何苦呢？他过得很快乐，就让他继续快乐下去吧。再说，我好心提醒，他又会怎样回答我呢？我太了解像他这样的人了。他会抓住我，摇晃我，冲我大喊：醒醒吧，尼克尔森！睁开眼睛看看，用一用你的聪明才智，你怎么能拒绝真理呢？

他正站在一块石头上，举着那株可怜的款冬，想让它也入镜——这时，意外发生了——他在湿滑的石头上一个趔趄，幸好只是重心不稳，踩进了水里，没有摔个四脚朝天。溪水只到他小腿的位置。

没想到他倒不急着"脱险"，反而不紧不慢地抬起脚，做甩水状，然后又踩回水里，扮着滑稽搞怪的鬼脸——好一出哑剧！众人见他这副模样，笑得更欢快了。

弗雷迪上岸后，本能般地走向了人群中年纪最长、最有母亲威严的科琳娜，这个举动让我觉得很有趣。科琳娜也像真正的母亲那样，先嗔怪他一番，把酒壶递给他祛寒，又固执地让他脱下湿漉漉的鞋袜，坚持要他立刻开车回家。弗雷迪既渴望接受母亲般的告诫和提醒，却又克制不住想像传统训导的那样展示男人气概，不耐烦地说："别絮叨了！不要大惊小怪。"

我注视着科琳娜，弗雷迪正在拧裤腿上的水，她站在旁边叮嘱着。不像跟我聊天时那样单纯，她闪闪的眼神始终在弗雷迪的腰身、肩膀、脖子和乌黑的头发间游移，脸上带着似有似无的笑意。

我走到达特夫妇身旁，想与他们闲聊几句，脑中却在思考河中会不会有鳟鱼。忽然，吉莉安发出一声惊呼。

河对岸那块禁止停车的区域，停着一辆白色的捷豹XK旅行车，红色顶篷敞开着。车里坐着一个男人和一个妙龄女子，男人正朝我们挥手。他戴一顶软檐帽，帽檐拉得很低，我分辨了半晌才发现那人是布利斯。

我踩着石头过河朝他走去，回头一看，竟没人跟来。

"你好！"达德利爽快地问候道，"想过来看看还能不能赶上派对，迟到总比不来好。"

他今天的语气听上去格外装腔作势。我瞥了一眼他身旁的女子，大吃一惊，居然是茱蒂丝。

"确实。"我努力从震惊中回过神来，"你们没错过聚会。这辆车你在哪里买的？谢菲尔德？"

"曼彻斯特。"他说，"车子不错，对吧？"开销也一定相当"不错",我暗想,可能不是新车,但最多开了两三年,车况很好。

"弗雷迪!"布利斯突然喊起来,"你在干什么呢?"

看来还是有人跟了过来,弗雷迪已经走到了我身边。他刚刚应该是在穿鞋,漂亮的栗色皮鞋湿漉漉的,泡坏了,真可惜。

"不小心掉进水里了,达德。"他心不在焉道。

他在看那辆车。可怜的弗雷迪。他脸上清晰地显露出相形见绌的失落神色。他一直为那辆红色的福特领事感到骄傲,而此前布利斯却一直凑合开着一辆老旧的莫里斯10型车,天知道他怎么买得起这种好车。不过,弗雷迪是个磊落、坚强、豪爽到令人咋舌的北方人,他立刻恢复了乐观的神态。

"真漂亮。"他称赞道,"开起来怎么样,达德?时速160公里,开得到吗?"

"很不错,"布利斯炫耀道,"对吧,茱蒂丝?"

茱蒂丝点点头,脸却红了。我不该为此感到惊讶,阳光明媚的周末,白色的捷豹,帅气的布利斯相伴左右,她也是个普通的女孩啊!

达特也走过来,说了几句尴尬又略带嫉妒的恭维话。

"我们应该来场比赛。"布利斯提议说。

"敬谢不敏，我可不想挑战捷豹。上周谢菲尔德郊外路上的那起车祸，您没看到吗？"我揶揄道。

他干笑一声："不知是哪个愣头青不会开吧。弗雷迪——你要试试吗？"

茱蒂丝发出一声害怕的惊呼，似乎想赶紧下车。

"怎么？"布利斯露出神气的笑容，"你觉得他开不了？"

茱蒂丝可爱的面颊因为慌乱和尴尬而扭曲起来。"不一样的。"她低声说，"没开过这种大型跑车的话——"

她顿住了，满脸通红，尴尬得说不出话。

"下次吧，达德，很感谢。"弗雷迪平静地说。

布利斯笑了："那好吧，跟你约好了。我们得赶紧去挪车，这边不能停，我开过来就是想给你看看。如果你赶得上，我们回去的路上还能见到，不然就只能等明天了。"

他发动车子，娴熟而利落地转弯，那辆XK发出一阵刺耳的轰鸣，开远了。

"你表哥什么都要最好的。"我对弗雷迪说。

他第一次非常严肃地盯着我。"他以前并不是这样，"接着又说，"别管他了。"

说我不嫉妒布利斯的财力，那是假的。弗雷迪已经转身过河,这次他非常小心地踩实每一块石头,轻手轻脚地走回科琳娜身边,寻求安慰。我靠在另一辆车上,点了根烟。

快要抽完的时候,科琳娜走了过来。

"你还在这儿做什么?"她问。

"等着带你走,"我回答,"如果你今天也不想再跟弗雷迪一路的话。"

她当时看着我的眼神,混杂着喜悦和错愕。她怎么会露出那样的表情呢?我不知道,我什么也不想知道,什么也不想做。她的这种表情转瞬便消失了,我甚至来不及分析。我有些灰心地转过脸去。人总是会在关键时刻胆怯,如果不是这样,也许就好了。

我们回到车里,沿着伊姆和莫尼亚什陡峭的山坡往上开,那种尴尬而怪异的氛围缓和不少。这才是我们应处的、习惯的位置——正是在车里,在路上,我们开始逐渐了解彼此。多么滑稽又可悲的状态。

我对着左侧车窗外的景致点头示意:"要是达特能说服吉莉安让他拍点照片,这里景色不错。"

"科林总是容易被戏弄。"她评论道。

我没有理会她语气里的责备:"听说没来这里之前,他是一名教师。"其实这是我看到的,不过效果都一样。

"没错，"她回答，"他原本在南边某个现代中等学校[①]教数学，后来觉得自己在工业界前途会更好，或者吉莉安是这么想的。居然就进军工业界了！来给布利斯打下手。可怜的科林，不过无论如何，他也不太适合做小生意。"

"科林总是容易被戏弄。"我学着她的腔调说。

"我说的是真话。"她回答，"我不明白，他真的能管好一个班级的学生吗？"

"他可能会放弃上课，转而给吵吵闹闹的孩子们讲自己的爱好吧。你也是摄影俱乐部成员吗？"我明知故问道。

"我可不当工贼！"她怒道，"照相机会让艺术家没饭吃的。"

"米切尔就不这么想。"

她耸耸肩。

"米切尔厉害吗？摄影技术方面。"我问。

"他是一流的摄影师。有机会你该看看他展出的照片，有两幅十分为人称道。得奖的一幅是以蒸汽机为主题。照片里是夜晚，四周漆黑一片，只有一团火苗在燃烧，火光映照下，一名卡车司机出神地凝视着窗外，看着空中蒸腾的雾气——真正的专业之作。这是他某个雨夜

[①] 20世纪70年代以前英国的一种中学，招收未考入文法学校的11—16岁学生。——译者

在斯塔福德站附近抓拍到的，他也很为此自豪，还给这幅照片起名叫：《最后一口气》。他就喜欢这样花哨的名字。另一幅叫《生计》[①]，是彩色照片，不得不说颜色非常漂亮，拍的是已经空了的面包盘。"

"我在这方面很迟钝，"我沉默片刻，一字一句道，"你得给我解释一下。"

"哪里难理解？你不懂吗，陶瓷就是他赖以为生的生计。你不是喜欢玩双关语和填字游戏吗？"

"露拙了。"我抱歉道，"现在明白了，其他人拍得怎么样？"

"大都不错，但没人能比得上米切尔。不过可笑的是，他的相机却不是最好的。不用说，布利斯的最好，是部徕卡相机，拍了法国勒拉旺杜的高级景色，目的就是向大家炫耀他去过那里。我想想，还有谁？安瑟姆——你可以想得到他会拍什么：大教堂景观。科林拍的是梅瓦吉西的海港。"

"那弗雷迪展出的是什么样的怪异照片？"我笑道。

科琳娜顿住了。"我不记得了。"她说完把脸转了过去，我知道她在撒谎。

我们无言地开了一段路，谁料又目睹到一起交通事

[①]《生计》的原名是 Bread and Butter，Bread and Butter 本身就有生计的意思，拍摄空的陶瓷面包盘，即科琳娜说的一语双关的用法。——译者

故。这次倒不算严重,只是两车侧面剐蹭,碎玻璃掉在地上,亮闪闪的,像冰糖一样。

"不会是布利斯,"她说,"在给他的小女伴炫耀车技吧?"

我嗓子发紧。"是啊,"我轻声说,"知人知面不知心,对吧?谁会想到是茱蒂丝呢?"

"茱蒂丝?"她疑惑道,"你在说什么?"

"他的小女伴,她不会是为那辆车去的吧?你觉得呢?"

她目瞪口呆地望着我,嘴唇微微张开:"你不是在说苏丽雯·茱蒂丝吧?"

"当然是她了,还有哪个茱蒂丝?"

"不可能,"她立刻否认,"肯定是你认错了,只是长得像她的人而已。"

"我绝没有看错,当时我离她很近,跟咱们现在的距离差不多。而且我听到布利斯叫她名字,她也回答了。你站在那么远的河对岸,心思还放在……放在其他事情上,怎么会比我看得清楚呢?而且,她围着大围巾,跟平常的打扮不一样。布利斯戴着帽子,我都差点没认出他来。"

"但这怎么可能呢!"她心虚地反驳道,"布利斯——不可能,他根本不认识茱蒂丝呀。她是工厂里的总机接线员。他们俩在一起,简直相当于让布利斯去工厂食堂吃饭。"

"他买那辆车花了很多钱,"我猜道,"或许只能找茱蒂丝这样的邻家女孩了。"

她不说话了。我瞥了她一眼,她有些不耐烦地抿着嘴。

"谁先叫人家小女伴来着?"我逗她。

"我不知道是茱蒂丝,否则绝对不会那么说的。"她反驳道,"你知道她不是那种人。"

"那种人是哪种人?她只是个普通女孩,普通人,也会犯大家都犯的错。"

"行了,"科琳娜冷冷道,"没必要对我口诛笔伐,你肯定也不相信她是那种人,你只是在故意气我,跟弗雷迪一样。"

这次轮到我哑口无言了。过了片刻,她掏出一包香烟,点了两根,把一根放进我嘴里。

"给,"她说,"抽根烟吧,冷静点,我们不必这么早就'进坟墓'①吧。"

伊特鲁里亚,一个让我惊艳的地方。我在科布里奇街角的红绿灯处停车,这里的指路牌上写着:左侧前往利克方向,右侧前往伊特鲁里亚和纽卡斯尔方向。

---

① 这里有双关之意,a premature grave 常用来形容吸烟有害健康,这里却是用抽烟的方式,避免两人因为对茱蒂丝的争执而陷入无话的尴尬境地。——译者

"你累吗?"我问。

"不累,怎么?"

"我想再去矿坑那边看看,不知道白天是什么样子。"

这个光景已经不算白天了。矿坑很长,像一段黑灰色的毛料;暗沉的烟囱轮廓埋藏在混杂薄雾和烟尘的暮色中。我抬头望去,春日傍晚柔和的天空似乎离这里格外遥远。

我们顺着给观光者提供的夹道向下走去。路左边有几排红砖砌的市政房屋,右边是各式各样的起重机架、电缆和小山一样的煤堆。草地已经被木炭染成灰黑色,连款冬这种生命力极强的植物都无法生长,看上去十分荒凉;再往下,原本的贫民窟被炸毁后却没有重新规划和建设,留下了满目疮痍;到了矿坑底部,钢铁厂、煤气厂、陶瓷着色厂所形成的特别的工业景观映入眼帘——黑漆漆的烟囱,没有防护措施的平交道口,成堆的炉渣、焦炭和废料,桥下不时驶过叮当作响的货运火车,粗壮的蒸汽柱被引擎推入空中,空气中弥漫着一股硫黄的味道。矿坑中央,安静的特伦特—默西河横穿而过,泛着黑光的水面像一条蠕动的蛞蝓。

在通往纽卡斯尔方向的山脊上,我们停了下来,回头眺望。头顶上方几千米的高空中,一架飞机在阳光的照耀下,正向上爬升,在空中画出一道笔直的线条。片刻后,便完全消失不见了。

"真是壮丽。"科琳娜赞叹道。

"你说飞到那样的高度吗?"

"爬出泥潭,获得自由,抖落污垢。"

"直到左舷引擎掉落,"我说,"或者飞机出故障坠落。"

"就算如此,那也是凤凰涅槃,好过在泥潭中腐烂发臭。"

"今晚你对伊特鲁里亚的评论太过尖刻。"我评论道,"我们不该来的,这样它也能保留那个午夜的虚幻美感。很多事可能并不值得花工夫了解。"

她沉默了。我转身看向矿坑。"瓦隆布罗萨,暗影之谷,可惜韦奇伍德,或者说是弥尔顿没能预见到。"

"你到底在说什么?"她不耐烦道。

"弗雷迪最喜欢的填字游戏的一种,你一定知道,肯定的——"

> 浓密如浮满溪流的秋叶
> 瓦隆布罗萨,伊特鲁里亚的林荫
> 如高高拱起的凉亭。[1]"

---

[1] 出自弥尔顿《失乐园》的诗句。瓦隆布罗萨是意大利避暑胜地。——译者

"凉亭！"她讥笑道，朝着矿坑那边摆摆头，"真有文采。你看那边有树吗？而且特伦特—默西河可不是溪流。"

"你饿了吧。"说着，我发动了车子。

去恩登的路上，她突然邀请我去家里喝点东西，神态忐忑，似是怕我把这当成一种恳求。

这也是我第一次不用偷偷摸摸，不用欺骗良心，可以光明正大地走入她家，观察屋内的陈设。这间屋子比我想象中要小得多、矮得多。一个客厅分别通往两个小房间，厨房和卧室，可能还有一间卧室，但我并未看到。

她所谓的喝点东西，原来是一大杯威士忌。不得不说主人十分慷慨。

"我去煮点咖啡，"她说，"你来帮我吧。"

帮她？怎么帮？我烧了壶水，把一勺咖啡粉倒进茶壶。她打开橱柜的窄门，取出两只咖啡杯、杯托放在托盘上。难道是因为她不想让我留在客厅里，好奇地四处打量吗？

我拿起一个杯子。

"那个杯子！"她浅浅一笑，"最好的汉利咖啡杯。"

我挑挑眉。

"汉利主要生产陶器，"她解释道，"而瓷器则主要出自斯托克及其他地方。"

她走到碗柜前，拿出一套小茶杯和茶托："看看这一套。"

茶托的包装纸未被全部打开，除了杯体中间的部分，其他还包裹得严严实实。杯体上的图案黑白相间、十分显眼，像是某种冷杉树和雪晶的混合体。茶杯里层是乳白色，而外杯壁是黑色的，触感光滑、闪闪发亮，连茶托中的图案都映照在了杯身上，给杯壁额外增加了一层森林的形状。

我看了看杯底的商标。"老天！"我叫道，"不是申塔尔的杯子？"布利斯如果知道我有这么好的判别力，一定会很高兴吧。

她笑了。"不是，是我做的。一款失败的作品。"

"怎么会是失败的作品？很漂亮。"

"顾客们可不这样想。它在商业推广方面彻底失败了，甚至没通过样品售卖阶段。"

"那你怎么拿到这一套的？"我不经意地问。

"是卢克先生送我的，只有这一套。这是我来以后第一次独自设计的作品。可能是他安慰失败者的惯用手段吧。"

"原来如此。之后他做过相同的事吗？"

她笑了："没再失败过，我没花多久就明白了他们真正想要的效果。那种优雅、美丽、不考虑艺术设计的图案。"

"你想做的是什么样的？"我问。

她沉默片刻："呈现一幅画——等等，也不一定是画。我是说，我想设计能让大家理解、思考的图案，要有意义的作品。"

"生命的意义吗？"我逗她，真是个轻率的傻瓜。

"没错，要呈现生命的意义就是没有意义这样的概念。"她自言自语道，没有看我，"复杂的自然法则，生物的繁衍，生命的忍耐与抗争，都是徒劳的，终将以死亡收场。从旷古之日起，人类的所谓成就、艺术、科学，都逃不过死亡的摧毁，人生就是徒劳的；假如不是徒劳，一代人的存在只是某个伟大计划的一个阶段，需要后人们接力完成的话，无意义的生命又无法迸发出绝望之美。但不管怎么说，生命之美还是令人动容的。"她做了个简单总结。

"既然如此，为何不把这种心碎表达出来呢？"

她笑了："因为真的做不到。如果可以，我早就这样做了。这才是最可笑、最荒唐的地方。我明白这个道理，却依然画不出来，所以也到不了曼特尼亚[①]那样的境界。"

[①] 安德烈亚·曼特尼亚，意大利帕多瓦派文艺复兴画家，北部意大利重要的人文主义者。热衷于描绘古罗马的建筑和雕像，并从古代的历史神话和文学中汲取创作的养料。其作品的古典主义特色对后世艺术家产生了极大影响。——译者

"你试过吗?"我怀疑道,"真的画不出来?"

她突然重重地把咖啡壶摔在了托盘上:"没错,我确实是像'某些'艺术家那样,独自生活,离群索居,但我受过良好的艺术训练,遇到顶级艺术作品,也有鉴赏的能力。我只有给茶壶茶杯设计图案的能耐,所以才一做就是好多年。我并不介意,这也是没办法的事,我不想做无用的抱怨。只不过,人有时总会厌倦平庸的生活,就这么简单。"

我帮她把茶盘端到客厅里,我们在煤气炉旁坐下来。她住在一间什么样的屋子里呀!天花板四角的棕色裂缝向屋顶中心蔓延;泛黄的墙壁上挂着几幅长方形画作,大概是以前房主的遗留物,但并不是她喜欢的风格;棕色的皮质扶手椅,配着天鹅绒坐垫的笨重沙发;地毯褪色严重,看起来又脏又旧,只是有家具遮挡,倒不显得突兀。

"如果你已经厌倦了陶瓷,尤其是申塔尔的设计风格,"我很疑惑,"继续在这里工作,难道不是在自欺欺人?"

她站起身,又倒了一杯酒。"有多少人是发自内心和灵魂地爱自己的工作呢?"她自问自答道,"怎么可能?这世上体面而神圣的工作太少了。"

她似乎被"自欺欺人"这个词吓到了。我这么说,只是想看看她的反应。其实,不用费力思考,我就能立即告诉她一种比画茶壶图案更令人不齿的工作。

她又一次打开了放威士忌的橱柜,这次我看到了里面的东西。柜中摆着不少酒瓶,一瓶没开封,半瓶是我们正在喝的,其余都是空酒瓶。

她看到了我略带责备的眼神,虚弱地笑笑。"有空我会收拾的。"她自言自语道。

"那些瓶子放多久了?"

她带着疑惑和嘲弄的表情,似笑非笑地看着我:"近两个月喝的而已。"

我数了数,一共十四瓶。

"我不会喝得酩酊大醉。"她很平静,"但确实不是什么好习惯,我爸爸就很爱喝,我也是。"

其实我并没有像她以为的那样吃惊,我只是想起她微薄的薪水。

"为什么?"我忍不住问。

她耸耸肩:"有人信宗教,我信酒精。"

"你就不能找点更……"

"体面的爱好?"

我其实想说更便宜的。我站起来,走到她的座椅旁,想从她手中接过空杯子。她却触电似的缩回了手。

"别害怕,科琳娜。"我安慰道。

她转过头去,背对着我。

"我很怕,"她颤抖地说,"不是怕你,是怕离开申塔尔。这里很安全。我不想尝试新选择,也不想品尝失败的苦楚。如果遭受商业上的失败,艺术就不得不被束之高阁,我们讨论过,不是吗?我无力改变现状,因为自己能力有限,才华不够,这点也跟你聊过。"她哽住了,"尽管如此,就算是待在申塔尔,我也感到害怕——没错,我可以说出我的想法,但你无法感同身受。我害怕到了七十岁,却仍旧茕茕孑立、形影相吊,精疲力竭、有气无力,甚至连份打发时间的工作都找不到;我害怕变成孤身一人、令房东厌恶的'老不死',住在破旧脏乱的出租屋里,难得出一趟门,房间凌乱不堪、一片狼藉;我害怕没有期盼,没有陪伴,二十年如一日,脆弱、清冷、孤独地度过,壁炉里仅有三块燃着的木炭,沉甸甸的毛毯却不保暖;我更害怕年华逝去,皱巴巴的脖子上除了皮只剩下骨头,浑身散发出老太婆才有的霉臭味道,衣服的袖口和手肘处磨得又黑又亮,在最寒冷的三月,穿一双不合脚的笨重鞋子,戴一顶破草帽,为一束便宜的紫罗兰激动得发抖,却因没有车费不得不走路回去——我们在谢菲尔德看到的那个女人,不是吗?"

"所以才要借酒浇愁。"我低头看着她有些灰白的头顶,"你的未来为什么会变成那样?"

"有什么阻止我不变成那样?那是所有孤独而贫穷的

人的最终下场。钱和陪伴，过去没有，现在没有，以后也不可能会有，挣的工资每月只够糊口。如果你明白为了避免那样的下场，我愿意付出多少代价的话——可惜你不明白。"

"你不喝酒就能省出一些钱。"我回答。

"不行，我需要靠酒度过悲惨、空虚的现在。"

"真的吗？那你又为何精心地保养那一头靓丽秀发？为何收拾得如此整洁，穿着也考究？既然对你来说，现在毫无意义，何不完全忽视现在呢？"

"为了弥补我幼稚而丑陋的过去留下的遗憾。"她争辩道。

"你并不丑陋，过去不丑，现在不丑，以后也不丑。你的骨架、眼睛、嘴巴、脸颊、脖子……"

"你又要拿匆匆一瞥的第一印象安慰我吧。"

匆匆一瞥！她可太谦虚了。"我当然要说。"我反驳道，"我难道是唯一这样说的人吗？其他的男人没有打量过你吗？"

"是吗？我不知道。"

"骗人，你明明意识到了，"我有点生气，"只是你还沉溺在对青春、对心动和对弗雷迪的渴望中。弗雷迪！你说你不能嫁给他，也知道他不会向你求婚，却还是忍不住幻想跟他在一起。你是在挥霍时间、挥霍生命，无视那些阻止你遇到悲惨未来的无形资产，却不愿意屈尊追求任何人都能得到的安稳未来。"

她痛苦地望着我。"那你想让我怎样？"她问。

我为什么不继续说呢？因为我想说的太多，太重要，太突兀了。与她相比，我更加年迈、憔悴、卑贱、无望。我沉默了。

"听我说，"过了不知多久，她开口了，"我想告诉你一些事情。只是我不知道该怎么说——我说不出口。"

她眼眶泛红，眼角噙满泪水。我受不了看她这样悲伤和心碎，弯下腰，握住了她的手。

"不，不要。"她抗拒着，想把手抽出来，"不要，请你别这样。拜托了，这不公平。"

从始至终都不公平。我知道的事比她多得多。"抱歉。"我说。

"不，这对你不公平。"她带着哭腔，"对你不公平，我说了谎。你说的欺骗是指我不喜欢这份工作，却还违心地留在申塔尔。而我说的欺骗，如果你知道了——就绝不会再像这样陪着我、宠着我了。真希望我没有这样地依赖你。如果你知道我做了什么……"

要是她知道我做了什么，还会这样想吗？这就算宠着她？我的目光飘向了茶盘上黑白相间的茶托，这些陶器一直在提醒我。跟她相处的过程中，我也不断告诫自己，要牢记是谁付你工资,牢记此行的真正目的。

"那就告诉我吧,科琳娜。"我平静地说,"我不在乎。我愿意帮助你,不会留你一个人深陷泥潭的。只要你告诉我。"

她把脸埋进手中:"我说不出口,真的说不出口。那些事太过分、太卑劣了——充斥着欺骗、谎言。你走吧,求你走吧。我别无所求。请走吧。"

我当时为什么没有开口,为什么没告诉她,我在意的真相到底是什么?人好像总会因为各种原因,错过说心里话的最佳时机。

"好,我走,如果这是你心中所求。"我苦涩地说,"希望我回来陪你的话,打去酒店找我。"

她点点头。"很抱歉,"她说,"请走吧。"

"我晚点打过来。"

"如果你想的话。"

我离开了,没有继续在那条小马路上监视她。那番忏悔似的哭诉让我如鲠在喉,无法呼吸。如果你明白为了避免那样的下场,我愿意付出多少代价的话……如果你知道我做了什么——充斥着欺骗、谎言。

钱,她需要钱。

我必须把今天的见闻告诉卢克,这是他付钱让我做的事。犯人是科琳娜,应该是她。我简直不敢相信,我也不在乎。不，不，这不是真的。即便只是短短一段时间，我也逐渐融入了申塔尔这个"该死的"大家庭。我感受到了那种背后被捅一刀的痛苦，令人不堪忍受。

但最终，我还是打算保持沉默。她那断断续续、意味不明的坦白，我要怎么跟卢克说？他可不想花钱听这些没结论的废话。正巧，周一上午他去跟加拿大市场的重要人物开会，我一早上都没有见到他。

我去图书馆办公，把那本调查笔记摆在面前。科琳娜。我想单独跟她聊几句，她却刻意躲着我，甚至不拿正眼看我。想等她那饱含痛苦的眼睛施舍般地看我一眼都是异想天开。不，问题并不在于她低垂的眼睑。她像所有理想主义者那样忍受着痛苦，只消看一眼曼特尼亚的作品，他们的自我就足以被毁灭。科琳娜有判断力、智慧和良心，她给自己制定了最严格的标准，因而她的缺点、错误和优雅却肤浅的才能，才会让她如此痛苦。这不正是她在痛苦、混乱的状态下，自然而然地吐露给我的秘密吗？最后，她哀求我离开，承认自己的失败。她为谎言感到痛苦，拒绝我情不自禁的碰触，不也证明了她生性诚实吗？只是她不知道，我也有自己的秘密，我也有欺骗和谎言。载她上下班，带她吃午饭，教她跳舞，她只领会了这些事表面的价值和传统的意义：我是特意找她，想打发空闲时间。她错了。但是，她真的错了吗？——问题就在这里。

我推开笔记本，下楼去工厂里闲逛。也许是因为周一上午的滂沱大雨，工厂里充斥着闹哄哄的声音，似有似无的紧张和焦虑在蔓延。创作室发生了争论，似乎每个人都想说话，大家像鸦群一样叽叽喳喳吵个不停；会计办公室的门开着，我隐约听到了达特的抗议声、布利斯的斥责声和电话听筒摔在话机上发出的巨响；往日宁静的车间，今天也格外不顺心，上班才不到十分钟，艾伯特就摔碎了两个瓷器，还跟一名釉烧工人发生争吵。

弗雷迪气急败坏地从我身边跑了过去。

"怎么了？"我连忙问。

"9号出问题了。"他边跑边扭头回答。

9号。我想起那是一个小型的电力间断窑，用来给特殊瓷器上瓷釉和图案。

我溜回大厅，茱蒂丝像往常那样坐在小隔间里。

"昨天的兜风还开心吗？"路过时，我问。

"还好，谢谢关心。"她敷衍着，头也没抬，听声音像是感冒了。我脑海中突然闪过一些刻薄的，令人难过、痛苦的想法——她是怎么感冒的？

我跟在珍妮丝身后进了图书馆，不声不响绕到她面前。她是来送下午茶的。我没有故意吓唬她，但那双柔软的鞋子踩在地毯上，没发出任何声响。

她倒吸一口凉气，尖叫起来，细瘦的胳膊一晃，茶水泼到桌上，正好洒在我的笔记本上。

她大哭起来，像是调皮的孩子笑出了眼泪。我花了很长时间安慰她，帮她拭去泪痕，擦干桌上的茶渍。她又去端茶了，直到第二杯送到，这个可怜的小姑娘还在抽泣。

"别哭了，珍妮丝，好孩子，"我又安慰道，"我告诉过你，没事的。"

"不是因为这个。"她回答，"我也不知道怎么了，今天外面雨没停，我的头发总是散开，晚上还约了人去特伦特姆跳舞呢！一切都糟透了。"

可怜的珍妮丝。茶洒了，头发没卷好，一切都糟透了。

中午十二点，我去了卢克先生办公室，他还在忙。

"能否等他闲下来后马上转告，我需要见他一面？"我问查普曼小姐。

她用古怪的神情看着我，欲言又止——没人会喜欢听低级雇佣工的发号施令吧。

我在外面瞎晃一会儿，又碰到了弗雷迪。

"嗨，"我问他，"9号修好了吗？"

他皱起眉，这个表情乍一看很像布利斯。"有个蠢货忘开开关了，"他生气道，"布拉斯科会好好教训他的。要烧制的陶器已经放好，却迟迟不见窑炉加热，大家都很紧张——他们下意识的反应就是：肯定出故障了，快去叫弗雷迪！居然没人检查一下开关，这么简单的事。幸好只是虚惊一场，没造成实质性的损失，就是浪费了不少生产时间，也浪费了我的时间！我敢说，随便叫个实习生都能完成这种差事！也许今天注定要发生坏事。本来再过五分钟我就要走的。现在我只能留在厂里，拿便宜的食堂饭菜打发午餐。"

"你打算去哪？"

"去伍尔弗汉普顿，要在那里过夜。"

"休假？"

"别逗了！要是有两天假期，我就去威尔士了。我去给公司挑选仪表板。"

"不玩填字谜了？"

"还不是早上这件破事害的，我只来得及在早餐的时候匆匆瞥一眼。"

我突然联想到一个画面：弗雷迪一手拿报纸，神情专注，另一只手机械地舀起牛奶泡玉米片送进嘴里。

"不过，我跟你说，报纸的字谜有错误，"他说，"我记得是第九列，一直没想到该填什么。'□□□□是一件危险的事情'——我把'一知半解'填进去，但读不通。"

"因为你填得不对，很遗憾，弗雷迪。"

他不可置信地看着我："那你说应该填什么？"

"这句话完整的版本是:学识浅薄是一件危险的事情,皮埃里亚圣泉要深吸,否则别饮。①"为了让他理解,我补充道。

"这样的确说得通。"他承认,"但我觉得我的版本更好,比较贴近生活。"

"两种说法都是真实的,"我打趣道,"但只有一种在这里是正确的。"

之后我们便分开了。回图书馆的路上,我远远就看到科琳娜从走廊那头的衣帽间里出来。她一看到我,慌慌张张地转身往楼下走,我终于在快到大门口的时候追上了她。

"你要去哪里?"我问。

她一语不发地出了大门,小跑着穿过庭院,往制浆车间跑去,我在后面追赶。刚下过雨,我们不时踩到地上的水坑,发出啪叽啪叽的声音。她似乎不知道自己要去哪里或干什么。终于,她跑累了,停下来靠在拉坯的转盘上休息,微微地喘着气。她看上去很疲倦,一脸病容,似乎有些痛苦。

制浆车间里没有人。大概因为午餐时间快到了,工人

---

① 英国谚语,出自18世纪英国伟大的诗人亚历山大·蒲柏的《论批评》。亚历山大是杰出的启蒙主义者,对于英国新古典主义文学的发展起到了巨大的推动作用。——译者

们都去清洗手上的黏土浆了。

"科琳娜，"我按捺不住好奇，"现在，把你想说的事情告诉我吧。"

她闭上眼，一声不吭。如果此时我给她点压力，她应该会吐露实情，那么一切就都能结束了。但我就是张不开嘴，鼓不起勇气。

"你听说9号的事了吗？"我岔开话题。

她忽然笑起来，我有些恼羞成怒，犹豫着是不是该给她一记耳光。

"笑什么？"我厉声道。

"笑你！"她回答，"居然说什么9号！"她还没喘匀气，笑声轻柔，"你已经被同化了，也开始说这些行业术语——真有趣。"

我无言以对。

"趁着老乔不在，我们做个盘子吧！"她建议道。

她大概是紧张过度，行为也变得夸张起来。再或者——我脑中突然闪过一种可能——她高估了自己的酒量。

她拿起一块已经切割好的黏土，放在陶轮上，用脚点开开关。机器臂垂下来，把黏土块压成圆饼形状，这就是我们所熟知的坯。之后机器臂自动回到原处。

"接着，"她自言自语道，"把坯从陶轮上取下来——像这样——然后用力把坯摔在餐盘模具上,挤压出里面的气泡——像这样!"

但很显然,她的动作不够熟练,坯饼没有正好摔在模具上,而是歪到一边,软软地顺着模具边缘垂了下来。

"科琳娜!你在干什么?"

我转过头,布利斯正站在我们身后。

"我在做盘子。"科琳娜回答,她把已经变形的坯又揉成一团。

"玩得很开心是吧,在制浆车间里做泥饼?"

她居然把揉成球的黏土做成了人头,挖了两个洞当眼睛,拉出一块凸起当鼻子,还用指甲划开口充当嘴巴。"快看。"她边喊边举起这件"作品",用指甲在额头的位置写了一个歪歪扭扭的"达德",又把泥团放回陶轮上。碾压的机器臂立刻下来,把达德的脑袋砸成了一块饼。

"科琳娜,老天爷,别再玩了。"布利斯大喊一声,用脚把开关踹停,"你要是有个三长两短……"

"闭嘴吧,"她反驳道,"管好你自己的事。"

"这就是我的事,没人可以……"

"可不是吗!"科琳娜突然怒道,"我忘了,你就是管得宽,什么事都要插嘴。伟大的达德利,工厂领头人、计时员、灵魂和良心!老天啊,你肯定觉得自己走了,我们就成散兵游勇了吧,爱管闲事的烦人精!"

"行啊,科琳娜,"布利斯也厉声说,"既然你今天这么直白,那我也告诉你,在我心中你就是个狡猾、酗酒的臭婊子!"

我甚至来不及张口或制止,便见科琳娜抓起泥坯,狠狠地朝布利斯砸去,啪的一声正中他的脸——距离太近,对方来不及反应,被科琳娜砸个正着。那个软趴趴的泥饼,在他的嘴和下巴上停留了一会儿,留下一个滑稽可笑、像强盗蒙面布似的泥印;接着滑到他的脖子、胸口;最后,好像还想再用力羞辱他一次似的,掉在擦得锃亮的皮鞋上。

我们三人都愣住了,一言不发地站在那里。随后,布利斯反应过来,一声不响地抬起手,扒拉掉了残留在领带和翻领上的泥巴。科琳娜又靠在了转盘上。我拽着科琳娜的胳膊把她拉起来。可怜的科琳娜。她转过身,把头靠在我肩上,似乎放弃了挣扎,我用双臂环住她。

布利斯甩掉鞋上的泥块。

"科琳娜,"他张口道,"这个时候,我本不想打破你还有人要、还能结婚的幻想,但也许你有兴趣知道,这个抱着你的人可不是什么作家,而是老板派来调查你的私人侦探。你好好想想,他这样关心你,是不是别有用心?"

说完，他朝我冷哼一声，走开了。

我呆住了，只能眼睁睁地看着他离开。他这残酷刻薄的举动令我的身体甚至心灵都为之一震，但我并不生气。遭受巨大的创伤后，剩下的只有麻木和沉默。

科琳娜抬起头，定定地盯着我。我却无法坦诚直视她的双眼。她根本不用张口问布利斯所言是真是假，我的心虚已经给了她答案。她就这样站着，嘴角勉强挤出一丝笑，浅色的眉头微微挑起，那副表情像是在说：这种事情肯定会发生在我身上。接着，她挣脱我的手，走出制浆车间，往院子里去。

我默默地跟着她。我们穿过大厅，她还强作镇定地朝茱蒂丝微微一笑，像是在说：这是为昨天我说的那些难听话所做的补偿。她上了一层楼，又上了一层，她要去见卢克先生。

这个时间，卢克先生终于有空了。他刚走出办公室，要去查普曼小姐屋里，看到我们，他立刻停住脚步。

"早上好。"他招呼道，"对，查普曼小姐，快去吧，超时了。"接着他转向科琳娜，"请进，韦克菲尔德夫人。"

他帮她扶着门，等她进去后，却一伸胳膊，将我挡在了外面。"等着。"他低声说，然后关上了门。

原来，是我一厢情愿，还傻傻地把自己也当成大家庭的一员！说白了，我终究是个外人。查普曼小姐正要拿起手套和提包出门，她受过良好的礼仪训练，装作没看到我吃了闭门羹的窘态。

科琳娜。卢克会对她说什么，做什么？毕竟是卢克先生，他一定还抱持坚定但温柔的态度，更多地表现出伤感而非怒气。那套怀柔政策会起作用，科琳娜将吐露实情，告诉卢克那些没有告诉我的秘密。下次调查再遇到女人，我一定要试试这种家长式的盘问策略。

五分钟后，门打开了，卢克招呼我："请进。"

她坐在那把最华丽的扶手椅上，抽着烟，脸色苍白，但神情自若。卢克先生桌上放着一真一假两只杯子。当然，他不需要费唇舌给科琳娜解释，她一看就明白了。

他点头示意我坐下，我乐意之至。

"现在最关键的，是要控制布利斯，"他开门见山道，"必须让他保守这个秘密。你知道他为何会知道此事吗？"

"他要去布雷斯·兰宁那边，对吧？"我小心翼翼地顺着他的问题往下说，"您也知道，我不久前还在替那边工作。起初听说布利斯要去兰宁那儿，我觉得无伤大雅。跟他熟悉后，我认为，以他的秉性，应该会花不少时间打听新公司、新工作，以便正式就职后大展身手。"说到这儿，我本想再加一句：他还会随心所欲地盯梢别人，就跟在这里一样，但终究忍住了，"而且我推测，他已经知道之前被辞退的那人身上发生了什么事。可能是想知道自己晋升职位的重要程度，所以打听过，这对一个有耐心和好奇心的人来说很简单。上周他请了两天假，您可以问问他是不是去了伦敦。"

"好的，明白了，"卢克说，"他现在可能去吃午饭。韦克菲尔德夫人，能否劳烦您派个人去找找，如果他在工厂，就传话让他上来找我，我等着。我也给酒店那边打电话问问。说不定他已经到那边了。"

科琳娜站起身来，在陶瓷烟灰缸里摁灭了那根不知是她带来还是卢克先生让给她的烟。

"午饭不必狼吞虎咽，"卢克叮嘱道，"一点半前回来就好。你确定今天还能去上课吗？阿西娅小姐可以——"

"谢谢您的关心，"她回答，"我没事。"

她努力挤出一丝苍白的笑容，走了出去。毫无疑问，那抹微笑是给卢克先生的，至于我，她看都没看一眼。

门关上后，卢克先生把杯子收了起来。"她否认了，意料之中。"他说，"我只好委婉地向她道歉，希望她明白我们必须考虑最不可能发生的情况之苦衷。她信了。"

"否认了？"我重复道，"那她来这里是为了说什么？

我带她来不是为了指控她,你知道的。"

"怎么,"他有些惊讶,"她当然想知道我为什么派你去盯着她,刚刚她也是这样问我的。所以我只好实话实说。"他犹豫一下,"你以为她是来坦白罪行的?"

"我不知道,"我敷衍道,"我现在也想不明白。你要是没派她去找布利斯就好了,他俩吵得那么凶,现在最好别见面。"这个节骨眼上,我已经不在乎他是不是我的雇主。卢克比我小八岁,很多事情处理起来还有点生疏。

"她没提起吵架的事,"他争辩道,"她只说布利斯说出了你的真实身份。"

我毫无保留地把前因后果都告诉了他。他默默地看着我,不知在想什么。"原来如此。"卢克却意外地平静,"事情的进展简直到了不能更糟的地步。你想要继续吗?或者打算在这里停止?"

"你不想知道是谁泄露了你的设计吗?"

"但要继续调查,你就得待在她身边,"他解释道,眼睛盯着桌面,"而且要比之前盯得更紧。布利斯这一席话之后,你待在她身边,肯定很尴尬吧?"

尴尬!这个词只能形容我复杂心情的千分之一。"可以继续。"我却这样回答。

他又用那种有些嫌恶的表情看了我一眼:"对她来说

也会很痛苦。"

"你要扮演仁慈的杀手吗?这好过我的角色。我想亲吻的人,同时也是我的猎物。"

他低头看着吸墨纸,一言不发,又把玩起瓷质印章。

"别高高在上地嫌弃我了,"我冷冷道,"我并没有亲她。"

"可是你听上去很内疚。"

"没错。"

我站起身,拿起那光滑、精致的镀金花纹墨水瓶。"这个,"我问,"图书馆里那个,还有你的印章——都是申塔尔生产的吗?"

"没错,"他回答,"是我曾祖父的试验品,他想让骨瓷看上去有塞夫尔高级瓷器的质地。"

"模仿。"我说,"就是他创造出蓝白相间的瓷器抢占了斯波德瓷器的市场,对吧?你挂在大厅里的那些盘子。"

他看着我,没有流露出敌意。卢克先生是个很有耐心的人,具备成为优秀陶艺家的高贵品质。"在陶瓷业谈论道德是靠不住的。"他说,"那些墨水瓶、盘子和长春花杯子与其他瓷器的不同之处,就在于我的曾祖父没有把塞夫尔或者斯波德的商标印上去,而是印了他自己的名字,申塔尔。"

我转身离开。他抓起了电话。

为什么我又会在楼梯口遇到她?她为什么停下脚步,直直地盯着我?

"我要上楼去跟卢克先生说布利斯已经走了,"她似乎看穿了我的疑问,"看门人看到他出去了。"

她的声音很轻,冷静而礼貌,像我们第一天认识时,她带我逛工厂的样子:客套、疏远。

"你无须跟我解释自己的行踪,"我回答,"无论如何,你也不必上去了。卢克已经在打电话,他会直接跟布利斯用酒店电话交流。"

"好吧。"她回答,"现在我要去吃午饭,你最好盯着我到食堂吧。"

虽然嘴上这么说,她却一动不动。我们在宁静的大厅里站着,周围没有人,只有阿西娅小姐坐在问询窗口的玻璃板后,她是代回家吃午饭的茱蒂丝值班。

"又或者,既然你已无所图,也就不想跟我在一起了。"她依旧平静,"之前确实有任务在身,对吧?"

"是,也不全是。不全都带着别样的目的。"

"那我该怎么办,选自己希望的去相信吗?"她沉默半响,"你凭什么认为我会这样做?你觉得我是那种背后给卢克先生捅刀子的人吗?在你眼里,我就这么不堪?"

"你还不明白吗?世上没有所谓这种人、那种人。任何人在任何时间都可以做出任何事。"我把手放在她肩上。她没有反抗。"科琳娜,"我叫她的名字,"如果你不是要坦白把设计二次卖给别人的事,昨晚你到底想跟我说什么?到底是什么事?"

她往后退了几步,摇摇头:"不重要了,一切都不重要了。"

第三章　后　果

卢克探身朝地窖里望去。

"是我让机器停下的，"我向他解释，"抱歉。"

"不，"他说，"你做得没错。"

他抬起头，脸色发白。跟科琳娜一样，他也受到了极大的震撼。沉默的一分钟时间里，我能感受到他在努力平复心神——毕竟，他是工厂的领袖，是一家之主。年轻有为的一家之主！

"我派人去叫医生了。"他自言自语道，"哈里说发生了事故，我就立刻让查普曼小姐打电话过去。差不多五分钟就能到。"又是一阵沉默，"先把他弄出来。"

"你不觉得——应该把他留在里面吗？"

空洞的眼神从我脸上扫过，他一定觉得我是惊吓过度，胡言乱语。用眼神表达对我的失望后，他转身去寻找更可靠的援兵。

"亚瑟。"

应声走来一名印刷厂的工人,他也常在制浆车间帮忙,人很沉稳。

"怎么做呢?"卢克更像是在问自己,"要把地窖里的黏土浆排干?不行,里面可深着呢。如果卷起裤子,脱掉鞋,可以从梯子上下去把它抬出来。乔就站在地窖边……"

"您不用下去,卢克先生,"亚瑟连忙说,"我们来做。"

卢克已经在解鞋带了。我也赶紧弯下腰凑过去。

"听我说,就算是事故,警察也会来调查,"我轻声说,"最好别动他。"

卢克惊恐地把头扭向我,又立刻意识到自己的失态,努力压制着情绪。"不能留他在那里。"他斩钉截铁道。

我无法跟申塔尔的一家之主争辩。"好吧,"我叹口气,"我帮你把他弄出来,得下去三个人。有没有什么工具能直接把它吊上来?"

一个工人被派去打包处找长绳子,卢克先生、亚瑟和我三人脱掉鞋袜,卷起裤子,做下去的准备。

就这样,一家之主、压滤机操作工和一个外人,都要踩着梯子下到黏土浆里去,变成"白腿子"。制浆车间的其他工人站在我们身后,不发一语,等着卢克下命令。卢克派他们去放哨,每个门口站一个,防止任何人突然闯入，又在地窖旁安排了两个帮手。

"好了，"他发令道，"你和我，还有亚瑟，一块下去吧。"他转向我，"你留在梯子半腰的位置，一只手保持平衡，另一只手帮我抬人。你们两个拿着绳子，抓稳了。大家不会承担尸体全部的重量，但衣服上的黏土浆肯定不轻。"

我跟着他们下了梯子。这是固定在地窖砖墙上的铁梯子，最长只到黏土浆水平面处，光脚踩着又硬又冷。黏土浆池的深度比从上面看更深一些，已到两人膝盖处，一抬脚便溅得到处都是。

两人合力想拽起挂在搅拌桨上的尸体，但它实在太重，根本拽不起来，于是我也不得不下到泥浆里，帮着卢克扶起尸体上半身，好让亚瑟把绳子从它肩膀下穿过去。

"好了。"卢克说，"你回梯子上去吧，千万别松手。"

我爬出了寒冷的黏土浆池，用力握紧梯子横档，看着他们扶起那具尸体。尸体并未僵硬，它的脑袋从亚瑟的臂弯处滑了下去。两人继续拉拽，它被淹没的双脚也重新露出来，看样子有些浮肿，发出灰暗的光。皮鞋鞋面上了蜡，黏土浆无法附着，只有缝线处和鞋带沾到一些。

两人涨红了脸，使出吃奶的力气，把尸体从搅拌桨中间拽起来，努力地往上托。我俯下身，左手用力地抓着横档，右手则从它背后伸过去，抓住它黏糊糊的夹克，使劲向上推。因为用力过猛,抓横档的手感到阵阵刺痛。地窖口的工人们也拼命拽住绳子往上拉,尸体一点点被拉上去,黏土浆不停地滴落在我的脸上、肩膀上,我急忙闪躲。终于,工人们把尸体成功拽出窖口,放在了远处的地板上。我爬了出来,卢克和亚瑟随后。

工人们解开绳子,尸体上流出一大摊黏土浆液。

"拿块东西,"卢克说,"给它盖上。"

我拿出手帕,跪在死者身边,帮他合住嘴,擦拭他的鼻子和前额,又帮他理顺一团糟的头发。灰白的黏土浆顺着我的手滴落,他的头发也变成了灰黑相间的条纹状。

有人递过几个麻布袋,让我们清理身上的泥,顺便盖住尸体,医生恰好在此时到了。

这位医生我们都认识,他对卢克点头致意。此刻,申塔尔的一家之主光着脚,浑身是泥,脸色惨白,真是要多狼狈就多狼狈。亚瑟的脸色也很苍白,工人们走过来将我们三人围住。看到他们关切的眼神,我大概也同卢克和亚瑟一样——脸色发白,满身泥水,汗流浃背,表情难看,像个生病的孩子。

我们把腿擦干,勉强穿上鞋袜,医生按照惯例检查,确认死者已无任何生命体征。

"怎么会发生这种事?"他头也没抬地问。

众人沉默了,只听得到压滤机上水珠滴落的声音。

"那么，他是在巡查池子的状况吗，还是在做什么？"见没人回答，医生不悦地皱起眉头。他的目光在那双皮鞋上停了一会，从未完全浸湿的衣服上也看得出，这不是工作服。

"不，他应该不是在巡查，"卢克努力控制着声调，"起码不是我们派去的。他肯定是发现了什么，所以想下去看看，结果滑倒后晕了过去——不幸溺死了，我猜。"

医生没再说什么，轻轻地把死者的头扭向右侧，摸索一番，又捡起我丢在地上的手帕擦拭尸体的左耳。忽然一股鲜血流了出来，医生只好停手，灰浆上现出红褐色的斑驳纹路。他继续擦了一会儿，我目不转睛地盯着它。没有伤口，没有淤青，血是从耳朵里流出来的。

医生站起来，凑到窖口往下看。"除了你们，没有人再移动过尸体吧？"他问道，"它当时是仰倒的？从衣服脏污的地方来看，它应该是后背靠在搅拌桨上。"

"没错，"卢克回答，"在池子中间，两扇叶片位置很近，它躺在上面，头向后仰，浸在黏土浆里。"

亚瑟也点头表示赞同。

"之前搅拌桨还在转动，"我补充道，"这是唯一的不同之处。"

"谁发现的？"医生问。

卢克望向我，我摇摇头："是科琳娜。"

"她在哪里?"

"我把她安排到休息室去了,隔壁车间的女工陪着她。"

卢克的眉头突然皱起来:"游客呢?"

"我让阿西娅小姐带他们继续参观去了。抱歉,来不及询问你的意见。"

"你也不知道是怎么回事?"医生又问,"没人看到他掉进去或者听到他摔倒的声音?"

沉默,依旧只有水滴的声音。

我突然怀念起工人们干活时断断续续的口哨声。

"可能是午餐时发生的,卢克先生。"亚瑟小声解释道,"肯定是,当时这里没有人。"

医生看了看表:"你发现他以后立刻给我打了电话吗?"

"没错。"

"当时是 2:50,"医生说,"你们午饭时间是一点到两点,差不多 45 分钟时间都没人看见他躺在里面?"

众人再次陷入沉默,这次连水滴声都听不到了。"窖口是关上的。"我解释道。

卢克转过身,一脸绝望和痛苦。他现在明白了,他不得不接受我之前提醒他的那种可能,他已经意识到,将有一场浩劫降临到公司、家族和他个人头上。

工人们彼此交换着眼神。

"能去打点水吗?"医生平静地问,似乎刚才没有发生任何事,"我要替它清洗眼睛,然后把尸体盖起来。申塔尔先生——"

申塔尔先生。这样客气的称呼令我惊出一身冷汗。医生把卢克拽到一旁,小声地说着什么,我知道他在说什么——转告卢克一些必要的程序,包括讯问证人、刑警调查,等等。

我弯腰捡起手帕。看样子卢克要给警方打电话。亚瑟递来一支烟,我们站在地窖旁,边抽烟,边看医生替死者清洗眼部的黏土。医生俯身仔细地打量着死者头部,片刻后他抬起头,皱皱眉,示意我蹲下。

"你帮我看看,我不是出现幻觉了吧?"他说。

出现了幻觉?绝对没有。千真万确,千真万确。

"靠近点,"他说,"凑近他的脸,仔细闻一闻。不对,稍等。"他掰开了死者的嘴。

我照他说的做了,然后立刻缩了回来。

"怎么样?"他问我。

"看来是喝了酒。"

"谢谢,我也这么认为。"医生简短地附和道,"那就能解释很多事了。"

"但解释不了地窖门关着的事。"我反驳道。

他的目光在我脸上停了一下，又立刻飘走了。他需要现场证人来证实自己的猜想，却不愿相信非专业人士的判断？

医生眨了眨眼。"我们只能到这里了，"他对亚瑟说，"不会是那种案件，对吧？"

那种案件是什么案件？我帮尸体理好凌乱的几缕发丝。酒精会令人失去方向感，无法保持平衡，甚至控制不了行走方向。死者死亡超过一个小时，我们还能在湿漉漉的黏土浆中闻到酒味，说明他不是喝了点酒，而是酩酊大醉。我以为，你不是爱喝酒的人，我甚至觉得你永远不会喝醉。只是午餐后喝一杯解乏，却不料这顿成功、傲慢、自视甚高的午餐，却成了你人生的最后一餐。想起你的名字，看到这具毫无生气的尸体和沾满泥浆、被搅拌桨挤扁的脑袋，我不禁感到一阵恶心。是你，达德，达德利·布利斯。

很快，警察就来了。这些平静、温文尔雅的城市警察，对发生在申塔尔的无妄之灾表示遗憾。他们是不动声色就能把不相干人士排除在外的高手！前一秒我还站在尸体旁，忧心忡忡地盯着他们那受过良好教育的脸。下一秒我却已经被他们挤在身后，靠着墙，无法靠近现场一步。即便如此，我还是跟科琳娜、亚瑟、乔还有卢克先生一样，在卢克先生办公室里做了简短而正式的讯问陈词。医生一定也强调了自己的发现。

讯问结束我便往休息室赶去，那里空无一人。我又回到工厂，去烧制前清理陶瓷器灰尘的工作台寻找，派去陪科琳娜的女工正在那里。

"韦克菲尔德夫人？她没事，已经回去工作了。"

我只好又往创作室走去。科琳娜坐在工作台旁，手中正画着什么。不是画图，而是在练习瓷器描笔，釉面上的铅笔印拿小指轻轻一擦就掉。她反复地擦，画，擦，画。壶身布满蜿蜒的枝叶藤蔓、花朵和阿拉伯纹样[①]。安瑟姆在远处角落与奥利弗窃窃私语。米切尔不在。约翰斯坐在桌前，他看到我，不停地摇头，还往门口的方向使眼色。他提醒得没错。科琳娜是在用自己的方式消解压力。

我没有打扰她，独自走回图书馆，在桌前抽着烟，静静地等待着。四点钟，珍妮丝像往常一样端着下午茶和两块饼干来了。得知了上午发生的事，她现在做什么都小心翼翼的。她的脸色也很苍白。

"天啊，可怜的布利斯先生。"她说。

她难过的声音令我有点吃惊。"你喜欢他吗？"我问。

她犹豫了。"这倒不是——但他才刚刚三十岁。可怜的弗雷迪！他一定是最难过的人。"

---

① 阿拉伯式的装饰花纹，广义指所有以波状曲线为主要特征的艺术形象及其美学体系。——译者

"很遗憾。"

她转身要走。"您还没有真正了解他。"她没头没脑地冒出一句话。

"我仍旧感到遗憾,真是可惜。不管怎样,谁最了解他?除了弗雷迪外。"

她有点悲伤地转身看着我,摇摇头,眼眶里噙满泪水。"趁热喝茶吧。"她说。

四点半,卢克先生来找我。

"没关系,"他见我要起身,连忙阻止道,"请坐。"然后抽出对面的椅子坐下。"我来是要感谢你,在关键时刻能保持冷静,还有韦克菲尔德夫人。"他沉吟一下,"我不知道警方是怎么想的。他们倒很礼貌,一直安慰我只是例行检查,但还是不动声色地把制浆车间用警戒线围起来,又在屋里不停地画记号、量尺寸……"

"无论如何,他们都要做一番调查,呈上证据,才能结案。"

"无论如何。"他盯着我,"你说可能是意外,你真的这么想吗?"

"真得好好思考一下。"

他叹口气。"怕是躲不过了。我来是要告诉你,我不得不跟警方解释你的真实身份,并告诉他们你做伪装的原因。"

"我知道。"

"你怎么知道？"

"他们讯问的时候，就已经知道我是谁，或者说我的真实身份。"

"他们说什么了吗？"

"没有。"

"跟他们实话实说比较好，等调查出来我们就被动了。你还得继续帮我调查抄袭的事呢。"他皱皱眉，"倒不是说二者有什么联系……"

"没联系吗？布利斯知道不少秘密。他能弄清我的真实身份，也能弄清其他一些事。"

卢克把脸埋在手中。这位年轻的一家之主，却要承担如此沉重的责任和担当。

"对了，午饭你跟布利斯联系上了吗？"我问。

"没有，很奇怪，他今天肯定去别的地方了，就这一次，没在酒店餐厅找到他。"

"可能早早去黏土地窖里了。"

"不会，"卢克说，"他今天肯定出门了，而且喝得酩酊大醉。医生是这样跟警方说的。如果真是这样，那很容易发生意外。我还要去制浆车间跟工人们聊聊。说不定有工人因为害怕不敢承认自己忘了关地窖门，或者怕闲言碎语不敢承认自己曾打开地窖门看到过什么。这也很好理解,搅拌桨一直在转,如果手上正忙没空细看,的确可能漏掉里面有具尸体的事……"

"布利斯有酗酒的历史吗?"

"我不知道,"卢克不悦道,"但也可能喝醉一两回吧。他早上心情不太好——把一份文件放错了地方,可能是达特搞错的,但要他来担责。接着情绪剧烈起伏……"

他顿了一下,似乎想极力排除突发奇想的一种可能。

"跟科琳娜吵架了。"我替他说了出来。

"是的,"他点头说,"吵架了。"

"媒体那边呢?"

他有点迷惑:"怎么了?"

"你会被各种记者缠住问问题……"

"你是说新闻,"他恍然大悟,"我以为你在说压滤机①。我给本地报纸打电话请他们派人过来了,得给他们一套过得去的说辞。"

"问过警方吗?"

他盯着我,似乎吃了一惊:一家之主做事从不需要别人的许可,因而他并无这种经验。

"抱歉,"我回答,"但你最好问问警方,哪怕是核对

---

① 压滤机英文为 press,与新闻媒体用的是同一个单词。——译者

一下，你的说辞跟他们要公布的消息必须保持一致。"

"好吧，"他敷衍道，"报纸都是晚上出，明早之前还有时间。"

"再多叮嘱一句，他们肯定会给全国性的周报、日报打电话汇报消息。"

"没错。就算如此，中部一个不起眼的陶瓷工厂出点意外，写不了几行吧。"

"意外。"我若有所思地重复道，"对，我想问题不大，毕竟警方没有加派人手。你跟弗雷迪联系过吗？"

"这是另一件让我头疼的事。"卢克说，"我打电话给他去拜访的那家公司，对方说他还没到呢。所以我拜托他们帮忙捎口信，让弗雷迪一到公司，就立刻给我回电话。希望他们能帮我把消息带到，不然我就得给各个酒店打电话询问他是否预订了房间。真不希望他通过报纸获知此事。"

"兰伯丁夫人呢？"

"我派了后勤的梅西夫人去告诉她这个消息。"他顿了顿，"她养育布利斯很多年。"

"我知道，警方把制浆车间的尸体搬走了吗？"

"是的，去了停尸间，我想他们要做尸检。"他站起身来，"想下班的话就走吧，"他说，"你已经提供过证词，如果还有进一步的问题，他们也知道去哪里找你。韦克菲尔德夫人也是,请代我转告——如果你现在还愿意见她的话。"

"我会转达的。"我说。

我又坐了十多分钟,收起笔记本,往创作室走去。已经是五点一刻,其他人也都在收拾东西准备回家,但科琳娜却没有要走的意思,她正练习往盘子上画希腊回纹[①]。

我走过去拍拍她的肩膀:"回家吧,科琳娜。"

她抬起头看了看表,又看了看我:"还没到时间。"她回答。

"卢克说可以走了。"

我在大厅里等她下楼。没了茱蒂丝,小隔间也失去了往日的光彩。我盯看了半响,才意识到是阿西娅小姐的黑发和海蓝色套装遮住了光亮,她今天一直在接线处代班。

我推开活嵌板门,走进隔间里。"真抱歉,下午突兀地请你去带游客。"我满怀歉意地说。

"请千万别介意,拜托。"她诚恳地说,"多么可怕的事!可怜的卢克先生,他看上去很难受,我不觉得意外,因为我也感同身受。谢天谢地,我是带游客们参观结束后才听闻这个消息的。今天转接错了十几通电话,真是太可

---

① 这一纹路的希腊文名称来自古希腊(今土耳其)著名的河流大门德雷斯河,因纹路与这条河一样多弯。——译者

怕了。"

"茱蒂丝去哪了？"

"我让她回去了。她得了重感冒——可能会变成流感——结果还听到如此令人震惊的消息，整个人都快要晕倒了。所以我叫罗奇先生送她回去。真是太糟糕了！"

"是的，"我说，"糟透了。"

茱蒂丝与布利斯，两人结伴相游的事还在昨天。

我跟阿西娅小姐道了晚安。科琳娜下楼来，我们一起出办公楼，来到院子里。老天爷真是不通情理，这样悲伤的日子，乌云却被一阵狂风卷走，天色放晴，湿漉漉的地面快要干透，斯托克那层神秘的云雾面纱也变得千疮百孔。阳光洒在停车场上，我一眼就看到了最内侧的那辆白色捷豹，它的车身长、底盘低，还焕发着崭新的光彩。就在昨天，茱蒂丝还跟布利斯开着这辆车兜风。今天，那个装腔作势、野心勃勃、爱窥探秘密、爱管闲事、成功、傲慢、自视甚高的布利斯，却已经死了。

我收起了车顶篷，她状态很糟，吹吹风或许会好一点。从斯托克到汉利，我们一路无话。市中心交通十分拥挤，人车川流不息，我也顾不上观察她的状态。停在十字路口等行人通行时，身边的人突然动了动。我转过头，她蜷缩起来，将脸埋进膝盖。

"坚持住，"我急忙道，"开过红绿灯我就找地方停。"

"不，继续开，"她突然急切地说，"求你，快开，不要停。我没事。"

她的声音很低，但并不虚弱，带着女人特有的纠结。我往利克新路驶去。

一两分钟后，我们又停下来等红绿灯。"怎么样了，科琳娜？"我试探地问。

她抬头，直起身子，手在口袋里摸索着，又好像想起了什么，赶忙闭上眼。

"别闭眼。"我提醒道，车子继续往前，"闭上眼就会看到地窖。你看着路，分散一下注意力。"

她摇摇头，但还是顺从地睁开了眼睛。"不是因为那件事。"她虚弱地说。她突然颤抖地吸了一口气，"我看到我丈夫了。"

我不认为她有癔病或者妄想症，原来那就是她一直想坦白的秘密。我把车停在路边。"原来如此。"我说。

她点点头，没有吱声。

"难怪没人知道他是怎么死的。"我停了一会儿，接着说，"我以为你是把悲痛藏在心里的那种人。"

"别说了，"她打断我，"我想告诉你的。"

我突然想起自己欺骗她时的种种顾虑和哀伤之情。"好吧，扯平了。"我说，"你没有离婚，怪不得在多夫戴尔，你很好奇离婚夫妻的那些事。"

"不，是我想离开他，没有隐情。"

"你多久见他一次？"

"没再见过。我以为他不知道我在哪里。"

"现在也可能不知道吧？他只是偶然来斯托克办事，并不知道你在这里生活。"

她侧过身，靠在车门上，整个人蜷缩在座位里，闭着眼，像极了在海边嬉闹一天，筋疲力尽睡去的小女孩。如果再抱一只毛绒兔子在怀里，就更像了。我帮不了她，力所不及，至少我不允许自己再做什么。我发动车，继续往前开去。

到了恩登，我把睡着的她叫醒，扶着她的胳膊走到顶楼四层她的房间。她没有邀请我，也没有拒绝。我把她安顿在棕色扶手椅上，倒了点酒，虽然对健康不利，但此刻她十分需要这一杯。我给自己也倒了一杯，放松紧绷的神经。

"他来过这儿了吧？"她低声问。

"你怕吗？"

"不是那种怕，他并不粗暴。"她喝了口酒，"不管怎样我必须出门，还要去艺术学校。"

"不许去，"我坚决地说，"你现在很不好，过了今天再说吧。别跟我争，今天你不能去。我给学校打电话，说你不太舒服要休息。"

"吉莉安呢？"她无力地说。

"她怎么了？"

"她还在等我，我们一起坐公交去。她教孩子们学商务西班牙语，不是艺术课。"

"她的电话呢？"

"问题就在这，她家没有电话，所以我必须去。"

"为了吉莉安？"

"我不能让她白等。"

我要耐心，她的状况的确很糟。"好吧，"我说，"那我开车过去告诉她，花不了20分钟，别担心，一会儿我就回来。把钥匙给我，这样你就不用再去开门了。"

她没说话，默默地把钥匙递给我。

去往达特家那条僻静的路，空气流通不太畅快，只有闻到矿坑特有的淡淡的硫黄味，才能感知到风的存在。我在那道维多利亚风格的玻璃门前等达特夫妻应门的时候，院中一只白色的画眉正紧盯着草丛里的虫子，似乎随时要扑上去。它感受到我的目光，朝我投来敌意的一瞥。我突然感觉精疲力竭。

开门的人是达特。他看到是我，脸上露出非常意外的表情。我跟他解释了科琳娜的事。

"这样，"他说，"感谢您专门来一趟，实在是太客气了,不过吉莉安都是在外面吃完饭直接去学校的。没关系,我一会儿去接她。"

他似乎比往常更心烦意乱。

"我当然得来,科琳娜心情很差。"我回答,"您大概也听说了吧,布利斯的事?"

"是的,当然,"他喃喃道,"太可怕了……"

他不仅仅心烦,而且十分焦虑,一直朝我背后打量,像是在看路上的情况。

"她是最先看到布利斯的,"我继续道,"他躺在地窖里,淹死了,我想应该是淹死的。"

"可怕的事故。"他附和道。我们目光对视了一瞬间,我清楚地感受到了他的焦急和不耐烦。

我故意顿了一下,停顿时间比正常对话要久。事实上,我归心似箭,想尽快回恩登。但达特看上去很焦躁,如果我再多坚持一下……

"抱歉没法邀请你进屋坐坐,"他急切地说,"我在等人,他可能随时会来。"

我就知道。刚才的拖延只是为了让他自己吐露实情。他想赶紧结束对话,但礼貌起见没有开口,我却故意拖延时间,让他很难受。"科林总是容易被戏弄。"我想起科琳娜这句话。

"不过我也该走了。"我略带抱歉地道。

他急切地盯着马路上的状况："明天午饭我们一起喝一杯吧。"

"乐意之至。"说完这句话，我饶过他，离开了。

我拐了个弯，开到最近的一个街角，看到那里有个电话亭，就下车给科琳娜打电话，但没人接。刺耳的电话铃一直响，我突然一阵恐慌，但马上又意识到，她并不知道电话是谁打来的，因为害怕所以想装作家里没人。

我回到车里，掉头又开回了达特家的那条路，还让了一辆车先行。那是一辆紫红色的沃克斯豪尔，车内装潢看上去柔软舒适。我用余光瞥了一眼开车的人——白毛衣，厚围巾，蓬松的头发，没能看清眼睛，只看到一张嘴。我本能地没再往前，而是目送它开走——这是我在考腾斯训练出的敏锐嗅觉。她果然停在了达特家门口。

达特可真走运，我心想。如果吉莉安去夜校上课时，他都在等待这样一位访客，我的出现的确会让他坐立难安。我耸耸肩，开过街角，决定把达特和他的神秘访客抛到脑后。

科琳娜的窗前没有亮灯，我气喘吁吁地跑上楼去。她还呆坐在那把椅子上，旁边是已经空了的酒杯，房间还是那样昏暗、破旧。

"怎么不开灯？"我说着按下开关。

她眯起眼:"不想让别人知道我在家。"

"你可以拉上窗帘。"

"还是有缝隙,你回来就无所谓了。"

她似乎话里有话。我握住她的手:"你的手很冷,连火都不敢点吗?你需要吃点东西。"

她还在发抖:"我动不了。"

"我来帮你。"

她有些苦涩地看着我:"今晚你要留在这吗?"

"如果你想让我留下的话。"我拍了拍沙发,"我可以睡这里。"

她站起身:"我只声明一次,我没有卖卢克家的设计给别人。"

"我知道,"我耐心地说,"你这样说就够了,我相信你。"

"那你为什么还要跟着我?"

跟着她?!她竟然以为我还在盯梢!"留你独自一人在家,你会害怕,对吗?"

她点点头。

我弯腰点燃煤气炉。"所以我才想留下,如果能替你分担一点的话。"

我第一次在她脸上看到那样纠结的表情。她迫切地渴望有人陪在身边,努力想相信一切都会好起来,却又不时地陷入怀疑的旋涡,时而犹豫想靠近,时而克制冷淡。希望总是令人盲目。她倾慕的曼特尼亚大师,一定能用讽刺画的形式,将这种纠结和矛盾表现得淋漓尽致吧。

"谢谢帮忙,"几分钟后,她才犹豫地说,"但我只有一张毯子。"她皱起眉头。如果皱眉代表焦虑的话,今天这可怕的日子,最让她焦虑的竟然是毯子不够这种小事。

我记起她受惊过度,在车里小憩,还吃了安神药,一定非常疲倦,只是强撑着等我回来,没有睡去。

"你最好去休息吧,科琳娜。"我说。

"是的,我也想休息,但是……"

我扶着她的肩,把她按回椅子上。"热水瓶在哪?"我问。

"厨房里,"她边说边坐了回去,"橱柜门里的挂钩上。"

一种奇异而又熟悉的感觉在我心头升起。我像是度长假后回到家,自然地打开热水器,放好洗澡水,灌满热水瓶,又打开煤气炉,铺好床铺——宛如刚结婚时悉心照顾因月经而难受的妻子一般。那些是我在婚姻中为数不多的不觉得痛苦的记忆,回想起来,只感受到安静、温和、平淡、自然。厨房里不一样的陈设让我回过神来。独居之人的厨房,只有一包汤料,一小块面包和一听水果罐头。

她洗好澡,走过来看我忙活。一头秀发披在肩上,穿着旧的粉红色法兰绒晨衣,纽扣一直扣到最上面。

"你会做饭,是不是?"她问。

"毕竟我一个人生活。"

"你的家肯定有好多房间,或者请了管家打扫。"

"我最受不了找仆人伺候。"我说着,从搪瓷质地的碗橱里拿出托盘,"快去睡吧,要不会着凉的。你喝点汤——必须喝点。我给你端过去。"

她吃惊地望着我,不知是该为我的克制赞叹,还是该怀疑我到底有没有雄性气概。不过,同往常一样,她什么也没说,顺从地走进了卧室。

独自生活的人,要么躺在床上,要么起身出门,你不会有心情给自己泡茶,或坐在餐桌前品味早餐,所以睡衣是不必要的。她换上一件灰色的开襟羊毛衫,飞边领口有点褪色,还能辨认出是粉底配着蓝花,看起来像孩子似的。她把钱都花在出门穿的衣服上了。独居的人都是这样。

我把托盘放在她膝盖上。

"你喝了吗?"她问。

"喝了,没跟你一起,抱歉。你喝的时候,我可以留在这里陪你吗?"

她点点头。我把一把硬木椅移到床边,坐了下来,自顾自地环视着陈设简陋的小卧室。

"你离开他多久了？"我问。

"六年。来斯托克后我再没有回去过。当时我在报纸上看到招聘广告，知道这是我离开的唯一机会，于是逃了出来。"

"出于什么原因？他有其他女人？"

"算是吧。"

"他是做什么的？"

"什么都做。只要是赚钱的机会，他听说了，就会插手。他渴望钱，但不攒钱，喜欢大把挥霍，甚至施舍给穷人——这不是真慷慨，只是显摆自己有钱。他恨不得把什么都拿出来显摆，要买最新款、最拉风的车，最大的电视，最贵的衣服……"

"还要有一位美娇妻。"

她叹口气："我告诉过你，那时的我平淡无奇。"

"说明他有眼光。"

"的确，他总是一眼就能看出哪一款最畅销。"

"什么的款式？"

"服装，他主要经营服装生意，我们也是在纺织品设计的合作中认识的。"她顿了一下，"我从没见过他那样的人，敏捷、精力充沛、意志坚决，我甚至没意识到他并不欣赏我，只是在阿谀奉承。当然，我或许是假装没意识到，对他来说，自己是那么简单和肤浅。好吧，我的确爱上他了。"她的脸颊泛起红晕，"当时我想远离父母，虽然已经独自住，但仍然觉得离他们不够远。因此，他向我求婚时，我兴高采烈地接受了，甚至没想到要问他究竟爱不爱我。我这样做不好，对吧？但我已经自食苦果。后来，我惶惑地发现，他并不想娶我做老婆，他只想要一个助手、生意伙伴，一个能力不错又不要工钱，甚至还能帮他避税的设计师。我被蒙在鼓里，一直没有发觉他的真正目的。婚姻对他来说不过是一次投机，是一次投资，是纯粹的商业行为。不过，就算他真的爱我，我们的婚姻也会以不幸收场，因为我们性格截然相反。我以为这会对我有好处，以为他的出现会改变我的无聊生活和沉闷性格，但最终我发现，他只会让我心烦意乱。"

我站起身，把她腿上的托盘取走。"我明白，"我说，"我也犯过这样的错。婚姻应该同类相吸，但我们有时却会爱上与自己截然不同的人。他长什么样子呢？"

"他啊——高个子，黑头发，打扮入时，身强体壮，阳光帅气，大概是这些吸引了我吧。"

"现在这种特质也能吸引你，不是吗？想想弗雷迪吧。"

她把头扭到一边。"我不爱弗雷迪，"她解释道，"我没有爱过任何人。真正地了解了一个人后，仍然尊重、信任他们,感受彼此的爱意和激情,这是我从未有过的体验。"

"如果把这些特质全都加起来,你对一个人的期望值也太高了吧?"

"不,我不这样想,"她反驳道,"这种可能性很大,很容易遇到这样的人。"

我像侍应生似的端着托盘,盯着她的后背。门铃突然响了两声。

"别去,别应门,"她赶忙说,"求你千万别去。"

我放下托盘,握住她的手放在我的胳膊上。"虽然我不是你最中意的那种,有男子气概、身强体壮的类型,"我说,"但如果你不想让他上来,那他也绝对上不来。别怕,我留下来不就是为了保护你吗?"

我走下楼去,尽量让自己别紧张,脑海中组织着客套的见面语和各种伤害不大的攻防技巧。准备好后,我吸口气,打开门。

两个男人站在门口,他们穿着雨衣,头戴软呢帽。他们身后,一辆黑色的警车跟我的阿尔卑斯并排停在车道上,司机穿着制服。

督察这么快就来了。

我领他们上了楼。我想先提醒一下科琳娜,但该怎么开口呢？总不能大喊"科琳娜，穿好衣服，有督察来见你"吧？

不，我的确无能为力，不能提前通知，也没法替她打掩护。我将督察带到了客厅。

"韦克菲尔德夫人休息了。"我向督察解释。我要解释自己为何出现在这里吗？不必了，"我会告诉她你们来了，请坐下稍等。"

"谢谢。"他回答。他们还是站着。于是我走进卧室。

"你还是让他进来了。"科琳娜小声说，她的声音十分痛苦，像是在责备我。

"来人不是你丈夫，科琳娜。是郡里刑事调查部门的督察。"

她靠着枕头坐了起来："他们说此行目的了吗？"

"没有，不过估计是跟布利斯有关的事。"

"好吧，那我现在就起来。告诉他们我很快就到。等等——别走远，好吗，除非他们一定让你避嫌。"

"一定让我避嫌？"我有点疑惑，"他们来调查的是案件，又不是个人隐私。"

"是啊，你多聪明，"她苦涩地说，声音有些哽咽，"愚蠢又盲目的家伙，跟弗雷迪一样。"

我从地上捡起她的晨衣，丢在床上。"我跟弗雷迪可不一样，"不知为何，我心中突然五味杂陈，"跟他一样倒好了呢！"

我走进客厅，简短地说她马上就到，没等他们要求便躲到厨房里去了。

没热水了，我又烧了一壶水，把需要清洗的碗碟收拾好，点了根烟。可怜的卢克！斯托克警方礼貌地安慰他说只是例行检查，他还信以为真，觉得布利斯之死是一起意外。警方在被警戒线封锁的制浆车间里调查，把粉笔标记和测量的数字加出简洁的答案，仔细研究，判断数量，然后悄不作声地把资料递交给了刑事调查部门。

我洗好盘子，把它们放回碗橱，又替科琳娜整理好桌上的发夹，最后捡起她扔在椅子上的夹克。

我走进卧室，从衣柜里拿出衣架，把夹克挂在门把手上，抚了抚柔软的绒面革。我更期待这件夹克被她穿在身上时这么做，但由于缺乏弗雷迪那样的吸引力，也就只能象征性地比画几下。衣服左口袋里有坚硬的东西，仿佛是她纤细的腰身——我知道科琳娜绝没有这么瘦，想摸到髋骨恐怕不太容易。这样想着，我把手探进口袋，碰到了她一直随身携带的酒壶。我拧开瓶盖，把壶放到嘴边，仰起头，里面是空的，一滴酒也没了。怪不得她下午想喝酒的时候，突然想起什么似的停下来，把它放回口袋。于是我拿出酒壶，放在显眼的地方，省得她又忘记添酒。我无所事事却又心慌意乱地在浴室里踱步，还试了几次煤气热水器，确保她使用时不会遇到什么危险。开关被打开关上，打开又关上——不知自己乱按了多久。突然，我感到背后站着一个人。

督察正温和地看着我，见我转身，他摘下帽子示意，我惊讶地发现他几乎秃顶了。

"如果您有空的话，我想跟您聊聊，"他说，"在您洗澡之前。"

"我并不打算洗澡，"我说，"暂时不会。"

我们走进厨房。他习惯性地打量房间，做着总结，往脑海中科琳娜的档案里记了几笔，可能还记了我给她做家务的事——幸好我没穿围裙。

他先围绕着如何发现达德利·布利斯尸体一事问了几个例行的问题。我心不在焉地应和着，等他问出关键问题。

"今天下午，韦克菲尔德夫人在制浆车间发现尸体时，您跟她站在一起吧？"他问。

"不准确，我离她有段距离，我走过去是因为察觉到她不太对劲。"

"没错，我说的就是这个意思，用词不当。"

他怎么会用词不当，他肯定读过我和卢克等人的证词。

"您是怎么发现她情况不对的呢？"他又问。

"看她脸上的表情。"

"是吗,她当时是何种表情?害怕?眩晕?"

"惊恐,因为太过吃惊而感到眩晕。"

"那您看到那幅景象时也很吃惊吗?"

"当然。"

"是您指示众人行动的,对吧?让他们停运机器,通知申塔尔先生,把游客带离案发现场并派人照顾韦克菲尔德夫人。"

"没错。"我快被他这一串连珠炮似的问题问晕了。

"您跟死者关系如何呢?友好吗?"

"不算。"

"两位吵过架吗?"

我不由得犹豫起来,但卢克一定很不情愿地把当天在制浆车间发生的事全告诉警方了。

"没有,"我说,"我们没吵架。"严格来说,我的话没有错。

"您知道他喜欢去哪吃午饭吗?"

"北斯塔福德酒店。"

"您跟他一起吃过午饭吗?"

"没有。"

"我还以为您吃过,毕竟您住在酒店。那您一般去哪里吃?"

"平时我都在食堂解决,周末在酒店吃,但布利斯没有……"

"韦克菲尔德夫人说食堂很不错。"他突然道。

我点点头,立刻意识到他接下来要问什么。

"今天午餐的菜单是什么?"

没错,试探性的问题来了,虽然方式有点出乎我的意料。"我今天没去。"我回答。

"您在哪里吃了午餐?"

"我没吃,不太饿。"

"午餐时间您在做什么?"

"我出去了,沿着街道闲逛,欣赏澄澈明净的特伦特美景。"

他嗔怪地瞪了我一眼。的确,我开了个小玩笑,引用了约翰·阿尔弗雷德·阿内斯比·布朗爵士的那幅画《澄澈明净的特伦特河》①中的画面。莎士比亚就没能目睹它环绕维多利亚大街流淌的情形②。

"您为什么没像往常一样去食堂?"

"我告诉过你了,"我回答,"不太饿。"不知道他有

---

① 画作原名为 The Smug and Silver Trent,是"20世纪英国最重要的风景画家之一"约翰·阿尔弗雷德·阿内斯比·布朗爵士的作品,他最著名的是对田园风景的印象派描绘,通常以牛为主题。——译者

② 莎士比亚在《亨利四世》(上篇)第三幕第一场中首次使用了 The Smug and Silver Trent 的说法,画家起名的灵感来源可能也是基于此。中文剧本翻译用的是特兰特河,这里为统一,改为特伦特河。——译者

没有意识到,那个时间我独自一人,没有不在场证明。不过,玩躲猫猫式的你问我答没有任何意义,我还是打算说出真相,但要一点一点地说。"好吧,"我说,"因为我不想让自己看上去像无赖似的对韦克菲尔德夫人穷追不舍。"

"当然。"他似乎在鼓励我继续,就像牧师在忏悔者倾吐心声时,总爱见缝插针地加几句赞同的话,"您是说申塔尔先生雇您做私人调查的事吧?但就我所知,午饭前,韦克菲尔德夫人就已知道您的真实身份了。"

"我不想逼得她太紧。"

"您这么突然要跟她划清界限避嫌,有没有个人原因?"

"如您所见,我并没有要避嫌的意思。"

"'潜在的结婚希望'。"他突兀地说,"抱歉我这么直截了当,这个说法最近很流行。当时您应该很生气死者的一些所作所为吧?"

卢克!卢克!有必要说这么详细吗?竟然把这种令人羞耻的小事也告诉警察?也不怪他,有警方刻意的引导,不经意间可能就会说出很多细节。

"我当时很惊讶,甚至顾不上生气,"我回答,"他将一切对韦克菲尔德夫人和盘托出,我顿时不知所措。"

"所以失去隐匿身份对您来说,比个人因素更令人烦乱。"

"我没有隐匿。"

"没错,我该说失去伪装。"

我沉默了。

"如果死者——"

"请叫他布利斯。"

"若死者把他知道的秘密散布出去,工厂尽人皆知,申塔尔先生恐怕不会再雇您了。"

"那意味着他也将不再雇佣任何一名私家侦探。"

督察停了片刻:"外面那辆阳光阿尔卑斯是您的车吗?"

"是的。"

"很漂亮的新款,对吧?"

"对。"

他莞尔一笑。"花了不少钱吧?好了,说不定最近还会见面。请别送了,我们自己出去。"

我们?我忘记他还带了一个助手。那人好像一直站在厨房门口。听着他们下楼的脚步远去,传来砰的关门声,我又回到了客厅。

我竟然没认出家居打扮的科琳娜,她踩着平底便鞋,头发披在肩上,整个人感觉小了一圈。她又穿上了裙子和灰色的开襟羊毛衫。

"他们问什么了？"我问。

"问我有没有跟布利斯吵架。"

"你怎么说的？"

"就说了今天早上扔泥坯的事，解释我发怒的原因，还有他说的话。"

"全部？每一个字？包括后来那几句？"

她点点头，看上去很难过。

所以他们不是从卢克那里，而是从她口中得知的。或许也听卢克提到过一点。

"他们问我为什么掀起地窖门板。"她说。

"为什么？"

"下意识的动作，我没在思考。"她顿住了，"他们还问了你的事，一些很愚蠢的事。比如你午饭后有没有喝茶，但我也不知道，我没去食堂。"

"科琳娜！我也没去食堂。"

我们面面相觑。

"你怎么没去？"我问。

"因为我以为你会跟着我。"

我颓废地在沙发的一头坐下。她说得没错，她说得对，确实如此，但我真希望她没这么说。我累了。十年一代沟，她还需要至少十年，才能拥有更为成熟的心智和判断，而且得是经历许多思绪纠缠的不眠之夜，以及应对层出不穷突发事件的十年。

我理了理思绪。"好吧，你为了躲我，我为了避嫌，结果把事情搞得一团糟。现在我们都可能是跟布利斯在制浆车间谈话的嫌疑人了。他没去酒店吃午饭，卢克打电话去问，对方说他没来。"我停了一下，"你去哪里了，科琳娜？"

她盯着我，烦乱却又笃定："我坐公共汽车去贝斯福德的伊特鲁里亚散心去了。"

"我去特伦特河岸散步。你知道想证明我们的确各自出去散心有多困难吗？"

"这重要吗？"

"我想很重要。"

"但我没说谎。"她回答。

"我相信你，但警察可不会只听你一面之词。他们要了解真相、了解实情，因为这涉及动机之类的问题。"我沉默半晌，"他们知道你丈夫的事吗？"

她摇摇头。

"最好告诉他们吧，警方一定会调查到这些情况的。他们什么秘密都能挖出来。"

她倒在沙发上。"我们有麻烦了，"她低声说，"在满是淤泥和污秽的沼泽中，越陷越深。"

"需要我向你伸出援手，救你于水火吗？"

她安静了一会儿。"不,"她还是拒绝了,"你也会被我拽下去的。"

"我记得你说我们都陷入沼泽了。"我不满地嘟哝道。

我太累了,简直头一歪就能睡着。

"听着,"她突然开口,"我必须告诉你,我丈夫……"

"说吧,"我长叹一声,"告诉我一些之前不知道的事。"

"他来斯托克有目的。"

"说不定是来找你离婚。"

"他要是想,早就来了。他不会同我离婚的。"

"为什么?因为宗教原因?"

"不,才不是呢。他不跟我离婚的原因,大概是他根本不需要妻子。他投机婚姻,失败了,那么以他的为人,同样的错误绝不可能犯第二次。当然,他也不会感到孤独,他身边从不缺女人。离婚对他来说没有任何意义。"

"但对你或许有意义。"

"所以他才懒得理这档事,这是对我不辞而别的惩罚,他喜欢这样。只要你没有暴露弱点,那就万事大吉,否则他一定会忍不住想看你局促的样子。他一想到我这个岁数就守活寡,一定会觉得非常好笑。"

"但你可以跟他离婚呀,傻瓜。"我忍不住说,"为什么不离婚呢?现在已经有给离婚妇女的法律援助,所以你不能再以失去生活来源为借口。"

"你不记得了吗,是我先逃跑的。而且,要让这样的丑事公之于众……"

"那你如果又想结婚,怎么办?"我努力维持着平静的语气。

她转开头:"有了跟维克多的这段经历,再次迈入婚姻前,我恐怕会考虑很久。"

"谁?"

"我丈夫叫维克多。"

维克多,那个做服装生意,卖女装的人。

"科琳娜——他开车吗?"

"没有,他当时站在商店街的人行道上。哦,我明白你的意思了,我以为你是问今天下午。对,他有好几辆车,不是一起买的。他总是换车,也很懂行,我耳濡目染了解了不少车的知识,你还觉得惊讶呢。我对车不感兴趣,都是听他说的。"

"科琳娜,在我提起离婚之前,你似乎要说关于他的事,话都到嘴边了。你说他来斯托克是有目的的,你觉得会是什么事?"

"我说过,我们有麻烦了,至少对我来说。"她那双漂亮的灰色眼睛望向我,"真相是,我离开他最根本的原因,当时我在曼彻斯特工作——我们俩都是——这么说似乎有点自命不凡,但你应该明白我的意思,他想让我从创作室偷拿设计稿,不光是我的,还有其他设计师的。这样他就能在国外以便宜的价格印制同款布料,然后进口,做出成衣后低价出售。你明白了吗?"

"当然,早上你跟卢克先生说过这件事吗?"

"没有。他告诉我长春花被剽窃的事时,我脑中曾闪过这个念头,但又觉得二者不会有关联,毕竟,维克多应该不知道我在哪,更不知道我在做什么工作——当时我仍旧想不通。但下午,我在斯托克的街头看到他时,突然灵光一现,这不可能是巧合。我终究还是被卷进去,逃不掉了。设计被人盗走,部分是我的错,不,不是我的错,但跟我有千丝万缕的联系。你说得对,对你跟卢克先生而言,我就是申塔尔的那个弱点,尽管我曾不自知。但今天,"她忍不住哭了,"他为什么偏巧今天出现呢?"

"别告诉我,你还爱着这个'令人尊敬'的男人。"她绝望的哭声却令我心头涌起一阵苦涩。

"我说过,我从没有爱过他!你永远无法理解我的处境和心情。你不了解我,你不知道。"

我抓住她的胳膊——我似乎总是这样对她——扶她站起来。"但我知道你的体力已经到极限了。"我答非所问,"好了,科琳娜,去睡吧。我待在这里陪你,别害怕。不用锁门,但明天一早,你得去告诉卢克先生这件事。没错,你必须据实以告,科琳娜,必须告诉他。"

还有警察,我心中想,还得告诉警察。

"但这对调查毫无帮助。"她走后,卢克先生对我说,"我们不能因为她草率地迈入一段婚姻而责备她。我们还是要证明,申塔尔遭遇的盗窃事件,跟她丈夫这种不好的习惯有关系。况且——"

"被窃取的设计,跟工厂职员的意外死亡有什么关联?"我说出了他没说完的话。

他点点头:"如果能让刑事调查部门的人赶紧撤走,接下来的十二个新设计我都愿意拱手相送。你知道他们来调查的事吗?"

"他们昨晚找我了。"

"这么快?我跟他们讲了一遍——严格地说,是向他们复述了一遍我跟市局警察说过的话——关于你和你在这里的目的。他们似乎并不反对你继续调查,但也强调,私人调查中发现的任何事情都必须同步汇报给他们。我总觉得接下来你一定会受到他们的监视。"

"这是板上钉钉的事。你跟他们讲过科琳娜跟布利斯在制浆车间吵架的事吗?"

"没有,"他低下头,"我只是说科琳娜就是长春花系列的设计师,他们问的。"

我叹口气:"昨晚他们只是为了去见科琳娜,我碰巧也在场。"

"见科琳娜?为什么要调查她?"

"因为他们并不太了解偷窃事件复杂的前因后果,只是大略知道怎么回事,所以跟我们开始调查时的思路一样,科琳娜这条线索是最好查的,就算没有收获,也能够快速排除某些可能。如果有问题,那科琳娜就是他们的饵,是他们的切入点和潜在的线索。"

"布利斯的死可能只是意外。"卢克还是坚持这个观点。

"也许吧,"我不禁为这位申塔尔家族领袖的固执而叹息,"任何事都有可能。请听我说,科琳娜没有告诉你昨晚发生的另一些事,或许是因为她自己也不知道,又或许是她没有意识到其重要性。"

他静静地听我说完。显然,他很不喜欢我所说的内容,但也无可奈何。然后他坐在椅子上把玩着那枚印章,一语不发。

"这么说,似乎已经晚了,"他终于开口,"最好把这件事也告诉警方。"

"不,先等等,还不能跟他们说。再给我一天时间。"

他疑惑地望着我:"这不算是知情不报吗?"

我叹口气:"我会告诉他们的,等有了确凿的答案后。"

出于习惯,我回到图书馆办公,珍妮丝正好来送下午茶。

"现在就送来了?"我问。

她有些吃惊:"到时间了。"

我看了一眼表。没错,已经到茶歇的时间了。我都忘记了,自己很晚才到工厂,因为送科琳娜来后,我不得不返回酒店洗漱整理,等收拾妥帖后,又跟科琳娜一起去见卢克。

"布利斯先生的好车可遭罪了,"珍妮丝说,"一直停在外面的院子里,以后谁来维护它呢?"

"我想会是弗雷迪吧,等他回来以后。"

"可怜的弗雷迪!"她又念叨起来,"他已经知道了吗?"

"我想是的。"我回答。可怜的弗雷迪,听卢克说他深受打击,现在应该已经到家陪伴母亲了,卢克让他休几天假。

伍尔弗汉普顿警方应该是挨个酒店查询了弗雷迪的入住记录——不过查找没花太多时间,因为弗雷迪住在当地最好的酒店。他的车在斯塔福德城外爆胎,到得晚,错过了约定的拜访时间。不过,警方并没有承担向他传达可怕消息的责任，他们只是请他给卢克先生回电话，有急事。弗雷迪照做了。卢克先生没有逃避自己的责任，换作是我，我可不希望自己成为告诉他坏消息的人。不过，我也不是一家之长，而且从现状看，成为家长的希望很渺茫。

珍妮丝走后，我在笔记上随意地写了一点跟申塔尔崛起历史相关的文字，不知不觉几个小时过去了。我现在无事可做——也许还有很多事要做，但我太累了，或者太笨，找不到正确的方向。我打算等两点钟中班门卫来了再停笔，好下去跟他闲聊几句，工厂里关于布利斯和地窖事故的流言，是警方该关注的事，我不担心。

午饭前，达特突然出现在图书馆门口。

"你好，"他无精打采地走了进来，"我想你应该会在这里，关于要喝一杯的事——午饭咱们出去吃怎么样？我得去一趟汉利，那有家很不错的小酒馆，三明治非常棒，如果你没意见的话。"

他用鞋尖在地板上蹭着小圈，闷闷不乐地垂着头，似乎这光滑的地面让他倍感恶心和疲倦。无论我找什么借口推托，他大概都会如释重负，欣然接受，但是我什么也没说。

我穿过走廊去了创作室。

"科琳娜，"我喊她，"你准备去食堂吃饭吗？"

她点点头。

"我出去一趟,跟达特约好一起喝一杯。"

"你见过警方了吗?"她没抬头问我。

"今天早上没有,你呢?"

她摇摇头:"今天他们似乎没来,不知是为什么。"

"布利斯也不止在工厂范围活动,他们肯定还得去外面调查。"

她转过身,继续在淡黄绿色的叶片上用茶青色描绘植物脉络。"也许吧。"她敷衍道。

我坐着达特那辆时刻有熄火危险的车去了汉利,到他说三明治很好吃的小酒吧一探究竟。但我状态不好,头痛欲裂,疲惫不堪。昨晚,我蜷缩在那张不算宽敞的棕色沙发上,几乎整夜没有合眼。几口酒下肚,神情有些恍惚,再加上酒吧里很热,我的眼皮越来越沉重,逐渐陷入一种半梦半醒的状态。达特似乎很不安,不断地打量着周围的环境。吃完饭,他嘴里一直嘟哝着拽我出来很抱歉,想请客付全部的午餐钱、酒钱。但我坚持各付各的。

"你为什么离开学校?"我问他。这种无关紧要的小事没有给他造成什么心理负担。我本不想问的,只是脑子一热。

"谁告诉你的?"他有点好奇。

"科琳娜。"

"原来如此，也是。"他停了一会儿，"她是个好女人。"他轻描淡写地说，语气里没有渴望、仰慕，反而带着一种全世界的好东西都从来不属于他的哀怨——如果他真是这样想，得到这种结果也就不足为奇。劝他别太消极有什么用呢？人性就是如此，一点点宽慰怎可能改变其本质？真是不幸。他喝光杯里最后一口酒，露出嫌恶的表情，脸上挂着讥讽的微笑，嘴角不自觉地抽动几下。显然，不是酒难喝，而是他想到了不愉快的事。

"为什么？"我重复道。

他抬起那双温和的棕色眼睛："什么为什么？"

"不教书了。"

他耸耸肩："我不太擅长当老师，孩子们在外面都很友善，在班里却不服从管教。有些大人的话他们也听，但我不在那些人之列。"

因为你没有值得他们尊敬的品质。没人会责怪孩子缺乏同情心，因为这是他们对社会经验自然而然的继承和运用。

"而且，"他继续说，"也没什么前途。"

前途。他没说出那个关键人物的名字，吉莉安。

我们吃完午饭，走出了酒馆。

"不错吧？"他问，"我常来这里。"

"昨天也是？"

"没有。"他显得有些惊讶,"我像往常那样去了食堂,不过我们那桌几乎没人。弗雷迪很想你,他有一大堆没想通的填字谜。"

我们沿着铺满鹅卵石的小路,朝汉利镇中心走去,阳光洒在红褐色的砖墙上。阴天的时候,这些墙面灰黑一片,看不出本色。又矮又粗的窑炉正向外喷出近乎透明的烟雾,湛蓝的天空中不时会出现一阵气流的颤动。天气很暖和。我们走到商业街,他去一家杂货铺买了猪肉馅饼和冻豌豆。

"我的下午茶,"他解释说,"今晚吉莉安有课。"

如往常一样,他把车停在博物馆门前。我坐进副驾驶座,他发动引擎,要走时却忽然犹豫起来。

"我忘了一件事,"他说,"可以稍等我一下吗?不会很久的。"

然后他便下车,沿着斜坡往市场走去。

车里很闷,不到半分钟我就坐不住了。我下了车,在车旁茫然地注视着博物馆入口处一排排盛开的水仙花。有位警官从我身边经过,那身显眼的制服在阳光中熠熠生辉。达特没去多远,几分钟后他就小跑着回来了。看我站在外面,他有点惊讶。

"我忘记买阿司匹林了。"他解释道,局促地把口袋里粉色的小药盒掏出来让我看。

我敷衍地点点头。何必告诉我呢？我又没问。明明申塔尔工厂外的拉什大街拐角处就有家药店。

我们回到工厂时刚好是下午两点，中班看门人已经来了。他坐在门房的书桌前，头靠在手肘上，悠闲地读着报纸。我跟达特告别后，径直朝门房走去，敲了敲门。

"你好，"他抬起头冲我打招呼，"你看了吗？"

他指着晚报的内页。因为晚报是本地大型报纸，首页头版刊登的多是国内国际的重大新闻，不会报道地方消息。看门人用力地戳着一行文字，那是本地新闻第三号栏位，地位相当于本地游乐园中排名第三的坦斯特尔儿童乐园。申塔尔在当地的影响力真是了不起，报刊的事件评论非常克制：警方称，暂未排除谋杀的可能性。

我抬起头，与看门人交换了一个眼神。他脸型瘦长、皮肤黝黑，眼睛是深褐色的。

"谋杀？"他困惑地重复着，言下之意是，在这里？在申塔尔？

我不置可否地耸耸肩："即便是管理最规范的家族，也可能会发生令人难以想象的事。你昨天来上班了吗？有没有人晚走？"

他刚想说什么，却又停住了，狐疑地看着我。

"不要紧，肯定跟这件事没关系，"我敲敲报纸，"卢克先生想了解一下情况。"到了这一步，就算"狐假虎威"也无伤大雅。更何况,在这里,卢克先生的名字实在胜过一切魔法。

"好吧,"他想了想,"卢克先生自己就算一个,他恨不得住在厂里,还有警方的人进出。查普曼小姐也走得很晚,不过最晚的还是卢克先生。阿西娅小姐六点走的。"他停下来回想,"就这些了,一般人下班都想赶快走吧。"

我跟他道了谢。之后,我没再回工厂,而是从侧门走到迦南街,躲闪着穿行的车流,走到马路对面的巴士站,乘车去了汉利。我坐的是一辆大型双层巴士,光滑的皮座椅很矮。汽车一路行驶,窗外是宁谧优美的风景,像是这个自给自足小镇的无声广告。

我在博物馆前下车,往商业街走去。这种感觉似曾相识,我仿佛回到了还在考腾斯的日子——走进各种店铺,向店家询问"考腾斯"式的问题,其中包含真相、猜测和建议。这种模式几乎没失败过,现在依旧很管用。

等得到自己想要的信息后,我去了街拐角的邮政局,在曼彻斯特的地区黄页上查到一个地址,在邮局内的公共电话亭,我拨通了北方证券综合信贷公司的电话。

"我想跟 J. D. 劳伦斯先生说几句,"我说,"打听一辆车的事情。"然后我把汽车牌照报给了对方。

"请稍等。"

等候的时间,我透过电话亭的玻璃,看着柜台后的工作人员忙碌的身影。他从一张漂亮的紫色纸上撕下整齐的一块。

"你好,"电话里传来一个女孩的声音,"我们的确登记过这辆车,但劳伦斯先生不在办公室,他是地区业务代表,在斯塔福德有自己的办公室。"

我请她告诉我号码,挂了电话,接着又拿起听筒,打给接线员,让她帮忙转接劳伦斯先生所在的斯塔福德办公室。那头接电话的也是一个年轻女子。

"劳伦斯先生不在,"她说,"他应该正在处理一桩事务,您要留个口信吗?"

我没有回答便挂掉了电话,推门走出去。现阶段只能如此了。今天他有工作要处理。我要么晚上再打电话,要么差人给他送信,留言条可不行。我走回街上,坐巴士返回申塔尔。

卢克还在忙,遇到这种事,公司的生意不好做。我找查普曼小姐要了一沓纸和一个信封,给卢克写了一张便条,说明下午的调查情况和需要他帮忙的地方。为防止查普曼小姐好奇打开信封,泄露重要秘密,我特意写得很隐晦,只有卢克能看懂。我封好信件,嘱咐她,如果卢克先生有空,我却还没回来,请马上把这封信交给他。这次她只是平静地点点头。申塔尔的公司管理制度被可能的"谋杀"事件打乱了。面对这样的危急时刻,公司最低等级的雇工，就算做出点逾越的事，也不会再招来她惊异和不满的打量。

我下楼，走进院子。有些事，直接去问科琳娜不太明智。即便她不知情，我也能探寻到事情的真相，毕竟我已经发现了这么多秘密。

车停在最里面，我忽然想起自己今天是很晚才来的。要走进去，就不得不经过案发地——制浆车间。有个穿着雨衣的男人守在门口，但警戒线已经撤掉了。

我走过去。"现在能进去吗？"我问。

"我想可以。"他说着往旁边挪了挪。

警戒线没有全部撤走，地窖仍旧是封锁状态。靠近地窖的地面上还残留着我们搬放尸体的痕迹。这里空气相对潮湿，尽管已过去二十四小时，黏土浆并未完全干涸，部分干掉变成了白色粉末。临时封停制浆车间的举动，是否会很快影响生产呢？不好说。这里现在空无一人，出奇的安静，连警方的人也不见踪影。我知道是怎么回事，达德利已被送去尸检，这一切的一切，都是暴风雨来临前的平静。

我闭上眼。真希望自己此刻身处警局，能与督察沟通案情，了解他们掌握到的情况。比如，死者血液里是否有酒精残留，如果有，酒精浓度是多少。

酒精。他为什么醉醺醺的？除了放荡作乐、舒缓倦意、盲从应酬外，还有什么场合非得喝酒？为了逃避无法忍受的现实，还是为了抚平自尊被践踏的自我厌恶和羞愤？我想到了很多人：科琳娜，她一直在跟孤独、贫穷作斗争；达特，在弗雷迪的派对上苦苦挣扎，身边有众多自觉无法企及的好女孩，只得孤单寂寞、自怨自艾。但是，布利斯，怎么会是他呢？

我想起他在派对上的样子：突然对弗雷迪笑笑，默默承受了我不友善的态度，甚至有些害怕和退缩——派对后，每每想起此事，我便羞愧难当，而现在，他死了，我连道歉的机会都没有，越发悔恨。布利斯总是一副咄咄逼人的样子，且是睚眦必报的性格——如果他报复一个人，那他必须让此人知道，自己曾令他失望过。但是，他那强硬伪装之下的灵魂，又是什么样的呢？母亲与邻居私奔，显然无法培养出他忠于家庭的品质。傲慢、自视甚高、戒备心重，科琳娜曾这么评论过他。除了豪爽的弗雷迪之外，科琳娜是唯一一个勉强为他辩解过的人。

"想什么这么入神？"有个声音问。

我睁开眼，督察正站在我身边。

"想帮警方排忧解难？"他调侃。

"不是，"我回答，"只想解决自己的问题。"

我走出车间，开车去了恩登。她的公寓钥匙还在我口袋里。

我打算先从卧室开始。衣柜里只有一个行李箱、两个手提包和一些衣服，不算多，但也会有女人觉得穿不过来。我注意到她没有冬衣，五斗橱里也塞得满满当当：手套，围巾，手帕，袜子，内衣，毛衣，还有亚麻抹布。

接着，我在客厅翻找，但时间不多，没法挨个仔细查看，让我有点急躁。我手忙脚乱地翻箱倒柜，把各种物件大略瞥一眼，再塞回去。十八个月的《哈泼斯》杂志；很多平装书；菲登出版社出品的安德烈亚·曼特尼亚作品集；信纸；年度免税代码表；医保卡。没有信件，没有账单——怎么会没有这些东西呢？房租账单里包含了电费和煤气费，如果是我，一定想核对清楚自己的钱都花到哪里去了。没有银行账册，可能放在手提包里；没有护照；没有结婚证；没有保单；没有证书，可能她把重要文件都保存在银行里。但是，在这个什么都要填表的年代，她的屋里居然连一份文件都没有——这个女人是如此孤独。更重要的，她甚至也没有照片、纪念品等任何跟过去相关的东西。

客厅里有个壁橱，大小与卧室里的衣柜差不多。柜顶层的架子上，放着她的绘画材料，纸，水彩，木炭，蜡笔；下面可挂衣物的地方，却放着一把有些褪色的旧帆布椅，几个空酒瓶，一块格子呢毛毯。早知道有这块毛毯，昨天我也不用和衣蜷缩着睡了。里面还有个扁平的大纸盒，约一米见方，底座和四个侧面的硬纸板用帆布条加胶水固定。我把它拖出来，解开封口的带子。盒子里放着很多乱糟糟的手稿，我拿出一沓。

没错，全都是她的作品。最上面的一张图有点破损，是用软芯铅笔勾勒出的我们在谢菲尔德见到的那位老太太。她佝偻着，只戴了一顶黑色草帽；沉甸甸的靴子让步履显得格外沉重，穿一件脏得发亮的长棉衣，几乎盖住脚踝；手中攥着几张皱巴巴的钞票，嘴角那一抹笑意不见了。

这幅画相当不错，但就我对她的了解，它离完美还差得远。我把它放到一边，接着看下面的。

翻了一阵，我突然看到了再熟悉不过的面孔和肩膀——是我。她非常擅长临摹，但我何时成了她的模特呢？或许是在陪伴她的某个夜晚，在创作室，她没有把时间全花在工作上。我的姿势——我看到门房里，他伏在桌上，手肘撑着桌面，在看报纸。眼睛往下看，应该是在读书或写些什么。画得真像！不过，我真的那么憔悴，那么多皱纹，那么苍老了吗？我站起身，默默盯着壁炉上方的镜子。她甚至给我做了美化。

我回身继续翻看剩余的素描。一张未曾见过的脸；工人们在厂里工作的情形；木炭斯托克剪影；相当漂亮的水彩画——一定是在申塔尔大楼屋顶画的；还有许多零碎的物件素描，如灯柱、石堆、窑炉等。其余大多都是陶瓷器设计，还有几张纺织品设计，看上去有些年头了，纸上有股巧克力和霉变的混合气味。我越翻越快，一心想找到自己需要的东西，但最终还是无所收获，或者说它没有以我设想的形式出现。只有一幅画，我把它拿出来放在一边。

那是一个男人的背影，画中是他的头、肩膀和少半后背。他睡了，或只是躺着，左臂抱着枕头，脸埋在胳膊里。我笑了——至少是想做个微笑的表情。高个子，黑头发，身强体壮。她只画了这么多，没有完整的肩膀和手臂，我看不出男人的身高体型——可能是他醒来或翻身，不然她应该会画全。不过，她逼真地还原了他健美的肌肉线条和浓密黝黑的头发。

也许是维克多。大概十年或十一年前的维克多。这幅画可能是他们刚在一起时画的，或许是在蜜月里——他还维持着谦恭有礼的样子，使她深陷爱情无法自拔；他还没有意识到她对自己和别人的严苛要求，没有逃避似的躲进纵情享乐的温柔乡；那时候的她一点也不觉得痛苦。

我把他的画放在了最上面。它展现出一种强烈的迷恋，证明弗雷迪说科琳娜冷漠简直是无稽之谈。如果需要，它将是描述科琳娜对男性身材偏好的最佳例证，但若拿来辨认维克多，其呈现出的细节太少，没什么用。我重新系好文件盒的带子。她为什么还保留着这些呢？忘记这些画还在盒子里？我想不是。这些画没有跟其他草稿放在一起，显然，科琳娜觉得这些画得很好，才一直保留着。我把文件盒放回壁橱，关上柜门，走进了厨房。这里更不可能存放照片，但我还是在抽屉和碗柜里仔细寻找了一番——果然一无所获。除了那些纺织品设计和旧画稿，整个公寓只有一件能令她联想起过去的东西：她丈夫，黑发维克多的素描。

我小跑着下了四楼，砰的一声关上门，钻进车里，发动引擎。跑得这么快，不光是赶时间，更是因为我心中充满愤怒。不，不能算愤怒，我有什么资格愤怒呢？是嫉妒，纯粹的嫉妒，他就这样随意抛弃和羞辱过科琳娜，这个我无可救药地想要亲近、爱护的女人。简而言之，他拥有过她，我却没有。

我沿着贝斯福德河岸往纽卡斯尔开去，前一天科琳娜在那里打发了难挨的午餐时间。之后我拐上了去达特家的路。

他家门口停着一辆蓝色的奔驰 A40，七天前，地区业务代表 J. D. 劳伦斯从汉利博物馆停车场开走的，也正是这一款。虽然当时我没来得及查看车牌号，但考虑到各种巧合，二者是同一辆的概率很大。既然如此，劳伦斯去哪里了呢？我以极慢的速度通过，他不在车里，也没有站在路边。好吧，看来他进去了。是谁开的门呢？难道是达特？但我来这里前，已经把他护送回会计部了才对。

我驶过街角，直到远离达特家窗前可看到的范围，才又绕进有电话亭的小路。零钱，真该死，剩下的零钱只够打一个电话。但不管打哪一个，都可以佐证我的部分想法。不能打去申塔尔。现阶段，一个无法解释的匿名电话肯定会打草惊蛇，引发恐慌，甚至导致无法预知的结果。打给在朗顿生产机床的蒂勒公司吧。她说她是什么职位来着？秘书。也许她只是指速记打字员或普通打字员。

"我想跟达特夫人通电话。"我说。

"您是说菲利普斯先生的秘书吗？请稍等。"

等电话的空当，我怨愤的心情也逐渐平复。对方并没有让我等很久。

"很抱歉，达特夫人已经下班了。她周二都会早走。"

"谢谢。"说完我便挂了电话。

我站在街角拐弯处那幢房子的篱笆后观察，正好可以看到达特家的前门。车还停在外面，我耐心地等着。篱笆上涂过防腐用的杂酚油，很好闻，如果这股气味飘得足够高，说不定会遇到它远在伊特鲁里亚的表亲焦油，然后它们可以像鸟儿那样在天空中一起飘荡——又或者，二者见面只会互相冲撞，一较高下？

又过了几分钟，门终于开了，不出所料，那个叫劳伦斯的男人走了出来。我远远地就认出他那抹过油的光亮黑发和黝黑的皮肤。门立刻关上了,我甚至怀疑他被门撞到了脚后跟,但他似乎没有一瘸一拐。等他开车驶出我的视线,我立刻从篱笆后走出来,跑到达特家门前。

我按响门铃,没人应门。我又持续地按了大概一刻钟,仍旧无人回答。万般无奈之下,我弯下腰,撑开信箱口,朝里面大喊。

"吉莉安!我知道你在里面,赶紧过来开门,不然我就报警了!"

透过缝隙,我看到她脚踝纤细的双腿从楼梯上跑下来。我站起身,她猛地拉开门。

"是你!"她惊叫起来,往后退了一步。

我急忙走进去,关上门。

"居然在我家门口大喊报警!"她怒不可遏,脸色铁青,"你想干什么?"

"我想知道上周六,上上周六,或是再往前的周六,你丈夫去过谢菲尔德吗?"

"我不知道。"她立刻回答,"我什么也不知道。他去哪里跟你有什么关系?"

我没有回答。

"听着,"她继续道,"我不知道这件事,那跟我没关系,你明白吗?"

"你说的'这件事'和'那'是指什么?"我问,"我只想知道他是否去过谢菲尔德,你简单地回答是或否不行吗?"

"不行,我不知道。我没有跟他去,只是听他说要去。"

"上周,还是上上周?"

"上周。"她紧张地咽口唾沫,充满敌意地盯着我,"别装作一副什么都不知道的样子,好像对方前脚刚走,你只是偶然地后脚就到。依我看,你替申塔尔监视大家很久了吧?甚至还翻账目,核实不见了多少钱。不过,你听好了,不管科林这个蠢货做过什么事,都跟我没有关系。"

"是吗?"我反问。

"我告诉你了,我也是刚刚才知道。"她马上说,"他没跟我说过,什么也没说。"

我推开她,走进了厨房。

"你敢!"她尖叫起来。

"当然敢。"我用那种能轻易激怒前妻斯黛拉的满不在乎的语气说。我把手放在洗衣机上。"这台九十英镑,"我说,"差不多是科林两个月的工资。"

"如果你只是要说这些,能不能请你出去?我赶时间。"

"怎么?你的课不是七点半才开始吗?"

"不关你事！"

"现在你可以认为已经跟我有关了。"我说，"既然你每周二都早下班，为什么没有时间给他做一份炖菜，而总让他独自吃冷掉的派和豌豆呢？"

我知道她想冲我尖叫，但因为太过生气，反而哽住了。

"滚出去，"她竭力地控制着自己，声音已经变得沙哑，"快给我滚出去。"

我的手放在门把手上："最后一个问题，你觉得科林到底做了什么事？"

我没等她回答，她脸上的表情已经透露了一切。她惊慌地眯起双眼。不过，那并非因为忠诚，而是因为恐惧。我没有穷追不舍，给她留了最后一丝体面。

"好吧，"我平静地说，"我要走了，你梦想的东西太多。"

即使是这样一个女人，我也只会轻描淡写地说说。我不想成为世间百态的判官，不过，虽然我下了很多次决心，但总是忍不住跳进那个角色，今后也可能继续如此。

我关上门，她似乎立刻跑上楼去了。

4:40，离回申塔尔还有点时间。我走到拐角处，上了车，点起一支香烟。我的生活总是如此，或坐或站，边抽烟边等待。还要持续多久？

4:55，一辆出租车经过这条小路。我发动汽车，慢慢朝拐弯处开去，看到吉莉安正拎着两个蓝色手提箱，匆匆地往车道上走。她没有浪费一点时间，一定早就等在窗前看出租车是否到了。她家没有电话，她是怎么联系到出租车公司的？

带着行李箱，她恐怕只会去一个地方。但保险起见，我还是隔着一段距离跟着他们，沿着伊特鲁里亚河岸，经过哈特谢尔，到达斯托克火车站。从曼彻斯特开往尤斯顿的火车，5:16出发。

我在韦奇伍德的雕像前停好车，看到她正在给出租车司机付钱。等她走到售票厅，我也跟了进去，站在她身后。她订了去尤斯顿的车票，单程，头等车厢。我走到她寄放行李箱的地方，她正把零钱放回手提包，从售票窗口转过身来，没想到撞上了我。

"去哪里？"我问，"回娘家？"

她惊魂未定，涂着口红的嘴唇抿成了一条线。

"这次出行，你计划多久了？"我紧追不舍。

"没有计划，"她斩钉截铁道，"临时决定的。"

"如果不是提前预约，你怎么叫的出租车？"

"看来你也是个蠢货，"她恶狠狠道，"我借了隔壁戈斯林夫人家的电话。"她弯下腰，提起行李箱，"别打算派科林来劝我，没用。"

"我绝不想增加他的痛苦,"我冷冷道,"祝一路平安!"

她嫌恶地扭头瞪了我最后一眼,通过了检票口。

我鼓起勇气前往创作室。那幅画,一想到那幅画,我就坐立难安。我的那幅可以耸耸肩一笑了之,让我非常在意的,是另外一幅。

我打开门,她正边削铅笔边跟米切尔聊天。看到我,她立刻走过来。

"今天我恐怕要忙到晚一点,"我说,"你可以去酒店等我吗?不会太久。你有钱吗?"

"有,"她伸手去够提包,"你要吗?"

她总能让我露出笑容。"不了,多谢,"我回答,"只是想问问你有没有钱给自己买杯酒。"

"怎么了?"她平静地问。

"没什么,我要在图书馆完成一些工作。"

她知道我没说实话,不耐烦地抿紧嘴唇:"我是说你怎么了?"

"我?我没事。"我简短地回答,"咱们酒店见吧,我尽量早点赶回去。"

没等她再张口,我便急急忙忙地冲了出去,不然她可能会有所察觉,或者我情绪失控,也可能二者同时发生。

我去找卢克,他终于忙完了。

"看过报纸了吧,"我问,"谋杀——这个词明天绝对会以某种形式出现在全国性的媒体上。不过,受害者不是妇女或儿童,死者的死亡方式也不算恐怖,大概不会遭受公众严厉的谴责。我是说尸体没有被严重损毁。"当然,弃尸地点也有些奇怪,但为了不再增加卢克的痛苦,我忍住了,没有说。

"那你知道他是怎么死的了?"卢克问。

"只是根据我当日目击情况做的猜测。死者耳朵出血,很可能是后脑颅骨骨折。一定有人从背后重重袭击了他。"

"也不一定有你说的这么严重。"卢克说,"督察下午跟我说明了情况,布利斯头骨较为脆弱。"他顿住了,"在我看来,这确实可能是意外,毕竟他可能会摔倒——甚至半个身子跌进了地窖,头撞在搅拌桨上之类——真的,有个制浆车间的人赌咒发誓说门没……"

"听着,如果警方在知道死者颅骨骨折的情况下,仍在公共场合说案件可能是谋杀,那我可以肯定地说,他们已经考虑过意外的可能,并将其排除在外了。不过,这些不关我们的事,交给警方去办吧,别想了,"我有点犹豫地补充道,"伊斯法罕的样品在哪?"

"我们不打算叫那个名字,记得吗?"卢克不悦道,

"跟往常一样,放在创作室——我想应该在那里。"

"那就更好了。我让她在酒店等我,目前这个状况,恐怕没多少人愿意加班。不过万一真有人……"

"有人的话我来处理。"他说,看了一眼手表,"快到时间了,我们等到清洁工打扫完吧,他们一般先从这里开始,我叫他们麻利点。然后我们在图书馆里等。"

"能不能把从创作室去上釉车间的门也锁上?"

"当然,我不知道是具体哪一把,但钥匙盘还是认得的。我把钥匙盘给安瑟姆,他知道该怎么做。"

"既然如此,我们只需盯住一个入口,图书馆里看得很清楚。你让我把'总部'设在那,不是没有原因吧?"

于是,我们在图书馆那扇半掩着的门后静静地守着,我一直盯着铰链的缝隙。图书馆一如既往的安静。为什么下班后,图书馆的寂静会让人觉得更紧张?这是心理和主观意识上的认知差异,这时你能意识到此处没有其他人。我时不时地用余光看看卢克那张苍白的脸,他脸上有雀斑,原本温和儒雅的脸,此刻因为过于紧张,反而显得面无表情。我由衷地庆幸,公司一把手是申塔尔家的人,而非布拉斯科、汉塞尔或汤比家的。这些董事也很优秀,但卢克就是卢克,无人可以替代。

直到六点半,我们才听见走廊上传来脚步声。此人非常安静,只听见绉胶底鞋在锃亮地板上发出轻微的咯吱声。他走过来,停住了。我屏气凝神。他可能看到或感觉到门后有人,正要悄悄溜走,但我们不能开门查看。我感觉抓到窃贼的机会似乎正从指缝中溜走。

万幸,他没有发觉异样。创作室的门被打开又关上,虽然很轻,我们还是听到了声响。卢克轻轻动了一下,我伸手拦住他。

"等等,"我悄声道,"一定要人赃并获。"

我示意卢克待在原处,强迫自己数到100,然后蹑手蹑脚地穿过走廊。创作室里没有声响。我又数了50,弯腰从钥匙孔里窥视内部情况——这只算我卑劣人生中不值一提的小事。不过这次,我既浪费了时间,也浪费了自己的良知,锁孔太小,根本看不清里面的人在做什么。我朝卢克招招手,直起身来,感觉自己胃里紧张得拧成一团。卢克把手放在门把手上,挑起眉毛向我发出无声的询问。我点点头,他拧开了门。

我紧跟在他身后,做好准备。准备?准备什么?面对可能出现的暴力冲突?防止那个笨拙,有一双无害大眼睛,走路跌跌撞撞,总看不起自己的人伤害我?

"晚上好,达特。"卢克先生平静地说。他看到眼前的一幕,一时间竟不知道该说什么。伊斯法罕的样品,那个碟子,正放在工作台后的架子上。

人受惊、恐惧、做坏事被发现时所受的震撼,一开始都会表现为惊讶：面无表情，嘴巴微张——达特也是一样。我走上前，夺过他手中的相机。

一片死寂。我不安地动了动。现在该由卢克发话，对他来说应该不难，他已有心理准备，偷盗者也不是本地人。

达特突然跌坐在科琳娜的椅子上。"好了，"他自言自语道，似乎已经受够了，"说吧，别磨磨蹭蹭的，快点结束吧。"

卢克指指我手中的相机。"为什么？"他如往常那样温和地发问。

"为了钱，对吧？"我立刻问，"买车的钱。你应该很早之前就陷入债务危机了，所以把长春花设计偷卖出去。现在又来偷最新的……"

达特目瞪口呆："你怎么知道？"

"受人所托，忠人之事。"我简洁地回答。想起小酒馆里他执意要替我买单的事，我尴尬地扭过头。

"为什么要选韦克菲尔德夫人的作品？"卢克问。

卢克的狡猾令我吃惊，他心知肚明。

"你跟她有什么过节？"他继续问。

达特脸上的肌肉抽动一下。"没有，"他说，"不是我故意选她。"

"那是谁？"我问，"维克多？"

他艰难地咽口唾沫,似乎想大声地问我为什么知道这么多事。但最终,他没有说话,点了点头。

"好吧,"我继续道,"他为何要针对她?"

"她是最棒的设计师。"

"他怎么知道?"

达特耸耸肩,他不管做什么都有些笨拙:"他说看过科琳娜设计的作品。"

我跟卢克交换了眼神。达特应该没说假话。他似乎完全不了解维克多与科琳娜的关系。

"你就没想过,卖车的人怎么会见到陶瓷器的设计?"我问。

"他自己说涉及过服装贸易方面的业务,跟国外的棉花商有联系。"

这也跟我们了解到的情况相符。"我猜你买这辆车只付了一点首付,所以不得不跟他签订特别协议。但你一直还不上钱,所以又回他那里,想把车卖了?"

"我也去其他店问过,"达特说,"但车价一直在跌,他们出的价都不够我还清这笔钱。"

还是那老生常谈、稀松平常的理由。我忍不住想起科琳娜对维克多的评价:只要你没有暴露弱点,那就万事大吉,否则他一定会忍不住想看你局促的样子。达特就是最容易被控制的对象,他的局促甚至写在脸上。

"所以，你回去找他，他没把车买回去，却给了你新的建议，"我继续说，"要你把申塔尔的设计稿交给他，然后——怎么做？"

"他就给我下一笔要还的分期付款。"达特嘟哝道。

"只给下一笔？多少钱？"

"二十四英镑。"

一件夹克或一条裤子的钱。养一只小猫一年的费用。

卢克那双蓝眼睛瞪着他，一脸不可思议："你是说只要二十四英镑……"

"不接受的话，连二十四英镑都拿不到。"达特有些烦躁。上次见到他这样，还是在那家小酒吧里——嘴角不自觉地抽动，两脚乱踢，像个生气的孩子。这不是在满腹牢骚或自怨自艾，而是憎恨软弱的自己无法摆脱这种尊严尽失的情形。他一直在不安地扭动。

"然后你跟维克多私下签了信用协议，"我问，"我是说，你买车以后告诉了他自己的职业和工作地点，也可能是他主动问的。那时候他就提起科琳娜了？"

"是的，他问是不是有个叫科琳娜·韦克菲尔德的人在这里工作，就是那时他说见过科琳娜的设计。"

"但没说她的设计作品名字？"

达特摇摇头。

"我懂了。所以你一年前就偷走了长春花的设计。你买这辆车已经十八个月,我猜差不多是二十四期分期付款。也就是说你肯定还欠着五六个月的还款。这次为什么不把车卖掉呢?不管损失多少,那笔钱总够你把剩下的所有贷款还清。"

"那样我就没车开了。"

"还款剩的钱完全够你再买一辆小车。"

"但吉莉安……"

"可不想坐小车。"我接过他的话。

他拿起桌上的回形针,紧张地摆弄着,一下掰直,一下掰弯。"而且,"他嘟哝道,"我已经做过一次,没什么后果,我找不到不做的理由。我需要钱。"

"你不能借点钱吗?"这次发话的是卢克。

"问谁借?"达特怒道。

"朋友,亲戚,没有人愿意伸出援手吗?"

达特发出短促的尖笑:"我的亲戚都自顾不暇,哪里管得了我。显然我也不能跟吉莉安的亲戚张口。"

"找银行,"卢克说,"你应该能申请到一定的透支额度吧?"

"早就申请过了。我来斯托克以后就常年赤字。"

"怎么会呢?"卢克还在坚持,"你挣得并不少,妻子也有工作。"

达特继续摆弄着回形针:"没错——但是我们要付的

非常多——房子的抵押贷款，各种家具，卧室用品，厨房用品，电视机、洗衣机，都要付分期贷款；另外还有汽车的分期付款、汽油钱和保养费。吉莉安的妹妹几个月前结婚，我们给她买了礼物，还去南方过周末。"

"听着，"卢克十分严肃地说，"如果你知道自己还不了那么多，当初为什么要买呢？家具，我可以理解，但奢侈品呢？比如洗衣机？"

达特不耐烦地晃晃脑袋。

"吉莉安要出去工作，她忙活一天，没有精力手洗衣服。"

"那车呢？还有电视机？"

"这些都是必须有的，"达特喊了起来，"如果没有，别人就会拿看穷亲戚的眼光看你。"

"所以宁愿偷？"

"这不叫偷，"他喃喃道，"申塔尔的设计面世后十有八九会被抄袭，他们只不过先其他抄袭者一步，仅此而已。"

"行了，"我看卢克气得说不出话，连忙打圆场，"不要再追究原因了，还是看看究竟发生了什么吧。你很缺钱，一开始只是延迟分期付款，寄希望于申请其他贷款拆东墙补西墙，缓解紧张的财务状况，对吧？但你看到雨刷上劳伦斯的名片后，意识到金融公司开始来真格的催你还钱,于是你又想起了维克多的提议。你在那个周六就联系维克多了吗?我估计是通过电话,因为弗雷迪要开派对,你没法直接去谢菲尔德。但你打电话过去,才知道他外出过周末去了。好吧——但是,你为什么隔了这么久才再次行动?"

"你可真是没闲着,是吧。"他苦涩地说,"既然你知道这么多,自己调查去啊。"

"大概是在等韦克菲尔德夫人的新设计获得通过?"卢克问。

"说实话,并没有。大家对新设计的欣赏有目共睹,我觉得一定能通过。只是他不在,我联系不到人,就这么简单。"

"直到上周六才有了进展?"我接着问,"你去了谢菲尔德吧,对吗?"

他点点头:"他说周一要来斯托克办点生意上的事。"

"什么生意?"

"没仔细问。大概是来收一辆车。不过——"达特顿了一下,闷闷不乐道,"昨晚没法动手,因为警方的人一直在厂里。"

"我也在。"卢克插了一句。

"不过,你是不是忘记带闪光灯了?"我问,"你今天在汉利买了新的,对吧?跟阿司匹林一起。"

他身旁的桌上，有一只白釉茶杯。他跳起来，抓着杯子，用力地把它摔到对面墙上，砸碎了一排上好的骨瓷制品，碎片溅得到处都是，我跟卢克连忙伸手阻拦。

"你什么都知道，是吧？"他吼叫着，"来呀，把你知道的再告诉我一些。"

你的妻子离开你了，我心想。你为她毁掉了自己，她却弃你如敝屣，匆忙逃回了娘家。

达特重新坐下，那种自我憎恶的感觉几乎要将他吞噬，他从未这么沮丧过。

"好吧，"他虚弱地说，声音开始颤抖，"我不是暴力狂，不搞突然袭击，你们大可不必站在那提防我。"他停了一下，咽了口唾沫，"昨晚我在家里拍摄小苍兰图案的花瓶，用了两次闪光灯，如果拍得好，我打算拿它们去参加摄影俱乐部的展览。就这样而已。我怕今晚闪光灯次数不够，所以还是换了一个。"

"原来如此，维克多今晚给你打电话了吗？"

"没有，他只在斯托克待了一天。我会把照片寄给他们——之前就是这样安排的。"

"他收到照片，就把钱给你？"我顿了一下，"这个维克多长什么样？高个子，黑头发？"我差点再加一句：身强体壮？

"没错。说实话，他有点像弗雷迪，只是比弗雷迪高一点。"

当然,科琳娜最喜欢的类型。我如果耐心等二手车店主回来,估计会见到维克多从那辆紫红色的沃克斯豪尔后座走下来,开车人正是那天在达特家门口吸引我注意的金发女郎。

"你告诉他布利斯那天下午死去的事了吗?他有没有说什么?"

达特耸耸肩:"只是有些惊讶,感叹了几句。跟大家听到震惊之事的反应一样。"

"那么他也很吃惊了?"

"的确很吃惊,甚至有些警觉,陷入了沉思,我不知道为什么。"

"是吗?"我连珠炮似的反问道,"你知道布利斯会指摘工厂里的每个人。你不想想,为什么自己这小偷小摸的'副业'没有被他发现?还有,你之前放错的文件是什么,布利斯怎么会那么生气?既然都偷设计卖钱了,那你真的没在账本上做手脚,中饱私囊吗?你敢肯定布利斯没发现你这点见不得人的勾当吗?布利斯去过谢菲尔德的二手车商店,而他很擅长从蛛丝马迹中发现线索,我就领教过。所以,我不觉得维克多的警觉是多此一举。麻烦总会孕育新的麻烦。"

达特站了起来。"正是因为知道布利斯的厉害,我根本不敢在账本上做手脚,"他平静地说,"而且杀死他的人也不是我。"

"没人说是你。"我提醒道。

"不过,"卢克插话道,"你知道我们得把这件事告诉警方吧。"

"我会去自首的。"达特说。他的脸色立刻变得惨白。那双温柔的棕色眼睛盯着卢克,又求救似的望向我。"我没有杀害布利斯,"他重复道,"我真的没有杀害布利斯。"

"那谁会是凶手?"屋里就剩我们两人时,卢克问。

"我也不知道,"我诚实地回答,"但我并不担心,甚至也不好奇。我的任务已经结束了,等警察问讯结束,就可以走了。"

我望着窗外。督察带了警长来工厂,送达特去录口供。他坚持立刻就去,急于证明自己没有犯下杀人之罪。结束了,耗费我不少时间和思虑的设计稿剽窃案已经水落石出,虽说我对钱是根本动机的判断没错,而且内心早有准备,但达特就是罪犯这件事仍旧令我失望透顶、十分扫兴。我忍不住问自己:真的全都结束了吗?我熟悉这种感觉,在考腾斯的那些年,我经历过很多相似的场景:人世间的各种犯罪,都为那一个单调、狭隘的根本动机,软弱的罪人,为一点蝇头小利就不惜作恶。

"你会控告达特吗?"我问。

"不会。"卢克回答得很干脆,"当然,我告诉他必须离开这里——不过他已经走了。你给督察打电话的时候,我们进行了那场不太愉快的对话。"他顿了顿,"真是愚蠢——如果他最后孤注一掷来找我,我至少还可以帮他周转一下。天哪!就为了二十四英镑!甚至不是生活必需品,而是一些虚头巴脑的东西……"

"有些东西,你一生下来就有,自然会觉得理所应当。"我说,"你不知道,水龙头不是打开就有热水的吧?你也从来没有经历过,进出办事没有宾利接送的情况吧?"

他沉默了。

"一旦有压力,比达特坚强得多的人,也可能会崩溃。广告商、生产商为了赚钱,把贪婪、虚荣、嫉妒、势利、权钱交易带进我们的生活——别生气,我不是在说你。陶瓷器已经算是最干净、最体面的产品了,因为你只需吸引眼球,就能卖出东西。但你也听到达特的话了。'这些都是必须有的。'他说的是必须。像是一种义务。英国这个繁荣的商业帝国,它用一份新基础资产清单来衡量你是贫是富。贫穷,已经不再能获得同情,它是一种不幸,是耻辱,是烙印,时刻提醒着你的无能和愚蠢。它像梅毒一样，是你不敢为外人道、不齿向同伴诉说的隐疾。或许我说重了。"

"的确。"卢克简短地说。他打开书桌下的柜子，拿出两个酒杯和一瓶苏格兰威士忌，倒好后递给我。

我喝了一口。他也像科琳娜一样，倒很多酒，我的思绪不自觉总会飘向她。

"那韦克菲尔德呢？"我问，"你要去找他吗？"

"我也不知道。"卢克若有所思地说，"我需要综合其他人的意见，再多了解一些关于他的信息，让律师去做吧。"他慌忙说。好像怕我自告奋勇去调查似的。

"我们得把真相告诉韦克菲尔德夫人，"他接着说，"她肯定会难以接受，虽然这些都不是她的错。就我来看，她完全可以抛下这些事不管。"

"你觉得可能吗？"

他又不说话了。

"你的创作室会失去一员大将，"我说，"她不会留下。"

"我想也是。"他有些难过，"撇开她自己受到的伤害不说，她一定会担忧我们再遭她丈夫的报复——不管起诉还是不起诉。无论如何，她丈夫做出这种事，一定是为了报复或者捉弄她。就算他真的认为科琳娜是最厉害的艺术家，我也不相信那就是他真正的理由。"

"而且，他一定是无利不起早，有机可乘才会出手。维克多本质上是个投机之人。"

"他肯定早就费心打听到科琳娜工作的地方了，根本不用达特告诉。"

"如果你的妻子离开你，下落不明，不管到底爱不爱她，你也一定会费心费力打听她的去处，只是为了后续方便。他大概知道科琳娜的行踪有些年头了，只是一直放任不管。"

"不过她离开也是好事，找个新的地方从头开始。"卢克说，"这次必须得改名字了。"

"她会的。"我说，"说起从头开始——我真想知道，到底是什么危急情况，韦克菲尔德才会被迫离开曼彻斯特来谢菲尔德，不过肯定很难堪就是了。"

我放下杯子，他又要斟酒，我拒绝了："我要送她回家，要我告诉她吗，还是由你来说？"

"你不用客气。"他挖苦道，"听着——布利斯的这桩可怕的案子……"

"就留给警方吧。"

"我知道，但如果你想到什么事……"

"我不会的，我不打算再调查这件事了。"

他露出一个虚弱的笑容："不要把话说得那么绝，彼拉多①的后代也不都是坏人。"

"不会,"我回答,"但他很看好犹大②。"

科琳娜在酒店大堂边翻看过期的《陶瓷与玻璃》杂志打发时间,边等我回来。

"你在这里,"我问她,"没喝杯什么吗?"

"喝了两杯。"

"再来一杯吗?"

她摇摇头。

"我可不想再去那张棕色沙发上过夜了,要不要待在酒店?你会舒服点。"

"你觉得他还在斯托克逗留?"她问。

"不,他根本不在乎你在哪里,我只是觉得你待在这里会更放松。我们可以现在吃晚饭,然后我送你去恩登拿你要用的东西。你不愿意吗?"

"也许吧,"她说,"我只在这住一晚。现在就走吧。"

我轻轻地叹口气。我很饿,很疲惫,想洗个澡,洗去

---

① 本丢·彼拉多(?—41年),罗马帝国犹太行省总督。根据《新约》所述,曾多次审问耶稣,原本不认为耶稣犯了什么罪,却在仇视耶稣的犹太宗教领袖的压力下,判处耶稣钉死在十字架上。——译者
② 犹大(Judas),《圣经》人物,耶稣十二门徒之一,又称加略人犹大。据《新约》载,生于加略,后因为三十个银币将耶稣出卖给罗马政府,耶稣被十字架钉死后,犹大因悔恨而自杀。——译者

这一天在斯托克空气中沾染的污秽。但我还是顺从地陪着她走到车旁。

我们一直开到赫尔顿修道院，她才开口，我知道她早就想问了。

"今天你上哪去了？"她问，"你都做了什么？不是——不是有关布利斯的案子吗？"

"不是，至少我觉得不是。我只是在调查自己的案子。"

"你是说我的设计被窃之事。"她苦涩地说。

"没错。"我顿了顿，"以后你都见不到达特了。"

"是科林？"她忍不住惊叫起来，"绝不会是科林！不可能！不可能是他偷的，对吧？！"

我把一切经过都告诉了她。科林的捉襟见肘，维克多的阴谋，所有的一切。她迟早会知道的，对我来说，开车时告诉她更轻松，我得盯着前方的路，不用躲避她不可置信的目光。

"可怜的科林，"听我说完，她叹息道，"他会怎么样？"

我耸耸肩。可怜的科林总被别人用看穷亲戚的眼光看待。他的确是穷亲戚的角色，但他无法接受别人的指指点点。如果他一直单身，说不定还能自给自足，不用陷入负债的旋涡。是吉莉安毁了他，用她无处不在的冷漠、不耐烦,用她令人坐卧不安的嫉妒、不满,毁了他。

"吉莉安!"我感叹,"他以这样的方式赚钱给吉莉安花,结果这个女人一听说他有麻烦——只是还不上汽车的分期贷款,就收拾行李逃跑了。要是她知道其他的——等她听说以后还不知会是何态度呢!"

"你是如此自然地指责妻子没有与丈夫患难与共,"科琳娜有些激动,"无论顺境逆境、富裕贫穷、诚实背叛,都得不离不弃,是吗?"

"为什么女人要把每句话都对号入座?你知道我没有把你和她当作一种人。不管达特做了什么,这跟吉莉安脱不了干系。你的丈夫也强迫你偷窃。"

我顿住了。既然言至于此,索性就多说一点:"你可以跟他离婚,我相信就算你逃跑了,还是能跟他离婚。过程也许会很残酷……"

她摇摇头。

"为什么不行?你就这么在乎别人的看法?如果卢克对维克多提起诉讼,这些事迟早会被大家知道。离了婚,你就自由了,可以重新开始。"

"不行,"她回答,"人是不可能获得绝对自由的,过去的阴影会如影随形地始终跟着我。最可怕的是回忆会不停地将你拖入深渊,折磨致死。"

我不说话了。我只考虑到了短期的事情。

"你今天跟科林吃饭的时候,"过了片刻,她又问,"知道自己即将做什么吗?"

"是的。'同我蘸手在盘子里的,就是他要卖我。'[①]"

"我明白了,"她讽刺道,"只是'三十枚银币',不足以让你卖命这么久,对吧?你现在要去做什么——离开这里,继续挖掘人性的弱点,利用别人的犯罪和失败挣更多钱?"

"你难道宁愿为自己根本没做过的事受责备吗?卢克第一个怀疑的就是你。"

"你不也是吗?"

我沉默了。经历过昨天的事,我们现在疲惫不堪,已经无力应对目前尴尬的状况了。

我转上了去恩登的那条路,把车停在她家门口。她快速地下了车,在口袋里翻找。我想起自己还拿着她家的钥匙,便伸手把钥匙递给她。

"你不用上来了,"她说,"我想留在家里。我不怕维克多。他不过是个肮脏狡诈的三流骗子,并不是罪犯。"

"就算是三流骗子,盛怒之下,或被逼到绝路,也会做出可怕的事。"

[①] 原文为 He that dippeth his hand in the dish。出自圣经《马太福音》第 26 章第 23 句。犹大的手与耶稣的手同时蘸到盘子里,而其他门徒的手并没有蘸到盘子里。暗示犹大是背叛者。——译者

"可怕的事,"她自言自语,"那也不会是谋杀,如果你是这个意思的话。"

"好吧,随你高兴,请留在家里吧。如果他来了,让他进门,跟他重修旧好。说不定你有机会把他的那幅画完成。"

她茫然地看着我。

"不是吗,"我装作若无其事道,"那幅素描,枕头,胳膊,健美的肌肉线条。"

她突然向后倒去,无力地靠在墙上,似乎刚才刮过一阵可怕的狂风。我慌忙下车,手忙脚乱地关上车门,心中暗暗咒骂自己多嘴。如果能让她好受些,我愿意咬掉自己的舌头。但看到她脸上的表情时,我却僵住了。她的表情还是很茫然,只是脸色十分难看,好比景色没变,但阳光灿烂的天气却突然阴云密布,随时都要下雨。我的话一定戳到了她的痛处,她的情绪,比厌恶我恼人的嫉妒心更复杂、更痛苦。

"科琳娜。"我有些局促地开口。

她看向我,眼神中有什么东西一闪而过。我捕捉到了,是恐惧。

她支撑着墙壁,勉力站了起来,打开锁,走进屋,连门都忘了关。我跟着她一口气上到四楼,冲进客厅。她跑到壁橱前,拖出文件盒,解开带子,把画纸拿出大概四分之三摞，放在一旁，然后在剩下的四分之一中翻找起来。我呆呆地看着她，呼吸急促，脑中一片混乱，甚至不敢开口说那幅画就在最上面。她翻完后，又转过身从头开始翻。可是，放在最上面的画竟然变成了谢菲尔德老妇人！

我忍不住探身过去。她早把那张画扔在一边，急切、粗暴地在其他画中翻找，因为翻得急，有几张的边角甚至都撕破了，全程没有抬头看过我一眼。她翻来覆去看了好几遍，仍旧没有结果，这才抬起头。

"你拿走了。"她带着哭腔。

"没有，我把它放在最上面了。四点钟的时候还是这样。我发誓我没拿，科琳娜。"

她静静地盯着我看了一会儿，没有说话，整个人蜷缩成一团，似乎在等待我的又一次重击。她的脸背着光，灰暗不已，还有一点发青。有那么一瞬间，我们俩似乎成了同龄人。

"那是谁拿的？"她喃喃道。

消失的，是那幅沉睡者的背影，我的那幅并没有丢失。

还没结束，一切远未结束。我为什么对卢克撒谎，甚至自欺欺人地说要置身事外，不再思考罪犯杀害布利斯的原因？凌晨五点，我醒了，脑中翻来覆去思考着同入睡前一样的问题，大脑似乎整夜都未曾停止运转。那些词语始终萦绕在我的脑海里：勒索，压力，威胁，阴谋败露，谋杀。曾经发生的一幕幕，如幻灯片般在我脑中不断地闪回——布利斯所有的开销项：西服，捷豹车，徕卡相机，高级午餐，勒拉旺杜；布利斯在谢菲尔德找适合自己的车，他跟我一样擅长从蛛丝马迹中捕捉联系，在这里工作的时间比我长，也有更多精力去调查。而后，我不由得想起那辆紫红色沃克斯豪尔中的金发女郎。重婚可是犯罪，重婚罪。

一有这种想法，我立刻迫使自己停止思考，因为不想面对另一种若隐若现的可能性。几分钟后，我调整好心情，开始重新梳理所有线索，探寻各种可能情况和答案。精妙的、可能性很小的、武断的情况与答案也要考虑。这并不是闲情逸致，而是一种仪式性的姿态，是对谋杀案的尊重，虽然知道无用，还是忍不住去思索各种假想情况。之所以说无用，是因为我知道，布利斯的死亡，被击碎的头骨，与陶瓷厂祥和氛围截然不同的、令人感到陌生的暴力事件背后的原因，绝不是一连串巧合和复杂动机的产物。他的死因很简单，就像我把偷窃跟金钱联系起来那么简单。但即便如此，我还是无法解释，因为我没有获得任何有用信息——不知道他死亡的具体时间，不知道那下重击的力道，不清楚地窖是否为第一现场，也不知道凶器的形状。警方知道，他们掌握的信息可以用来推断。诚然，找出杀害布利斯的凶手是他们的职责，与我无关。但我很后悔，如果案发当时，自己没有去特伦特河边，科琳娜也没有去伊特鲁里亚，该多好。

科琳娜住在五间房开外的屋子里。她跟我回酒店时，脸色惨白、一言不发，几乎没吃东西，怎么可能睡得着呢？又或许，我给她的四片阿司匹林起效了，她迷迷糊糊地睡了过去，睡姿跟上次一样。我在棕色沙发上留宿一晚，第二天清晨，端茶送到她卧室时，见她侧身蜷缩在床上，淡褐色的头发几乎碰到膝盖，像是母亲子宫里的孩子。

可怜的科琳娜，一切都是徒劳！我们被困在绝望的坑底，这里如沼泽般难以脱身，她挣扎了三十五年，而我挣扎了四十五年。人生就像是徒劳、漫无目的的泥沼，人们把信念、希望、仁爱当作救命稻草紧紧抓住，防止自己溺水，慢慢地习惯了沼泽，就闭起眼，装作干劲十足地游弋，欺骗自己已经有所行动。我也是如此，怀抱一丝微弱的希望，想要逃离。我之所以会为申塔尔查案，或许也是想成为这个祥和大家族的一员，帮助他们制作、分发这些生活用品，以此获得纯洁、无害的快乐。下班后，还能回到科琳娜身边。科琳娜。没错，只要能留她在我身边，我愿意放弃工作，放弃追寻更好的生活，放弃对体面死亡的执念。

当然，这些都只是奢望。沉默的早餐，我仍旧在想这些事。伤害她的鲁莽举动，对她的误解、妄断、怀疑、侵扰，哪一件也不可能获得原谅。之后，开车去工厂的路上，我脑中一直不停地浮现出那张素描，画中的我脸色苍白，有很多皱纹，伏在案上，似在阅读或写作——被生活摧残、疲惫不堪、伤痕累累的我，没法给予她任何慰藉。绝望在蔓延。除了准备再次迎接青年时求而不得的伤痛，我别无他法，只不过这一次，我已经提前意识到，无论怎么挣扎，与时间较量时，我都是败者。

我在院中停车后，没有马上离开，而是坐在座位上，默默地看着她。

"偷看了你的画，我很抱歉。"我开口了，"我当时是想，说不定能找到你丈夫的照片。我们或许需要一幅照片来辨认他。没有先问你，是因为……"

我为什么还要解释呢？

她把烟头碾碎在烟灰缸里。"我不知道该怎么面对这件事，"她苦涩地说，"也不知道该怎么办。"

"我也一样。"

有两人经过我们身边，往商业街走去，微笑着冲我们点头致意。无论如何，他们都会这样做，但这微笑中有某种意味，一旦双方眼神错开，他们便会露出看热闹的神情。我们是一起来的，这一点没逃过他们的眼睛，而他们会很快据此做出推论。

无论如何，我们还是一起上了楼。楼上，督察正在等我们。

"早上好，韦克菲尔德夫人。"他礼貌地问候道，"尼克尔森先生，我想跟您聊两句。"他说完便拽着我的胳膊，把我拉到一边。

我看到科琳娜脸上露出十分惊恐的神色，似乎在恳求我，她还有话没说。但为时已晚，督察把我拽到了一旁。

我们走进图书馆。他拿出一些东西放在我桌上——手套、围巾和一个浅黄色大信封。

"坐吧。"他坐到了我常坐的位置上。我拉开了桌对面的硬质板凳。

"申塔尔先生跟我讲了，他拜托您调查的案件，有关那个叫达特的年轻人。"他开口道，"这帮了我们很大忙，要是您这么有洞察力的人，当时正好也出现在制浆车间，说不定……"

"我不知道是否算得上……"

"差不多，差不多。"他故作轻松地说。但我明白，所谓的"差不多"对谋杀案，甚至一般案件来说都不够，"也许能帮上忙，只要您回想一下，当天是否发生过任何不合常理的事情。"

我干笑一声："比如韦克菲尔德夫人往布利斯脸上扔

泥坯的事。"

"您知道我说的不是这类事情。我想问的是，让您感到疑惑或跟之前感觉不一样的地方，日常工作中的奇怪之处。您肯定知道细节有多么重要。虽然我们要负责的对象不同，一起跟您讨论多少有点不便，但我们工作的性质是一样的。"他皱皱眉，"开始挖掘真相的时候，您就大概知道会是什么结果了，对不对？已经失去了对事情感到惊讶的能力。"

我没心情跟他套近乎，也说些亲切的客套话。

"比如说，"他继续道，"韦克菲尔德夫人的——亲密关系。"

"终于说到了！"我揶揄道，"从那晚她已经休息，我去给你们开门的时候，就在等你问出这个问题了。亲密关系！你们可太喜欢这个词了。总是急切地假设男女之间有暧昧之情。我就算向你保证，在这段关系中只充当照顾者和父亲的角色，你恐怕也不信吧。"

他看我的眼神很奇怪，让我觉得不安。等他再次张口，我才明白，那是关怀，是不太熟练的体贴，带着一丝遗憾和怜悯。

"不是跟您，"他平静地说，"我是说她跟布利斯。"

这番话的残忍程度，不及我当年为讨口饭吃，对很多无辜之人所做之事的十分之一。但是，这是真的吗？当然是真的。高个子,黑头发,身强体壮。就像画里那样。

"是那幅画。"我说。

他拿起浅黄色的信封,抽出一张纸,摊开放在桌上。我瞥了一眼,正好看到胳膊上方的黑色头发。

"原来是你拿走的,"我说,"希望你申请过搜查证。"

他装作没听懂我的责备。

"你擅自把画拿走,可把她吓得够呛。"我接着说,"为什么要拿走这幅画?这可能是想象式的作品,对办案毫无帮助——至少不是你说的那样。"

"没错,"他赞同道,"一幅画,算不上证据。比如,我还看到了一幅你的画像,不过二者笔法不一样,你的很真实。你说自己跟她没有不正当关系,我倾向于相信。"

"我的画也在信封里?"

他拿出第二张画,翻过来放在桌上,好让我能看清楚。画中人的衣领、领带、翻领都精心打理过,仪表堂堂,显得十分严肃、正式。跟督察说的一样,两幅画绝非同一种笔法,从这幅画中,无人可以推断出艺术家和创作对象之间存在浓烈的爱和激情。

"你还在她的家里住了一晚,"他继续道,"但没有跟她在一起,我还是打算相信你。"

我立刻注意到了倾向于和打算相信这两个词语之间细微的差别。

"但如果你不止一次在那里过夜,我想你得承认,不光是警察会怀疑你跟科琳娜的关系。而且,布利斯曾经一度如此。"他严肃地盯着我。"她没告诉你?"

"她为什么要告诉我?"

"但她把画给你看了?"

"没有,是我在公寓里搜索的时候,无意中找到的——就在你去她公寓做同样的事情之前。我以为那是她丈夫。我太天真了。"

"所以你完全不知道布利斯的事?"

"是的,完全不知情。不过对我来说没有区别,不影响我对韦克菲尔德夫人的看法。"

"这不是重点吧?韦克菲尔德夫人知道这不会影响你对她的看法吗?况且,在这复杂的情况下,布利斯可能知道科琳娜的其他难言之事——比如,她丈夫还活着。这都可能影响你对她的看法。你第一次知道这件事是什么时候?"

"周一晚上她说的。你是怎么知道的?对了,卢克说的,没错,你跟卢克聊过,他把韦克菲尔德跟达特案的关联也告诉你了。好吧——科琳娜没有离婚,对我会有什么影响?"

"我就开门见山了,你无法跟她结婚。"

此刻,再多反驳已经毫无意义,我骗不了别人,骗不了布利斯，骗不了卢克，骗不了去商业街的工人，也骗不了督察。他们都知道是怎么回事。我十分清楚他们会怎么想。

我站了起来："我要去见她。"

他微微一笑。"我不会拦你。"他拿起我的那幅画，"还不错，但这个低头的角度，把你画得太老了，她应该让你的眼睛更有生气才对。"

我敲敲那幅男子的背影。"谢谢，"我说，"我可比不了年轻人。"

我走到门口，打开门。

"你根本不用比，不是吗，"他轻轻地说，"他已经死了。"

我愣怔了片刻。他们曾经在一起过，不是吗？不过，这句话我没说出口。我没有去创作室，而是沿着楼梯慢慢往下走，试图让自己恢复镇定。跟督察谈话时，我全部的精力都用来压抑那份惊讶之情，现在，这种感觉如电流般涌遍全身，令我难以克制。我不知道为什么。我不是一直在鼓吹冷静、理性吗？任何人在任何时间都可以做出任何事。真的有这种女孩、那种女孩的区别吗？我还曾大言不惭地，就布利斯和茱蒂丝的恋情发表评论，说茱蒂丝不是那种人。茱蒂丝。想到这个名字，一种极度痛苦的感情正在往上翻腾，我慌忙转移注意力。布利斯和科琳娜，他们才是一对。我没对督察撒谎，除了体会到曾让我不以为然的嫉妒之苦外，这件事对我没有影响。尽管如此，我还是独自冷静了很久——消化这种痛苦需要很长时间。

我回到创作室，她坐在工作台前，没有工作，只是在整理一些文件。约翰斯、米切尔、奥利弗、安瑟姆应该都在，但我压根没注意到。或许她一直在等我，我还没做出外面聊聊的手势，她就站了起来。

"他要询问我的事吗？"她关上身后的门，焦急地问。

"没有，是我找你。"

我们走进了创作室那头的陈列室，站在高立柜后面，柜子里装满了各种餐具。陈列室跟图书馆之间的门是关上的，就算督察还在图书馆，隔着这么厚的门，应该也听不到什么动静。我们当时处在整个工厂最为隐秘的地方。

"他想干什么？"她问，没有抬头。

"只是告诉我一些事。"

"什么事？"

我用手托起她的下颌，让她正脸面对我，这样她既不能闭上眼，也不能把目光移开。"你猜猜。"我毫无波澜地说。

她艰难地咽了口唾沫，我甚至感受到她下颌肌肉的抽动："说我跟布利斯睡过。"

我点点头。她抬头直视我，目光一点也没有躲闪，甚至有些迷惑,似乎想观察我的反应。

"他们是怎么知道的?"她问。

"是督察拿走了那些画。"

"但那可能是任何人的背影,不可能认出布利斯。你就没有,你以为是维克多。"

"他自然不是从画中推断出来的,那只不过是个幸运的发现,肯定有人跟他说了什么,才让他明白的。"

"没有人知道这件事,没有人。"

"天下没有不透风的墙。从周一下午开始,警方可没闲着,他们一直在调查布利斯的事情。他们只需要问他跟女性的关系——警方一定会问——肯定有人看到过、注意到了什么痕迹,不管是多小的细节。总会有人知道或猜出来的。"

我突然想起看门人的话:"私生活如何,与别人又有何相干呢?我们都生活在彼此的眼光里,不是吗?"还有约翰斯的话:"不管怎么说,私生活是她自己的事。但俗话说,静水流深。"

"你是体面地跟他睡的吗?"我刻薄地问,"还是只在田野或车里苟合?"

她想扭过头,但我狠狠地抓着她。"别再来那一套不关我事的说辞,"我冷冷地说,"因为跟布利斯的这点事,你现在在警方眼中形象很差,我也是。所以,赶紧告诉我。"

她又艰难地咽了口唾沫,但这次下颏没动。她静静地看着我。"他以前常来我的公寓。"她说。

"常来?"

"算经常。但我们断掉很久了。"

"你们一起去上过班吗?"

"没有。"

"什么时候吵翻的?"

"从没吵过,除了周一早上在制浆车间的那次。他只是莫名其妙就不来了,没有解释。就那样停止了。我想——他是挣得多了,可以找个更好、更安全的对象了。或许他甚至找了一个真正喜欢他的人。"

"你不是吗?"

"我对他没有喜欢或不喜欢,不然也绝不会碰他。我们只是两个寂寞的人,以这样的方式,短暂地忘却双方的过去和家庭。就是这样。我们不是朋友,又怎会争吵呢?我们甚至都不怎么说话。在工厂我们也不会有特别的表现,所以不可能有人知道。"

"如果你这么沉默,那第一次是怎么发生的?"

"很平常——普通得不能再普通。我们工作到很晚,有天正好在创作室外的走廊上撞见,即便如此也无话可说,只是静静地站在那里看着对方。然后他伸出了手——我不知道是怎么发生的,但我们并没有当场做什么,我做不出那种事。"

"有些男人真是幸运,"我挖苦道,"只需伸出手,就能得到女人的垂青!米切尔,他就不行。他虽然也对你表示了好感,但不幸的是,他又胖又有雀斑,不是你中意的类型。"

"就连这种荒唐又尴尬的事,你都要拿出来说!"她一副可怜的样子。

"没错,就算是这种事。我了解你的一切,或者只是我一厢情愿认为如此。我只见树木,不见森林,是吧?行了——你们怎么约见面的,电话,还是信件?"

"没有,他只是偶尔找借口来创作室,这对他来说很简单。他会站在我身后,不说话,也不碰我,看我点头或是摇头,就这样。"

她竟然觉得这种方式无人知晓!显然,约翰斯并不是瞎子。我盯着她。她轻轻一笑,这简直是给我的嫉妒之情火上浇油,让我想起跟带着那样微笑的她度过的快乐时光。"你点头,他晚上就去,让你开心?"我快要发狂了。

"不是开心,是一种愉悦。"她嘴巴动了动,两颊泛起红晕,一直盯着我的眼睛突然变得湿润,"我只是享受其中,就是这样。我离开丈夫很久了——你不理解吗?"

"当然了,但你也喜欢那种权力感吧,在女人面前,那么能干的布利斯也不过跟其他男人一样悲惨,要臣服在你的石榴裙下——这肯定让你很愉悦。"

"他并不总是那样傲慢,"她轻轻说,"没人看到他的时候,他不必在意别人眼光,也会卸下伪装,他是……"

"是取代他表弟的最佳人选。"

"你!"她气急道,"我说过,我不爱他,也不爱弗雷迪。"

"他知道你丈夫还活着吗?"

"不知道。"

"只是你没有告诉他,他可能已经发现了。"

"他从没提过,也许吧。"

"科琳娜,"我说,"你的目光透露着真诚。"

"但我真的没有说谎。"她抗议道。

"我知道,我就是这个意思,我相信你。"

但问题是,警察会相信那双美丽的灰色眸子里透出的不容置疑的诚实吗?又或者,他们看到的,只是一个青春已逝、捉襟见肘、形单影只、未来堪忧的女人,背负着过去的枷锁,孤注一掷,就算冒重婚风险,就算要跟可能早已查明一切的旧爱冲突,就算不情不愿,也要强迫自己找一个头发灰白的老男人,托付无依无靠的下半生?然后等他死了,领保险金勉强度日?

"是你杀了布利斯吗?"我问。

"你说话为什么总是如此轻率?"她生气极了。

"没有,我只是想知道真相。他不来你这里多久了?"

"差不多一年。"

"我记得你说很久了?"

她看着我。"我感觉很久了。"她回答。

一种怜惜的感觉涌上我的心头,我双膝发软,双手颤抖,我双膝发软,双手颤抖,胃痉挛。我放开她的下巴。"真希望这些都是你亲口告诉我的。"我说。

"如果我知道该怎么看待你,我会主动说的。"她自语道,"我也会告诉你维克多的事——周日晚上,从多夫戴尔回来,我差点就告诉你了。但等我发现你真实的身份后,我无法判断自己结不结婚对你来说究竟意味着什么,不知道你是真心,还是为了钱——我是说卢克给你调查的钱。既然你问了,我也只好说了。直到现在,我还是猜不透你的心意。别那样看着我。没错,设计稿是达特偷的,一切误会都已澄清,我们也不再有误解和猜疑。但是昨天,你明知道几小时后要抓捕达特,却还是波澜不惊地跟他边吃午餐边聊天。如果你是这样的人,我又怎敢确认你想真心对我?我该怎么相信你说的话?没用了,我再也无法相信你了。"

说完,她不紧不慢地顺着展柜,走出了房间,因为她知道,我不会跟上去。我目瞪口呆地站在原地,被她那冰冷、可怕的指控吓呆了。

我的情感是真实的。她一定知道我真实的心意,其他人都发现了——督察,去商业街的工人,他们只消看到我望着她的眼神,不需赘言,便能理解我的心情。或许她也看出来了。但问题是,她不敢相信。她不相信我说的话了,事已至此——我还能做些什么吗?

也许可以。我可以救她脱离沼泽。

我走出了陈列室。卢克和督察真是掌控局面的高手,他俩分别以不同的理由,请我仔细思考当天是否发生过不寻常的事。但两人询问的时间太接近,理由又十分相似,不得不让人怀疑这是他们私下约好了的。好吧,我会竭尽所能,认真思考,把令他们赞不绝口的观察力和联想力运用在案件的侦破上。但是,不是为了他们,不是为了家庭和社会公义,也不是为了捍卫诚实、正直的信念,我只为了一个人——科琳娜。

科琳娜,现在问她已经晚了——但直觉告诉我,她并没有说出实情,也许她不是故意隐瞒,而是在某个地点、时间,因为某些不经意的举动,留给我一个未解的谜题。此事也许无关紧要,也许会很复杂,但鉴于目前的不利状况,不管是什么样的谜题,我都要抽丝剥茧,弄个明白。我靠在楼梯扶手上朝大厅里张望,又在总机接线处的小隔间里看到了那穿浅黄色羊毛衫的熟悉身影。茱蒂丝感冒痊愈回来工作了,她的病没有像阿西娅小姐担心的那样,发展成流感。茱蒂丝。思绪又翻腾起来,只不过这次,我的答案会更加坚定。

很幸运,督察没有把图书馆作为"永久基地",等我回去时,他已经走了。我坐回桌边,摊开一张白纸,如果想到当天在制浆车间发生了不合常理或令人困惑的事,就写下来。我还没来得及动笔,卢克就出现在了门口。

他手中拿着什么,等到走近,我才看个真切。

"你还在呢。"他说。

"从九点开始就在这里,跟督察聊了几句。"

他把带来的东西摆在桌上。是一台照相机。达特的照相机。

"我把胶卷拿出来了,"他说,"他应该没来得及拍摄,但无论如何我还是会把胶卷冲洗出来,这是我们需要的东西。我们不能扣留这台相机,不行。我也不愿意通过邮寄的方式还给他,寄送过程可能会造成损坏。"

我干笑一声。"你应该去屠宰场,看看真正的麻醉屠宰机怎么运作,我保证你会感兴趣。为什么把照相机放我桌上?看来你希望我把这个带给他,毕竟我已经干了这么多不体面的事,也不在意再多一件。"我顿了顿,"我猜昨晚警察已经把他放走了?"

"是的,督察告诉我的,我问他现在放走达特是否稳妥，他似乎觉得没问题。"

天啊，不愧是申塔尔家的人，他竟然敢问刑事调查部门的督察是否知道自己在做什么！

"依我看，他们会找人监视达特，"我接着说，"至少要盯到所有事尘埃落定。好吧，相机由我来送，他的心情我感同身受，我们都是外人。你肯定很满意吧，自己的外来人不可靠理论再次被证明——犯罪者不是斯托克的人，而是一个从坎伯威尔来的伦敦佬，长着牛一般的铜铃大眼，走路也跌跌撞撞、笨拙不已。"我拿起相机，"希望他还在家，也许他去找自己的老婆了，也或者在吞一百颗阿司匹林自杀。"

卢克十分惊恐地看着我："那我跟你一起去……"

"我开玩笑的，上述两种事他应该都不会做，他可是达特。如果去追吉莉安，那说明他实在是愚蠢到家。没被警方抓去坐牢，他应该知足了。你该去跟布拉斯科开会，与他一起忧心制浆车间被封锁导致的素烧坯短缺问题。对了，既然布利斯和达特都不在，账目工作由谁负责？"

"一个叫梅西的年轻人，玛格丽特也很熟悉情况。招到新人之前，这些工作都由他们负责。"他突然看我，"怎么？你有账目相关的经验？"

"只做过假账，让我管，你离破产就不远了。"

"可惜，"他说，"真可惜。"

达特来开了门。他在睡衣外套了件深红色棉质晨衣,脸上刮得干干净净,棕色的头发也梳理得整整齐齐。

"是你!"他看上去很惊讶,"有何贵干?"

我把相机递了过去。

"原来是这个,"他淡淡地说,"我还在想能不能把相机要回来。谢谢。"他做了个迎接的手势,"请进。"

我犹豫了。

"快来吧,"他催促道,笑容有些忧郁,"我们俩现在不都是闲人吗?"

"我不能待太久。"我说。

他关上门,带我进了厨房。"刚吃完早餐。"他赶忙把桌上的餐盘拿开,"请坐吧,喝杯茶,才泡没多久。抽烟吗?"

此时此刻我脸上的表情一定相当僵硬。他耸耸肩:"纠结过去的事没用,对不对?覆水难收。我准备重新开始,就这么简单。"

"你打算做什么呢?重新去教书?"

他为我倒了杯茶,然后把烟灰缸推到桌子中央,这样我们都能够得到。接着他跨坐在反放的椅子上,用胳膊撑着椅背。"申塔尔不能给我开引荐信,想回去不容易。"他接着说,"没关系,我总能找到一份工作,可以去核电站干体力活。那边一周赚的钱，比这里两周赚的还要多。如果最近在建设新发电站的话。我可以攒点钱移民去加拿大，有表亲住那边。"

"那吉莉安呢？"虽然不想问，我终究还是开了口，装作不闻不问反而更不自然。

"她回老家了，我回来看到她留的便条。"他轻轻叹口气。

"真遗憾。"我非常尴尬地配合他说谎。

"我一点也不遗憾。"他说。

看他如此平静，我不免有些惊讶，虽然我也觉得这个所谓的"损失"反而值得庆祝。当年，我跟妻子冷战近两年时间，当她终于下定决心离开我的时候，我整个复活节周末都昏昏沉沉的，不是因为伤心，而是感到震惊和难以置信。达特和吉莉安虽然没有孩子，这段感情即便只维持了几年时间，偶尔想起来，怕也会有些后悔吧。

"你全都是为了吉莉安，"我说，"吉莉安想买洗衣机，吉莉安不喜欢小车……"

"是啊，"他坦承，"都是为了她。如果不这么做，她就会不停地絮叨。"

"原来如此，你是用钱换清净，而不是为了爱情。"

"差不多是这个意思。不过，就算如此，我也没能获得清净。"他沉吟一下，"要命的是，我们没遇到过任何问题。我是说,有人的日子过得很苦——生病,无法工作,要养孩子,遭遇失业,被房东赶出门或涨房租,经历各式各样的磨难。如果这种事也发生在我们身上,也许我们早就停止这种无聊的攀比了。我是说,当人面临很多生存压力时,也许不得不承认,没必要为虚名烦心,也不需要自欺欺人地说自己离不开某些物件。你必须像战时那样亲力亲为、自力更生。不是我大言不惭,我只朦胧地记得战争结束时的情况了。你经历过吧?"

"我想是吧。"我淡淡地道,"为什么要露出这种畏惧的表情?我跟你一样,没法选择自己出生的年份。请继续说。"

"好吧,我不知道——现在,你看到商店里琳琅满目的商品和其他人气派的房子,感觉优越的物质条件似乎唾手可得,甚至没理由拒绝获得这些满足。只要我一说'我们买不起',她就会问'为什么?'似乎没有钱这个理由并不具备说服力。在某种程度上说,我们是有钱人(房贷、车贷)。我想这就是人们常说的国家变软弱吧。物质主义的诅咒、繁荣的恶果,消解了人们的意志。"他咧嘴笑笑,似乎对说出这些话的人表示轻蔑的同时又感到嫉妒。

他消极的态度让我沮丧不已,多么可笑、平庸的一家人:懦弱、愤世嫉俗的丈夫;冷酷、贪婪的妻子,一想到这世上有成千上万个像科林和吉莉安这样的家庭,我就感到压抑。怎么才能解决达特的烦恼?显然,他需要一场充斥着屠杀,残缺,痛苦,死亡,徒劳,卑鄙,贪婪,腐败,谎言,虚伪,盲目,憎恨的战争。我鄙夷地一笑:"你多大了?"

"二十六。"

"我四十四岁,还离过婚,不知你介不介意我卖老资历,问你一些不必回答的问题?你何时开始不再爱吉莉安的?为什么?"

他用力把烟蒂碾灭在烟灰缸里:"我从未爱过她,也就无所谓不再爱。"

"那你为什么要跟她结婚?不是为了钱,也不是被迫的,对吗?"

他摇摇头。"我们不是奉子成婚,如果你是想问这个的话。我没有碰过她,只是带她出去了几次——之后,我也不晓得为什么到了那个地步,她似乎很期待我向她求婚。我没有认真考虑,但又觉得该求婚,说不定是自己无意中给了她这样的错觉。而且,如果不结婚,别人可能会觉得你喜欢跟唱诗班男孩'厮混'。人们无法理解,一个男人,怎么会不被女人吸引,不热衷于追求女性呢?说实话,我觉得很多女人都很无趣,性这件事被过度强调了——每个月一次就行了。"他突然笑了,望着我,"你肯定无法理解吧?"

我耸耸肩:"如果是闲聊,可以理解,但从个人经验上我理解不了。"

他点点头。"我想也是,不管怎样,吉莉安似乎很满意。说实话,离婚她应该会更轻松。我以为她会写信给我要求离婚,如果她来帮我把这幢房子卖掉,我绝对会痛快地答应离婚。"他笨拙地指指厨房,"真不知道自己为什么还要费劲维持这一切,大概是习惯了吧,始终想维持体面的外表。看我过的是什么日子!"

我站起身来。他的相机就放在早餐盘旁边的滴水板上,这玩意提醒我,虽然他现在平静地坐在这里跟我抽烟、聊天,但他就是我花费许多时间才找到的,窃取长春花设计稿、窃取伊斯法罕设计稿未遂的犯人。案件才真相大白没几天,他就能这样愉快、平静地继续生活,这正常吗?吉莉安抛下他走了,他就真的这么不在乎?或许这是一种防卫心理,因为他无法接受现状,等后续离婚和还债压力真正逼上门来,他才会幡然醒悟。现阶段他还能美美地睡觉,甚至给自己做煎蛋当早餐。我又一次被这种极端消极、扫兴的感觉攫住了。达特,庸俗的达特,对他来说如此丢脸的大事,竟然也被布利斯的意外死亡掩盖了。

"你不担心布利斯的案子吗?"我问。

"我有什么好担心的?"他惊讶道,"跟我又没关系,那个可怜人。"

"你喜欢他吗?"

"没人喜欢他吧,科琳娜是唯一为他辩解过的人,但她也不见得喜欢布利斯。"他顿了顿,"很抱歉,我偷的设计都是科琳娜的。她知道吗?"

我点点头。

他做了个鬼脸:"她那么正直的人,恐怕永远也不会理解我的举动吧。"

"正直?"

"我是说诚实。你不觉得她看人的眼神会给你这种感觉吗?跟吉莉安在一起时,为了能清净点,我总是装作对很多事不理不睬,或者说些粗俗的话讨她欢心——比如斯托克太土气,还有更难听的。科琳娜不得不这么做的时候,总是会涨红脸,把头扭到一边去。那是一种无声的顺从,一种被动的谎言。"

正是如此。那些细碎的谎言始终困扰着我,我们之间未说明白的问题,仿佛一颗埋在土里的种子。原本它离我们现在需要解决的案件还很遥远,但今天,当我看到照相机,又亲耳听达特说科琳娜是个不擅说谎之人,之前被压抑着的困惑和疑问的萌芽,仿佛已在地底蜿蜒盘旋,极欲破土而出。这些事本身微不足道,但因为是我跟科琳娜之间的事,所以我必须知道、必须了解,哪怕只是一些零落的碎片——周日下午，让科琳娜百般为难的真相；我们从伊姆开到莫尼亚什那么长的距离，她却始终无法下定决心吐露的真相，究竟是什么？

"弗雷迪为摄影俱乐部展览准备了什么作品？"我突然问。

达特看看我，被我没头没脑的问题弄糊涂了，他轻哼一声。

"很蠢！"他说，"这是我离开前唯一的遗憾——没有见到弗雷迪来活跃气氛。你提起这件事倒很好笑，他准备了一张总机接线处的照片，差点把布利斯气疯。"

"是茱蒂丝的照片？"

"不，这才是重点，当时小隔间里空无一人，他是透过问询窗口的玻璃板拍的。奇怪的照片。拍得很不错，比他之前的作品都有水准，而且是彩色的。布利斯觉得弗雷迪是在嘲弄他或是俱乐部吧，他很不喜欢那张照片，两人既是表兄弟，又同是一个俱乐部的成员。不过，很意外，布利斯竟然没竞选摄影俱乐部的主席，反而让位给了米切尔。看到这张照片时，他愤怒不已，一直在朝弗雷迪大吼大叫，好像是标题刺激到他了。你知道弗雷迪怎么命名的？美丽的金色相框。窗边的橡树叶子当时真的黄了，还挺像那么回事。真荒唐！"

我有跟达特告别吗？好像是，我依稀记得自己跟他道了歉，达特说能理解，毕竟我是奉命查案，然后说他觉得一切都是最好的安排，我想这是指吉莉安之事。之后，我走出他家，坐进车里，一路前行，来到栅栏尽头，俯瞰着伊特鲁里亚的矿坑，仰望灰蒙蒙的天空和云朵。我现在的状态，就像釉烧工人那样，脑中想着其他事，手上却还迅速而正确地把要烧制的陶器排放在推车上，一个都没漏掉。

带她私奔吧。多么诱人的想法，但也只能停留在思想阶段。去找她吧，一起逃走，藏起来，忘记这段过去，重新开始生活。我手头还有点钱，足够我们在其他地方重新开始。她不肯来怎么办？我就乞求，威胁，强制带她走。用她最害怕的东西胁迫她——衰老，肮脏，孤独，贫穷的未来。拽着她，用武器，用蛮力，在一切太晚之前，在他们发现之前，救她逃离这里。他们肯定会发现，因为他们比我更擅长思考。我没有把逻辑捋得清清楚楚，只是靠本能摸索，最后偶然间灵光一现，参透了事情背后的真相。他们一定会弄明白的，虽然我不愿承认，但这是事实。他们目前陷入了一种假设，一种严重错误的假设，始终在调查制浆车间不寻常的细节和令人困惑的事情。

不过，他们真的会发现真相吗？

他们不知道发生过一些琐碎的事，只有我知道，只有我在场。如果我不说，他们又怎么会知道呢？

很好，那就继续沉默吧，什么也不说。可怜的布利斯，可怜的达德利，他才三十岁就英年早逝。没错，但这肯定是有因果的，所以不要透露什么。新想法？抱歉，我很累，没有什么思路。

不行，我不能那样做。这种情况下，他们肯定会轻易得出结论——是其他什么人做的。我不能责怪他们这样想，但将有无辜之人蒙冤。警方喜欢最终找到一个犯人，这样从文件上来说更好看。但是，让无辜之人蒙冤？他们不会这样吧，会吗？或许不是故意的，但有这种可能。无辜之人即将受苦。眼下这个局面，这个可怜的无辜之人是谁，我能轻松猜到。所以我不想逃跑。我心中燃起最后一丝希望的火苗。我的推断可能是错的，这一切都是误会，但我打心底知道，这种可能性并不大。我这一生，已经断然再无指望。

我按了点火按钮，继续向坑底驶去，即将到达伊特鲁里亚最底层。车子沿河岸往下开，我突然想起儿时，总听到带着泰恩塞德口音的父亲，用讽刺的腔调唱着一首歌。那是一段爱德华七世[①]时代下层中产阶级喜欢的悲伤民谣。

---

① 爱德华七世（Edward VII，1841年11月9日—1910年5月6日），大不列颠及爱尔兰联合王国国王及印度皇帝（1901年—1910年在位），维多利亚女王和阿尔伯特亲王之子。——译者

> 如果那双唇可以发声；
> 如果那双眼可以见证；
> 如果那靓丽的金色秀发
> 真的存在；
> 我能否握着你的手，
> 在你滥用我名字的时候[①]！
> 但那只是一幅美丽的画
> 装裱在美丽的金色相框中。

我在院里开车门时遇到了米切尔。我的老朋友，胖胖的米切尔，像平常一样，在工厂里神秘兮兮地四处晃荡。

"好呀，"他招呼道，"刚来吗？你平常可不会这么随意。"

"听着，"我急急忙忙地说，甚至顾不得礼貌，"达特说周一那天，我们常坐的那桌除了他和弗雷迪，几乎没有别人。你去哪里了？如果你在，能不能帮我想想……"

"抱歉，我不在。我那天打算买点东西，所以跑去蓝鸟咖啡买便食。怎么？你在玩私人侦探游戏？小心警方以

[①] 原文为 As I did when you took my name! take someone's name in vain。来自《出埃及记》第 20 章第 7 段，"to take God's name in vain"，意为"不可妄称耶和华你神的名"。后延伸为滥用之意。——译者

妨碍公务的罪名逮捕你。"他顿了一下，那张满是雀斑的脸上忽然露出严肃的神情，"说实话，有件事，我的确在犹豫是否要告诉他们。但我不想当那种到处嚷嚷自己掌握重要线索的蠢蛋、自大狂，其实不算大事，没什么要紧，也许警方早都知道了。午餐的时候，我看到了布利斯。"

"看到了布利斯？"

"你看吧，我就是这个意思，就这点儿事。不过，不是在蓝鸟，是在一个我以为他绝对不会去的地方，我知道他一般午餐都去哪里吃。不过，已经月底了，也许他缺钱。"

"他一个人吗？"

"对，但看他的样子，似乎约好了某人见面。我在楼下的小吃部，他上楼去了餐馆。你觉得我应该告诉警方吗？"

"是我的话就先等等，"我不禁为自己所说的话感到紧张，"就像你说的，他们可能知道，这件事并不重要。"

"没错，这样或许更明智。"他说，"我觉得你似乎状态不佳，还好吗？"

"很累，"我搪塞道，"仅此而已，对了，这个咖啡厅售酒吗？"

他笑了："连姜汁啤酒都不卖。"

我已经问到足够多信息了。我穿过院子，走出工厂大门，向路人询问如何才能去到蓝鸟咖啡厅。

汉利，巴斯大街。我坐上了巴士。

科琳娜。布利斯。我还记得制浆车间发生的一幕，两人激烈地争执，就像拳击比赛，双方粗暴地挥拳，没有战术技巧，只为互相伤害。一个说对方是爱多管闲事的自大狂，一个说对方是诡计多端的嗜酒荡妇。两人的尖刻真是旗鼓相当。但是，布利斯曾那么地想要她，甚至在创作室附近徘徊，以眼神乞求，主动向她伸手，还装出一副"只是碰巧工作到很晚才偶遇"的样子！那个时间段，两人相遇并走到一起——这绝非偶然。他们中的某人或两人都曾在潜意识里产生过与对方肌肤相亲的欲望和期待。所以，即便关系已经结束，他真的能轻松地看到她依偎在别人怀里吗？她能这么轻易地接受被他抛弃的结果吗？绝无可能。我们不爱彼此；我们甚至都不怎么说话；我们只是两个寂寞的人。没错，但她也说过——不是开心，是一种愉悦；我们断掉很久了。她本来是他所爱，却又被冷冰冰地抛弃。他不念旧情，冷酷地责备她乱用机器——好像只是在训斥工厂里普通的女工；好像他从未在她背后悄悄地约她相会；好像他们从未赤裸地坦诚相见过；好像他从来不曾在她面前放下防备，显露出一丝温柔。最后，她失去了那有黑亮头发、强健身躯的梦中情人，却要勉强接受与白发老朽共度余生的命运，这样的落差，谁又能受得了呢？

我在博物馆门前下车，抄近道去了巴斯大街。蓝鸟咖啡馆是个不错的消遣场所，房子外观是让人心情愉悦的浅蓝色，对面有一个小烧窑；屋内干净整洁，墙上挂着很多盆栽绿植，楼上餐厅的餐桌上都摆着陶瓷花瓶，插满精心挑选打理的花束。即便是工作忙碌的周三，这里仍旧座无虚席，十分热闹。有扇包厢门上写着女性专用，却没有男性专用，看来是大陆那边的新时髦。包厢里，女士们三三两两地坐在一起，见我进来，不禁露出好奇的神色。女性气息，我明显感觉到蓝鸟是个很有女性气息的地方。布利斯一个人来这里做什么？

还好，店里有女服务员，幸运的是，这家店只有她一个服务员。我点了一杯咖啡，点上烟，这个女人成群的地方可以抽烟，让人有种很不协调的感觉。

我瞥了一眼夹在烟灰缸上的推荐菜单，上面的"面包和黄油布丁"吸引了我的注意。这不是北方人最喜欢的搭配吗？家庭食物总是有着最朴实无华的名字。女服务员端来了咖啡。她很年轻，可爱的脸蛋，不算漂亮，但充满活力——蓝鸟的老板肯定不会选一个邋遢的女人来招呼顾客；我对她施展了科琳娜绝对想不到也不相信我有的魅力。

"感觉有些不自在，"我踌躇道，盯着其他桌的客人，

"我猜这里的顾客大都是女性吧?"

"这个时间段是如此,"她回答,"有很多市政厅和办公室的男士们喜欢来这里吃午饭。"她放下咖啡,转身走开了,动作仔细而老练。

"等等,"我一着急,又忘了礼数,"你是这里唯一的服务员吗?周一午饭的时候,你也上班吗?"

她眼中闪过一丝疑惑和警觉。我的心沉了下去。"你还记得看到过一名大概三十岁,穿着打扮考究的男子吗?"我压低声音说,"很帅气,高个子,黑头发。"

她紧张地看看四周,我知道自己已经来晚一步。"你也是警探吗?"她低语道。

警方当然会来调查死者吃饭的地方,这是固定的流程。

"没错,"我回答,"我不知道督察已经派人来过,可能是误会了。"

她似乎有点怀疑我的话,我突然意识到,真正的斯托克警探,至少该带点斯托克口音。"我是私家侦探,"我立刻开始回想米切尔说话时的腔调、口气,"督察让我来协助他。没关系,如果你想确认,可以给他们打电话。"我嘴上这么说,心中却在祈祷她千万别打电话。

"不必,"她继续低语,"但我希望没遇到什么新麻烦。"

"别担心,没什么问题。如果有人来调查过,我无须逗留,除非,你在他走后又想到了新的细节?"

她摇摇头:"这个——只是那位女士看上去不太开心,如果这算细节的话。今早来的那位警探,似乎对男子身边的女士更感兴趣。"

天啊。"他一定来得很早。"

"没错,一大早就来拜访。"

"你之前见过他们吗,黑头发男子和浅发色的女人?她算是浅发色,对吧?"

"没错,长长的浅色披肩发。不过,之前我没见过他们俩。如果是回头客,我会有印象,他们看着很般配。要是女士更开心点就好了。你不喝咖啡吗?不管怎样,咖啡钱你也要付。"

我给了她半克朗,"没时间了,"我说,"拿着吧。"

我跑下楼,冲到街上,习惯性地东张西望找车,片刻后才想起,自己是坐巴士来的。

没有时间了,他们比我领先,我完全比不了。当然,我也没打算跟他们比。我只是觉得,缺少了只有我知道的小插曲,那个异常事件,那个曾困扰我的问题,他们可能会得出完全不同的结论,错把无辜之人当成罪犯。

我必须告诉他们。现在吗?对,就是现在,要赶在错误铸成之前。无辜之人不该受罪,我说的受罪,是不该让他/她为没犯过的罪受惩罚。因为，说到纯粹的受罪，不管是谁，所有人生来都在受罪，这是无法避免的。

"归根结底，竟然是这样的原委。"卢克感慨，"空隔间，空酒壶，不可能喝到酒的人一小时后却满嘴酒味地倒在制浆车间。你怎么从它的呼气——我是说在它嘴里闻到酒味的，它嘴里明明都是黏土吧？但我清楚地记得警方说它是喝醉了。"

"是医生说的，不是警方。"我回答，"他急急忙忙下了个结论，就是这样。医生只是合格的医学生而已。"

"好吧，咱们就问问看。"

"等等！"我看他伸手去拿电话，立刻阻止道，"你要干什么？我已经不想再重申了，这是警察的事，不是工厂设计被窃取那种内部问题。我说得没错吧？你难道想当从犯……"

"我不打算偏袒任何人，"他说，"我见过他们之后，就送他们去见警察，我会保证这一点。但我坚持要先见他们一面，毕竟这是我的员工。"

"没错，但你的职责是给他们提供合理的工资和福利待遇，而不是充当听他们忏悔的神父。他们也不会感激你。"

"他们是否感激，我不在乎。如果你觉得不关我事，为什么又先来告诉我?"

"天啊,早知道就不告诉你了!"

我为什么要告诉他?因为督察外出,我去找他却扑了个空;因为我怕警方判断有误,才急忙想把自己了解到的事告诉其他人,做个见证人,以防我自己出事。我身上会出什么事?我凭什么觉得警方会犯错?现在我浑身冷汗,为卢克的决定惊恐不已。我之前的慌乱简直毫无道理。我为什么要告诉他?难道是受到申塔尔所谓"一家人"文化的感召,糊里糊涂地展示出了一种真诚,还是因为,如他所说,我是在为他工作?

"你还没付我钱,"我忍不住大声说出了自己的想法,"你以为我为什么要等到事件结束才找你要钱?就是为了畅所欲言,有拒绝的底气,不必被逼做不想做的事,保持自由的身份。"

"没有人真的自由。"卢克说着还是拿起了电话,不是办公室内线那部,而是外线的。我看着他拨通电话,听到他说了些模棱两可的话,再次为申塔尔本人的固执而感叹。

"那么,就按你的方式处理吧,"他放下电话,我开口道,"我要走了。"

"我希望你留下。"他说。

不,我想得太简单了,这不仅仅是固执。他不想开这个口。他要强迫自己履行自认为是必需的职责,要直面那些每天为他工作八小时却做了错事的员工。尽管他打算单独面对,不想寻求帮助,但还是下意识地希望有人能陪在身边。我从他那双焦虑的蓝眸中看到了这种矛盾和无助。你年龄比我大,是你开的头,你让我不得不面对。请帮帮我吧。

"好吧,"我感觉精疲力竭,"至少先给警方打个电话,如果没找到督察,那也要求他尽量早点过来。给外面的查普曼小姐安排一下,让她叫那个人过来。然后,再把其他人叫来。你可以用电话亭来做这件事,对吧,没关系的。"

我们坐在他办公室里,讨论着简洁的应对方案,其间时不时地停下,充满怀疑地对望一眼。他给警方打了电话,然后去查普曼小姐的办公室,吩咐她叫人来帮忙。而我坐在屋里,凝视着青色墙砖和白色的线脚,听他在外面发令,声音遥远极了,仿佛在梦中。即便他回来,跟我说了两遍,我都还是有点不相信那两人真的会来,直到我听到了敲门声。

科琳娜先到的。她离得不远,只需穿过走廊,再上一层楼。卢克表现得不错,他热情地摆好椅子,面不改色地向她问好:早安,韦克菲尔德夫人。我走到窗前,凝望着斯托克灰蒙蒙的街景。她的话还在耳边:如果你是这样的人，我又怎敢确认你想真心对我？我该怎么相信你说的话？没用了，我再也无法相信你了。这本是我又开始调查这起案件的初衷。我想用一种科琳娜能够信任的方式，帮助她摆脱可怕的困境，从而向她证明，我愿意为她做任何事。这是我努力调查的可喜结果。就是这个。

第二次的敲门声很轻，还有些迟疑，我的心剧烈地跳动起来，感觉自己几乎要窒息。那个熟悉的人走了进来，浅黄色羊毛衫，绿色格子裙，像往常一样梳理成一丝不苟的金色发髻，是茱蒂丝。茱蒂丝·艾格尼丝。这个甜美、未经人事、温柔善良的女孩，迟疑地站在门口，脸色苍白，心事重重，依旧受到感冒的折磨（幸好没有变成流感）。她跟科琳娜频繁地交换目光，似乎在寻求精神安慰。

在场每个人的眼神，简直是一出精彩的连锁反应！科琳娜看茱蒂丝，眼神困惑而惊讶；看卢克，有些不解；看到我，十分警觉。卢克看着我的眼神充满了恐惧和求助，他害怕事情走到无法挽回的地步，乞求我能够承担一切，乞求我把这些沉重的负担，都挑在自己坚硬、不再纯洁的肩上。

我转身背对着卢克和科琳娜，像战场上勇敢而有经验的士兵那样，向敌人最脆弱的部分发起攻击。

"茱蒂丝，"我开口了，"你回家去吃午饭了，对吧？"

"是的,先生。"

"不必叫我先生。"她之前从未这样称呼过我,"你周一回家去了吗?"

她直勾勾地盯着我,可怜的小脸上满是恐惧。她说不出话,却很诚实地摇了摇头。

"你跟布利斯出去吃午饭了吧,在蓝鸟?喝什么了吗?"

"咖啡。"她低声道。

"不,我说的是酒。如果没在蓝鸟喝,之后呢,有喝吗?"

"没有。"

我看到她的眼眶中充满了泪水。

"你爱他吗?"我问。

卢克动了动,似乎想表示抗议。茱蒂丝摇摇头。

"你只是碰巧跟他去吃午饭。之后他又在别处喝了几杯,但你没喝?是吗?但等你回到工厂,他带你去了制浆车间,想跟你亲热,你就把他推到……"

"不是!"她尖叫起来,"不是!"

科琳娜站了起来,她双手捂着脸,那双灰色眸子,带着恐惧和厌恶的神情,从指缝里偷看我。

"放过她吧,"她喊道,"不要这样,别再逼问她。茱蒂丝,没关系的,别说话,你什么也不要说。"她清了清喉咙,"是我干的。"

一片死寂。

"好吧,我告诉你们发生了什么事,"她语速极快,"我先从一开始说起。我朝他脸上砸泥坯的时候,脑中闪过了很多思绪。我怕他会告诉大家我跟他睡过的事,说他厌倦后,我还是渴望他的垂青,依旧死缠烂打。我的确去散步了。等我回来,撞见他俩在制浆车间里。自多夫戴尔那件事后,我非常嫉妒,于是我就走了进去。因为是午饭快结束的时候,里面没别人。我上前去……"

她顿住了,似乎说不出话。

"我不是故意的,"她继续急促地说,"我们发生了争吵,我狠狠地推他一把,他摔倒了。不知怎么就撞到头……"

她闭上眼。

我立刻捕捉到她话中的漏洞。"那么茱蒂丝在场吗?"

她点点头:"所以她才——才这样难过。"

"你在场吗,茱蒂丝?"我问。

她啜泣着点点头。

"科琳娜说的,是真的吗?"

"别逼她,"科琳娜又叫了起来,"你还不明白吗?"

"好吧,"我说,"那你自己告诉我,这件事到底是不是真的。请看着我说。他撞到了头,你没看到具体撞到哪里。这一点先撇开不说。最开始你以为他昏迷了,不知道他的颅骨很脆弱,已于撞击下毙命,于是拿出酒壶,往他嘴里倒威士忌,想唤醒他,对吧?"

茱蒂丝发出一声呻吟。

科琳娜盯着我,她的眼神充满了焦虑和不安。"没错,"她回答,"没错。"

"等你意识到他已经死去时,把他扔进了地窖。怎么做的?他的体重应该超过80公斤。"

"我也不知道——我必须这么做。我把他拖进去的。"

"茱蒂丝帮你了吗?"

她双手死死地抓着椅背,身体前倾,弯着腰,像临盆在即的妇女,那痛苦的姿态令我非常惊讶。"没有,"她的声音很小,"我自己干的,我把她打发走了。"

"你为什么要把他扔进地窖?"

"我没法思考,恐慌之下不由自主。为了隐藏尸体,延迟……"

"那为何不到一小时后,你又把地窖盖子掀起来了?"

"我不知道,"她低声说,"我控制不住地想看一眼。"

"你推他的时候,穿着什么衣服?"

她半晌没有说话。

"我的裙子,夹克衫。"她终于开口了。

"没错,你的口袋里装着小威士忌酒壶。等你处理完尸体,把酒壶放在哪里了?"

"夹克衫口袋里吧,大概是。我不记得了。"

"我记得。差不多两点半时,你在衣帽间,想在带游客参观之前喝口酒。当时你的夹克挂在衣架上。你在口袋里翻找了一圈,没找到。之后你若有所思,不找了。"

"我肯定是把它落在这里,在制浆车间的某处。"

"但现在酒壶又回到你手里了。"

"我后来去拿的。"

"什么时候?你带游客的时候没机会拿,我一直跟着你。之后,你也不可能有机会,因为警方开始调查,他们可没发现你的酒壶。"

"不对,我肯定把它落在其他地方了。在创作室,没错,我想喝一杯。"

"什么时候?"

"就在……"

"就在把他推进地窖以后?差不多,两点到两点半之间?"

"没错。"

"你是穿着夹克进创作室的吗?"

"我不知道。"

"如果你把酒壶带去创作室,要么是装在口袋里,要么拿在手里。到底是哪个?"

"我记不得了。口袋里吧。"

"但是两点半的时候,夹克是挂在衣帽间的。"

"我拿酒壶的时候把它脱下来了。"

"那你为什么没有把酒壶放回口袋?"

"我不知道,我没想那么多。"

"你在衣帽间想喝酒的时候,记起自己把酒壶落在创作室。所以你才停下来,不找了?"

"是的,因为酒壶不在那里。"

"只需穿过走廊而已,你为什么不进去拿酒壶呢?"

"时间不够,我嫌麻烦。"

"那之后你从休息室回到创作室,开始往咖啡壶上作画的时候,喝酒了吗?"

"是的。"

"然后在回家前,又把酒壶放回了口袋?"

"没错。"

"但是,回家路上,你无意中看到了丈夫,本想拿出酒壶,却又一次顿住了。你想起酒壶不在身边,是不是?至少你认为不在。事实也是如此。我后来帮你把夹克挂在卧室里时,在口袋里摸到了酒壶。但你并不知道,因为不是你把它放回口袋的。你在五斗橱上发现它时不感到惊讶吗?发现它已经空了,难道不觉得莫名其妙?"

她把头埋进了手掌。

"你在迷惑她。"卢克尖锐地说。

"如果她说的是实话,我又如何能迷惑她。"我淡淡地道,"因为她没说实话。她在编造一个解释。很合理、很可信,但不是真相。"

卢克桌上的电铃轻轻地响了两声。看来是查普曼小姐那边通知的人来了。

卢克向我投来求救般的眼神,我点点头,他的手在桌上动了动。

结束了。我们听到电铃的嗡嗡声,开关扳动的声音,灯亮了。门被推开。

弗雷迪。是弗雷迪来了。

跟我推断的一模一样,就是那样。我恍惚中,没有听到科琳娜张口说了句什么。她往前走几步,在他面前停下,定定地望着他。终于,她再也忍不住,哭了起来,她不像茱蒂丝那样,发出痛苦、恐惧和怜爱的呜咽;她的哭声是静悄悄的;她没有克制,泪水顺着面颊流下来,这是绝望的泪水,为她被毁掉的生活而流,为她无谓的自我牺牲而流。

他已经死了。虽然他人还在这里——黝黑的头发,整洁的衣服,棱角分明的五官。不是憔悴,不是消瘦,也不是年迈,但他的脸色是那样苍白和疲倦。他确实已经死了，生命之泉已经干涸，火焰已经熄灭，能量已经耗尽。

他看着科琳娜，仿佛她在很遥远的另一端，试图露出一丝虚弱的微笑。"亲爱的科琳娜，别哭了，"他安慰道，"没关系的。"

他像是生病的父母在安慰害怕的孩子。没关系的，不用担心，去玩吧。用惯常的样子，抓着她的胳膊，让她转向我。他看到并且记得，我是那个想爱她的人。

我抓住她。她挣脱开了，走到壁炉墙边，重重地靠了上去。

"我本就打算要来，"弗雷迪转向卢克，"之后就去向警方自首。有些事情需要处理，花了点时间。我的存款，房子——得保证母亲能继承这些财产。我不太懂法律，担心财产会被没收。很抱歉，茱蒂丝，竟然让你替我撑了这么久。"

茱蒂丝抬起脸，眼睛红肿，脸上全是湿漉漉的泪痕，但她完全不在乎，因为他在这里，所以她竭力想控制情绪。"没关系。"她回答。

"茱蒂丝什么也没说，"卢克插话道，"没有人说起或提到……"

"只有科琳娜，"我说，"她想向我们坦白，是她杀了你表哥。"

他盯着那个淡褐色头发的背影。"科琳娜？"他有些困惑。弗雷迪转向卢克,"但你已经知道了。你打电话让我过来的时候就明白了。你没说,但我能感觉到,这一趟绝不是你出于良知,单纯要向我表达失去表哥的哀悼和安慰。"

良知。只有天主教徒才会这样熟练、严肃地说出这个词。现在,他转向我,似乎有很多疑问。

"是你?"他疑惑道,"你也知道。为什么?"

"我并不是作家,弗雷迪,"我回答,"我只是擅长解决填字谜和其他一些谜题而已。"

"他在秘密地帮我调查一些事情,"卢克解释道,他不愿意让任何为他工作的人失望,"跟公司有关,已经结束了。"

"我当时碰巧在案发现场。"我说,"我思考了整件事,记得一些细节,问了一些问题,猜出一个大概的轮廓,没有细节。仅此而已。我不知道真相。我只是相信,这就是真相。"

作为一个虔诚的天主教徒,他知道这两句话间的区别。他点点头,承认这种细微的差异。"是我杀了他。"弗雷迪说。

卢克不自觉地往前探了探身。这是该让女人们出去的时候了。

察觉到他的意图,茱蒂丝跳了起来。

"弗雷迪，"她急切地喊道，"我周日跟他一起坐车出去，仅仅是因为他说要带我去找你。我不想跟他吃午饭，但我没有理由拒绝，那样很粗鲁，他就带我出去了。这是真的。"

"我知道，茱蒂丝，"他说，"没关系。"

"我从未想过，"茱蒂丝绝望地哭泣着，"你知道我的意思。你什么都没说过，只有一张被大家笑话的照片。而且你身边有那么多其他女孩……"

"我对她们的态度是不同的。"他静静地说。弗雷迪环视一周，虽然还有三个人在场，让他倍感耻辱，但已经没多少时间了，"我不愿意像对待她们那样对你，我想跟你结婚。"

"弗雷迪，我也是！"她哭泣着尖叫道，"你为什么不说，为什么不说呢？"

他双手环住她，却一点也没用力。他摇摇头。他不知道你的心意，这个愚蠢却又自以为什么都知道的家伙。

房间里有四个对我至关重要的申塔尔家人，大家却都如困兽一般。耐心、尽责的卢克；第一次把头靠在彼此肩上的弗雷迪和茱蒂丝·艾格尼丝，饱尝没有明确表达爱意的苦果；科琳娜，她独自倚在墙上。

"韦克菲尔德夫人，"卢克有些不情愿地开口，"还有茱蒂丝，很抱歉，你们最好跟我走吧。我带你们去餐厅。

两位可以……"

她们还能怎么办呢？互相安慰，给彼此拭泪？

弗雷迪松开了胳膊。"去吧，茱蒂丝，"他安慰道，"我们会再见的，如果你愿意，可以来看我。谢谢你为我坚持了这么久，很抱歉。"

"没关系，"她用几乎听不到的声音说，"这不怪你。"

没有离别的吻，甚至没有牵手，两人便分开了。他们想用眼神表达一切的思念和爱恋，茱蒂丝甚至勉强挤出一个微笑。她还年轻，还能从他的感谢中，汲取到一丝希望之光。

卢克挽着科琳娜的胳膊，把她从墙边拽起来。弗雷迪惊讶地看着她——他已经忘记她的存在了。

"科琳娜，"他困惑地问，"你去顶罪的话，你觉得我还能好好地生活吗？你不会觉得我真会让你这么做吧——就算有人相信你的话。"

她摇着脑袋，甚至都不愿抬头正面迎接他质询的目光。卢克带着两人穿过自己用的盥洗室，走到了董事会成员用的餐厅。弗雷迪能够理解茱蒂丝的忠贞，她默默地坚持着，独自承受了所有的恐慌和害怕，没有让他失望，但科琳娜呢？他不会像法官们一样，指责她这样的行为简直是堂吉诃德第二，也不会高高在上地用所谓的常识对她进行说教。他慷慨地感谢了她的努力和爱，却无法衡量和回应这份情谊,于是只得困惑地望着她,因为即便知道没有希望,只是徒劳挣扎,她还是坚持一试,帮他认罪。这份决心令他感动。

"科琳娜,"他茫然地重复着,不知是在问我,还是问自己,"为什么?"

"因为她觉得,相对她来说,你有更光明的前景和未来,"我回答道,"因为她爱上了脑海中的你。因为她很善良,万中无一,即便没有意义,即便知道没有回报,生活不得不继续,却还是忍不住想要拯救你……"

有什么意义呢?他不会也不能把她当作一个可敬的人,因为她误会了。人与人之间,有着信仰与绝望、乐观与悲观的巨大鸿沟,人类在本质上是不能相互理解的。

"我本来还担心弄错了,"我突然变了口气,"担心警方会认为科琳娜才是凶手。"

"为什么?"他有些目瞪口呆。

不必告诉他科琳娜跟布利斯的事。"不相关的事情,"我搪塞道,"即便他们查不出结果,我也不会说出真相。很抱歉。"

他摇摇头:"我本来就打算去警局自首,你不相信我的话吗?"

"不,我当然相信。"

"那就别这么伤心了,没关系,你并没有对不起我。"

他还是这样大方，这样的胸襟已经超越不知多少普通人。就像我在多夫戴尔看到的那样，我以为那辆白色的漂亮捷豹刺痛了他的心，没想到他真正在乎的，是坐在布利斯身旁的茱蒂丝。我拿出烟递给他，这是不可知论者看在上天恩典上给他的安慰。

"你的车真的在斯塔福德城外爆胎了吗？"我拿起卢克的打火机，问道。

"没有。我开过斯通后，就在附近停了车，呆坐在里面。脑中一片空白，不知道自己该如何是好，只是坐在那里。"他把香烟放到唇边，却没怎么吸，"要是我再早走五分钟的话，"他说，"或者我早上就该启程——如果9号没有误报事故的话。正要走时，我看到了他们。"

"布利斯和茱蒂丝？"

他点点头。"两人从工厂门外一起回来。我不知道他们去了哪里。"

"他们去汉利的蓝鸟吃午饭了。"

"天啊。"他不说话了，半晌才开口，"没错，茱蒂丝很适合去那种地方。"

"而且也正好远离工厂。在那里，不太可能有人看到布利斯跟总机接线处的女孩在一起。这不是我的一面之词，弗雷迪，你知道，布利斯可能就是出于这种目的。"

他望着我，表情跟达特如出一辙，因为我知道了太多他原本认为是隐私的事而感到受伤。

"我说过,我很擅长解谜,"我补充道,"人们说过的话,陈旧的信息碎片,等等。你送去参展的照片——美丽的金色相框,有两种解读方式,一种是严肃的,一种是玩笑的。那是你的主意,是一种小心翼翼的声明。大多数人只会把它当成一个玩笑,因为你平常就很活泼,喜欢恶作剧,但你骗不了跟你像亲兄弟一样长大的表哥,对吧?他怒火中烧的原因,是不是觉得你自甘堕落,爱上茱蒂丝这样低贱的女孩?他根本不在意茱蒂丝是什么样的人,就厌恶她父亲是个低微的焊工。"

"可是他的父亲,我的父亲——做什么职业又有什么关系!他想跻身中产阶级金字塔的顶层,他有这些顽固而错误的观念。他愿意是他的事,为什么不能放过我呢?我很喜欢自己现在的状态。"

"他是为你好,这样他的声名也会更显赫。"

"为我好?跟抚养自己长大,给自己一切的人断绝关系,也能叫作好?"

"他不是这样看待这件事的。"

"那是他的错。"

"难道你就正确到无可辩驳吗?"

他把烟放到嘴边,手止不住地颤抖起来。从现在开始,他的信心总算在一件事上折戟沉沙了。

"听着,"他接着说,"照片那件事后,我们相安无事地过了几个月,都没有再说什么。所以,我在多夫戴尔看到他俩时,那种困惑可想而知。我以为是因为那张照片,他才开始注意她,明白了她的好,意识到自己之前的看法很离谱。周一那天看到他们,我还是这么以为的。结果,他却冲我咧嘴一笑——我不知道,解释不清楚。你了解他的话,应该知道我在说什么。他们没有开车,是步行,也许之前是坐巴士去的汉利。他看到我,突然改了方向,朝制浆车间走去,我知道那意味着什么。你可能没听说,现在已经过时了,但大约一年前,有个流行的说法,也算是某种时尚,我想你一定知道。你随便找工厂的男人问他们去哪里,他们都会说,去制浆车间①搞定苏西。我不知道这种流言是怎么开始的,工厂也根本没有叫苏西的女孩,字面上看它没有任何意义。但他咧嘴一笑,我就知道他的意思了,他就是故意做给我看,甚至为了保证我能理解,他冲我喊:你不知道她的中间名叫苏西吧。我跟着他们,不是因为担心他要做什么,我知道他只是说说而已;但我知道他不是真心喜欢她,他邀请茱蒂丝,只是为了让我嫉妒。"

"为了显示她根本不爱你,"我说,"为了让你的幻想

---

① 原文为 slip house,slip 谐音 sleep(睡)。——译者

破灭,证明她不值得你的尊敬和爱戴,她跟其他女人一样,听到更上流的口音、看到更高级的捷豹跑车,就心向往之;为了证明他能用你不屑一顾的表面虚饰打败你。当然,他也可能知道自己做不到,但无论如何他都要尝试让你这么想。"

我说话的时候,卢克一个人回来了。他站在盥洗室门口,默默地看着我们。

"是的,"弗雷迪承认,"那一切,只是一时糊涂,我情绪很冲动,整件事令我怒火中烧。我走进制浆车间,他一看到我,就立刻抓住茱蒂丝试图亲她。他本来不会那么做,我确信,我为什么要走进去呢?她拼命地向后退,挣扎着,我马上跑了过去。他似乎说了:你来英雄救美吗,都只是游戏,还有其他几句话。我不记得了,当时我甚至听不到他说了什么。我把她拉开,冲上去揍他,给了他几拳。我打得很用力,手都痛了。我知道自己很壮实,下手力道大,应该是把他打昏了。他没有摇晃,笔直地往后倒了下去,重重地摔在地上。他的头——撞在了印刷机的铁架上,发出一声闷响——没人能料到会发生这种事,对吧?我只听到砰的一声,就像盒子摔在地上的声音。"

他不住地颤抖起来,脸上的表情跟我们把布利斯尸体抬出时一模一样。嘴角向下,眼中充满嫌恶,已经到了能够承受的恐惧的极限。我扶着他坐在了刚刚卢克给科琳娜准备的椅子上。

"我恢复意识的时候,他已经毫无生气地躺在那里了。"他继续说,"我内心知道他已经死了,潜意识却还是希望他只是昏过去。我想不起打他的原因了,现在看来简直微不足道。我喊他,摇晃他,拍打他的脸。我拿着科琳娜的酒壶。去多夫戴尔时我摔进水里,她把酒壶给我喝酒祛寒,我忘记还给她了。我就给他嘴里倒了威士忌——该死!"

他艰难地咽了口唾沫,似乎刚刚才意识到自己拿着烟的手居然如此剧烈地颤抖着,一定是烟头烫到他了。他茫然地环顾四周,似乎不知道该怎么办。我把卢克的烟灰缸递给他。

"可是灌不进去,酒不停地溢出来,流进他的脖子和衣服。我打他的手钻心地疼,止不住地颤抖。酒壶里本就没有多少酒,大概剩四分之一,我把它们都倒了进去。我真是疯了,拼命想让他醒来,但心里知道他已经死了。他双眼圆睁,一动不动,我知道大事不好了。我让茱蒂丝赶紧跑,嘱咐她把酒壶悄悄放回科琳娜的口袋,还请她保密——我不知道她是不是……"

"没错,差不多两点半的时候,她溜进衣帽间,看着科琳娜下楼去迎接游客。我记得当时看到小隔间里没有人,还在纳闷她去了哪里。"我想起当时那被揉成一团的白手绢，原来她是用它擦拭恐惧的泪水。

"茱蒂丝！"他情绪激动起来，"她是个好女孩，这些事发生在她身上，真不公平。她走后，我不知该如何是好，工人们肯定随时会回到车间。我并不是有意要逃避罪责，只是当时无法相信自己竟然做出了这种事。我甚至无法呼吸，嗓子里堵得慌。然后我想到——地窖，没时间细想了。我拉开地窖门，把手伸到它腋下——我们体重差不多——拖着它往那边走。接着我把它推……"

他突然发出一声可怕的尖叫，被回忆里恐惧和恶心的感觉淹没了。他抬起双手，紧紧地抱着头。

"我不敢碰他，无法直视他的脸。他的嘴——就那样张着，他的眼睛……他掉在了搅拌桨上，浸入黏土浆中……"

"弗雷迪！"卢克跳上前去，似乎还在坚守职责，想要安慰自己的员工。

我把手放在弗雷迪肩膀上。其实无须伸手，我也知道他抖得厉害。他像伫立在时速一百四十公里的狂风中那样，全身肌肉都在剧烈颤动。

"抱歉，"他大声地啜泣着，"我控——控制不了自己。"即便到了眼下，他还在否定和掩饰自己的软弱，因为这对于传统男性来说是不被允许的。"可怜的达德，我杀了他，我不知道为什么。这种嫉妒根本没有意义，我竟然害死了他。"

"弗雷迪,这不是谋杀,"卢克急忙道,"这是一起事故,最多算过失杀人。大家都会做证,我们都站在你这边,你知道的,弗雷迪。"

他转过身,蜷成一团,把脸埋在胳膊里,靠着椅背。我看到他那一头浓密的黑发埋在胳膊中,跟科琳娜那幅画中他的表哥是如此相似。

"他死了,"弗雷迪的脸还埋在胳膊里,"不在了,没有了,我唯一的表哥。我无人可以诉说。我打了他,这是我对他做的最后一件事。"

"弗雷迪,"卢克艰难地嘟哝着,还在努力,"你是天主教徒,你该相信死后的往生……"

"可我想要现在!"他哭了起来,"我希望他现在就好端端地在这里,我想告诉他我不是故意的,真的很抱歉。我不在乎他之前做过的一切:离开家,做错事,都没有关系,我不在乎了。他是个好人。我从没跟他说过,从没感谢过他。小时候他帮我划船,扶着我骑驴,把他的巴士票让给我,自己走路,每天如此,即便是寒冷的冬天——就为了省下两便士给我买酸柠汁。我都没告诉他我还记得这些事,他不会知道了,他只知道,是我打了他,杀了他,我的达德。"

弗雷迪。可怜的被宠坏的弗雷迪。他总是享有那么多爱和信任，过着没有痛苦、没有麻烦、没有怀疑的人生，以至于无法面对背叛、嫉妒、幻想破灭和愤怒带来的巨大冲击；以至于书中的信条仿佛洪流中的稻草那样无力，才刚遇到一个挫折，便崩溃了。但，这是他的错吗？算是，又不算是。这不是任何人的错。你可以分析他、指责他，但这一切都是假设，有什么用呢？生活是无法被疗愈的，你只能忍受。

现在，没人能帮得了他。无法安慰他，无法让他的表哥、血亲、生活在有些女性化家庭里的男人死而复生。没有东西可以取代两人共度的童年，和孩童无意间建立的、宛如呼吸般自然的深度生命连接。你只有失去这些时才悔之晚矣。

终于，寂静被两声长长的门铃声打破，门被推开，督察走了进来。没错，外人做不了什么，只能站在椅子旁，看着他的生命之泉干涸；只能帮他擦干脸颊，擦干他哭泣时嘴唇撞在椅背上出的血，然后装作不经意地，帮他拭去自己无法控制的，失去亲人和爱人所流下的，悔恨、屈辱、悲痛的眼泪。就像那天，突然跳到我车前的弟弟。哥哥心急如焚，狠狠地拍了他几下。弟弟，在我的庇护下，跟我如之前那样，亲密地一起前行吧。我不是故意打你的，因为我爱你。

天哪！谁能解释这桩命案？如今，又有谁能相信其背后的原因？就让它保持简单吧，尽管世事从来都不简单。他的表哥亲了他心爱的人，所以他杀了表哥。跟往常一样，这看似是真相，却又不完全是真相。

卢克坐在桌前。我站在他面前。终于结束了，至少需要我调查的那部分结束了；对其他人来说，事情只能算是草草收场，未来充满了变数。不过，我心里却在不停地念叨，凡事总有结束的时候，傻傻地盯着房间里的人，只是因为你知道，自己不会再看到他们，所以想尽量把回忆印在脑海中。我为何想把关于卢克办公室的陈设记住，甚至带入坟墓呢？这青色的砖墙，白色的线脚，还有仿制的十九世纪瓷器摆件；对那些我宁愿忘记的事来说，它们显然只是背景。

"你还没有把个人账户给我。"他提醒道。

我看着他："你知道我不能这么做。"

他叹口气："不要让我比现在更难受了，我必须付你报酬。"

"我不想为那种事获取报酬。解决办法并不难，只需要一点最起码的礼仪。你也是这么想的，只是不屑说出来。"

我把整齐的打字稿放在他桌上。

"这是什么？"他问。

"这是公司历史和宣传册的大纲草稿。如果你觉得是你想要的,把它送过来给我,我按照结构把内容填完。我只收取这部分的报酬。"

"你什么时候写的?"

"我在汉利的时候打出来的。"

"不,我是说大纲内容。"

"我总有时间。每天凌晨五点之后我都不太睡得着,也算是个消遣。"

"好吧,如果你不愿接受报酬,那就结束了,对不对?"他顿了一下,"我会再见到你的。"

也许吧,那也是在斯塔福德的巡回法庭上。我们默默地看着彼此,一点也没有隐藏各自阴霾的情绪。

"毫无疑问会定性为过失杀人,"他突然开口,"没有困难,绝对没有。"

如果他幸运,能得到豁免,可能只用坐四年牢。那个活力四射、身强体壮的弗雷迪:一头黝黑头发,鞋子擦得锃亮,爱穿白色衬衫,脸上总挂着无忧无虑的笑容,修长的四肢,豪爽的性格。四年的牢狱之灾,他将在自己从未想象过的肮脏、痛苦、单调的牢房里煎熬度日。他会变成什么样,那被封印的生命之泉还会重新喷涌吗?茱蒂丝,那待人探寻的美丽花园又会如何?他的母亲、姐姐们……

"应该结束了,"我说,"现在我让布拉斯科进来。他头痛不已地在外面等着呢。"

"头痛?"

"直白点说,你现在失去了两个核心职员和一个好助手。"

他又叹了口气:"是的,但我们总能坚持下去。好吧——我有你的地址。"

"你为什么要我的地址?"

他奇怪地看着我:"当然是为了那本书。"

"的确,我忘记了,抱歉。"

"抱歉什么?"

我耸耸肩,看着他。我们仿佛在进行一场对视比赛。

最终,他伸出了手。最终?我不该惊讶,至少不该惊讶卢克先伸出手。他要我为他工作,我做了,这就够了,他也承担了自己的责任。走出房间时,我不禁想,我为什么要对他露出一丝微笑,称他为大家长呢?

下到二楼时,我的脚突然悬在了半空。我突然想起,现在没有任何缺失的部分,我不再为任何细节感到困惑。我甚至知道督察手里有什么样的牌——伤口的位置,下巴上的淤青,背部的挫伤,还有坠入地窖时肋骨的骨折,印刷机铁架上残留的微量发丝,衣服上满是酒精,解剖时血液中却没有。讯问的口供。不过现在,讯问已经结束了。

我走向创作室,打开门。那淡褐色头发,穿着我熟悉的衬衫和裙子的女人,正坐在工位上,她还在工作。其他人也都在,安瑟姆、约翰斯、米切尔、奥利弗,好吧,我总不能让他们都出去。对茱蒂丝和弗雷迪来说,爱情带来的煎熬只会更甚。

我走过去,站在她身后。"我要走了,科琳娜。"我轻轻地耳语道,这样其他人就听不到我在说什么了。我不想他们知道,也不需要让他们知道。

她没说话,也没有转过头。

我该说什么?

如果你一个月喝七瓶威士忌,因空虚而酗酒无度;如果你受不了现状;如果你孤独;如果你需要一个藏身之所;如果你害怕,想避免丈夫伤害你;该死,科琳娜,就算你只想要保险金——我应该会比你先死……

但是,怎么会有人能忍受这样的侮辱和威胁呢?

我往桌上放了写着我名字和地址的名片。她知道,或者理解,我想说的话、我想给她的保护吗?

如果她明白二者是一回事就好了。但是,她拿起名片,把它扔进了纸篓里,甚至没有看我一眼。

只能如此了,我边想边走了出去。这件事就这样画上了句点,她紧抿的嘴唇,扭开的头,那双悲伤的眸子,甚至不肯再看我一眼。别乞求似的站在那里了!向她诉说你是为了她，为了帮她脱离深渊才这么做，放肆地求她相信你，这并不公平。况且，我说的，真的是真的吗？我知道她在想什么，想说什么。你终于保证黑发的弗雷迪，没有妨碍你的求爱。我怎么保证自己并没有这种意图呢？

绝望。但我还是要告诉她。我不能带着对我那样重要的真相，一走了之，一言不发，我做不到。

她身旁放着一个盘子，白釉的晚餐餐盘，她在这上面练习，画了擦，擦了画。我拿起餐盘和粗大的黑色铅笔，没有写英文，而是用了更适合我们年纪，听上去也不那么直白粗野的法文：Je t'aime（我爱你）。

她看到了，我注意到她动作的停顿。接着她用手指，把那些字抹去了。现在盘子上什么也没有，干干净净。那就是她的答案。

"永别了，科琳娜。"我告别道。

我穿过食堂，绕了很远的路才走到院子里，这样可以不用从门厅经过。我的车停在最里面，行李早已放在后备厢中。我坐进车里。一切都结束了。这一次，并没有像我年轻时的失恋那样糟糕和痛苦，我没有说出没你我不能活、你不答应我就跳河这样稚气而任性的话。我可以说，但我不该说。我点着了启动器。不，这感觉甚至比年轻时的失恋更糟糕。因为你知道，自己不会很快就将这段感情遗忘，只能等待它慢慢地随时间推移而消逝。

我开出院子,离开了申塔尔,那奶白色的鹅卵石,那因为摆放一排排陶瓷杯而显得白茫茫的窗户,那成堆的废料。拉什大街,迦南大街,穿过小商店,穿过科普兰店铺,穿过明顿瓷店铺,离开凉爽偏僻的伯斯勒姆道尔顿陶瓷厂,朝着乡间的韦奇伍德驶去。我开出了斯托克,烧窑,烟囱,灰色的山丘,炉渣,六个因宁静工业而诞生繁衍的小镇,都在我背后,离我越来越远。走吧,离开吧,即便我那样不舍,即便我抛弃了唯一在乎的真相,即便我离开了我心爱的女子,科琳娜。走吧。

我踩下油门,打开收音机。我爱我的小汽车,她是我的情人,是孩子,是结发妻[①]。时速220公里。经过斯通,斯塔福德,去伦敦。

---

① 参见本书第70页脚注,《迪河磨坊主》歌词。——译者

图书在版编目（CIP）数据

宠溺谋杀 /(英) 玛丽·凯利著 ; 林雪译. -- 北京：中国青年出版社, 2024. 8. -- ISBN 978-7-5153-7429-1

Ⅰ.I561.85

中国国家版本馆CIP数据核字第2024C9W292号

著作权合同登记号：01-2021-6071
This edition published in 2018 by the British Library 96 Euston Road London NW1 2DB © The British Library Board

宠溺谋杀

作　　者：	(英) 玛丽·凯利
译　　者：	林雪
责任编辑：	彭岩　刘晓宇
出版发行：	中国青年出版社
社　　址：	北京市东城区东四十二条21号
网　　址：	www.cyp.com.cn
编辑中心：	010 - 57350407
营销中心：	010 - 57350370
经　　销：	新华书店
印　　刷：	北京中科印刷有限公司
规　　格：	889 mm × 1194 mm　1/32
印　　张：	9.75
字　　数：	140千字
版　　次：	2024年8月北京第1版
印　　次：	2024年8月北京第1次印刷
定　　价：	42.00元

如有印装质量问题，请凭购书发票与质检部联系调换
联系电话：010 - 57350337